# A abadia de Northanger

Livros da autora publicados pela **L&PM** EDITORES:

*A abadia de Northanger*
*Amor e amizade & outras histórias*
*Emma*
*Jane Austen* – SÉRIE OURO *(A abadia de Northanger; Razão e sentimento; Orgulho e preconceito)*
*Lady Susan, Os Watson e Sanditon*
*Mansfield Park*
*Orgulho e preconceito*
*Persuasão*
*Razão e sentimento*

Jane Austen

# A abadia de Northanger

*Tradução de* Rodrigo Breunig

*Apresentação de* Ivo Barroso

www.lpm.com.br

L&PM POCKET

Coleção **L&PM** POCKET, vol. 978

Texto de acordo com a nova ortografia.
Título original: *Northanger Abbey*

Primeira edição na Coleção **L&PM** POCKET: outubro de 2011
Esta reimpressão: outubro de 2017

*Tradução*: Rodrigo Breunig
*Apresentação*: Ivo Barroso
*Capa*: L&PM Editores sobre ilustração de Birgit Amadori
*Preparação*: Patrícia Yurgel
*Revisão*: Lívia Borba

CIP-Brasil. Catalogação na Fonte
Sindicato Nacional dos Editores de Livros, RJ.

---

A95a

Austen, Jane, 1775-1817
A abadia de Northanger / Jane Austen; tradução de Rodrigo Breunig; apresentação de Ivo Barroso. – Porto Alegre: L&PM, 2017.
272p. : 18 cm – (Coleção L&PM POCKET; v.978)

Tradução de: *Northanger Abbey*
ISBN 978-85-254-2464-8

1. Romance inglês. I. Breunig, Rodrigo. II. Título. III. Série.

11-5388. CDD: 823
CDU: 821.111-3

---


Rua Comendador Coruja, 314, loja 9 – Floresta – 90220-180
Porto Alegre – RS – Brasil / Fone: 51.3225.5777 – Fax: 51.3221.5380

Pedidos & Depto. Comercial: vendas@lpm.com.br
Fale conosco: info@lpm.com.br
www.lpm.com.br

Impresso no Brasil
Primavera de 2017

# A abadia de Northanger ou a rejeitada Susan

*Ivo Barroso**

Jane Austen nasceu a 16 de dezembro de 1775 em Steventon, pequena cidade do condado de Hampshire, no sudeste da Inglaterra, a 90 quilômetros de Londres, sétima filha do reverendo George Austen (1731-1805) e de sua esposa, Cassandra Leigh Austen (1739-1827). A família, originária da burguesia rural, era formada por oito irmãos, sendo Jane e sua irmã mais velha, Cassandra (1773-1845), as únicas mulheres. Durante a infância, Jane jamais se ausentou de sua cidade natal, cuja paisagem bucólica constituía para ela "a imagem do paraíso". O pai era pastor anglicano em exercício no priorato de Steventon, funções eclesiásticas que acumulava com as de professor de alunos particulares. Para sustentar família tão numerosa, o reverendo Austen também criava e vendia animais domésticos (porcos, ovelhas, etc.), mas seus rendimentos mais significativos talvez proviessem do pensionato que mantinha em casa para alguns de seus alunos mais aquinhoados, e esta será talvez uma das razões que o levaram a mandar em 1783 as duas filhas para um educandário em Southampton, cerca de 30 quilômetros dali. Como educador, o reverendo Austen considerava necessárias à formação da personalidade dos jovens essas mudanças de ambiente e de convívio social; além disso, o deslocamento das filhas disponibilizaria mais dois quartos para acomodar seus alunos pagantes. As meninas (Jane estava com oito anos e Cassandra com dez) ficariam sob os cuidados da sra. Crawley, que era aparentada com sua mulher. O educandário estava voltado principalmente para o ensino das boas maneiras e das atividades domésticas femininas, visando à

* Tradutor e poeta. Traduziu, entre muitos outros livros, *Razão e sentimento* (Nova Fronteira, 1982) e *Emma* (Nova Fronteira, 1996).

formação do que se chamava então de uma moça "prendada". A permanência fora de casa, no entanto, resultou desastrosa, pois houve na cidade um surto de crupe (doença infecciosa da garganta, descrita então como *putrid sore throat* [infecção pútrida da laringe]) e as meninas foram gravemente infectadas, embora tenham sido salvas a tempo, graças à intervenção de uma prima, Jane Cooper, ao comunicar o fato à família, que acorreu pressurosa.

Uma nova ausência do lar verificou-se entre 1785 e 1786, quando ambas foram alunas internas da Abbey School de Reading, cidade distante também uns 30 quilômetros de Steventon. Lá ficaram sob a égide de Mme. Latourelle, uma velha senhora que impressionava fisicamente por ter uma perna, não de pau, mas de cortiça.

A evocação desse tempo terá inspirado Jane a descrever, em seu romance *Emma*, o internato ficcional da sra. Goddard "onde as nossas jovens são enviadas para se formar, para saber abrir seu caminho na vida e adquirir uma cultura média sem o perigo de voltarem gênios para casa". No entanto, o que decerto terá calado mais fundo na sensibilidade e na imaginação de Jane será o fato de a escola funcionar na parte térrea das ruínas de uma antiga abadia, fundada em 1121 por Henrique I e praticamente destruída em 1538 com a dissolução dos mosteiros empreendida por Henrique VIII. Já sonhadora com as leituras dos romances "góticos" da época, Jane terá imaginado tramas envolvendo o primitivo mosteiro do passado, com seus monges, cânticos e peregrinações. Além disso, nas proximidades da abadia, estava o imponente edifício da prisão de Reading, com seus dramas e mistérios (Lá, pouco mais de um século depois, Oscar Wilde, ali prisioneiro, estaria escrevendo seu poema famoso, a "Balada do Cárcere de Reading").

Mas a formação cultural de Jane Austen não pode ser creditada a nenhuma dessas instituições educacionais que ela, aliás, frequentou muito esporadicamente, e que não teriam alicerçado seu gosto pela literatura; foi certamente em sua própria casa, no prazer que a família tinha pelas leituras conjuntas em voz alta, pelos ensinamentos do pai-professor e pelo acesso aos livros de sua ampla (para a época) biblioteca, que Jane se iniciou na leitura dos livros de Walpole, Fielding e Richardson, embora também lesse os da autora Frances Burnay, de cujo romance *Cecilia* ela tirou o título para o seu *Orgulho e preconceito*. Crescendo nesse ambiente propício à leitura e aos estudos, aberto a discussões e ensinamentos, Jane logo desenvolveu seu pendor para a escrita, tornando-se profícua missivista e compositora de pequenos trechos em prosa, à guisa de diário, e divertidas peças de teatro, que interpretava com a irmã e os primos.

Entre 1795 e 1798, Jane Austen começou a redigir seus primeiros romances: *Elinor and Marianne* (que seria depois *Razão e sentimento*), *First Impressions* (*Orgulho e preconceito*) e *Susan (A abadia de Northanger*). Os originais circulavam apenas no âmbito familiar, mas o reverendo Austen, com sua acuidade crítica, achou que a filha era de fato uma escritora digna de ser publicada. Em novembro de 1797, escreveu a seguinte carta ao editor londrino George Cadell:

> Prezado Senhor,
>
> Tenho em minha posse o manuscrito de um romance, compreendendo três volumes com a extensão aproximada da *Eveline*, da srta. Burnay. Por estar perfeitamente cônscio do significado que teria uma obra desse gênero se lançada por um editor de respeito é que me dirijo ao senhor. Ficaria, portanto, muito agradecido se o senhor me informasse, caso esteja interessado nela, quais seriam os custos de publicação a expensas do autor, e qual seria o adiantamento que o senhor estaria propenso a pagar por sua aquisição, na hipótese de vir a ser ela aceita. Caso o senhor demonstre algum interesse, estarei pronto a lhe enviar a obra. De seu humilde servidor,
>
> George Austen.

O sr. Cadell, ao rejeitar a oferta, não imaginava que seu nome ficaria perpetuado na história literária como o editor que recusou *Orgulho e preconceito*!

Em fins de 1800, o reverendo Austen transferiu seu priorato ao filho mais velho, James, e se mudou com o restante da família para a cidade de Bath, a mais elegante estação balneária da Inglaterra. Segundo alguns biógrafos, a mudança tinha como objetivo principal proporcionar às filhas moças (Jane estava então com 25 anos) a oportunidade de encontrar um bom partido, já que a estação de águas era frequentada por gente de posses e até mesmo pela aristocracia inglesa. Essa transferência não agradou muito a Jane, que amava o bucolismo de Steventon, sua paisagem rural e o convívio apenas das amigas chegadas ou de gente da família. Mas, ao mesmo tempo, morar num grande centro lhe permitiria expandir sua experiência de vida, com novos horizontes, diversidade de conhecimentos pessoais e a oportunidade dos bailes com que tanto sonhava e nos quais certamente se distinguiria como a exímia dançarina que era. Mas suas elaborações literárias não definharam com o novo ambiente mundano. Escrevia ativamente e em seus escritos ia registrando suas novas experiências. Contudo, foi ainda em Bath que lhe ocorreu uma nova frustração como autora: em 1803, um empregado de seu irmão Henry, um senhor de nome Seymour, escreveu aos senhores Crosby & Co., editores londrinos, para oferecer-lhes um manuscrito (*Susan*) que, para surpresa geral da família, foi aceito pela modesta soma de dez libras. Tudo indicava que Jane seria finalmente publicada e aquelas dez libras pareciam garantir que seus escritos, no futuro, seriam rentáveis. Mas, apesar de os editores terem anunciado o próximo aparecimento de *Susan: um romance em dois volumes*, o livro nunca saiu. Sem que se soubessem as razões da não publicação, o episódio permaneceu enigmático durante seis anos. Em 1809, Jane reviu e reformulou seu antigo *Elinor and Marianne* (anteriormente em forma de cartas) dando-lhe o título *Razão e sentimento* (*Sense and Sensibility*) e conseguiu publicá-lo, dois anos depois, a expensas próprias (ou seja, pagando os custos de impressão e recebendo o resultado das vendas menos um percentual atribuído ao editor). Tendo por autor "Uma Senhora" (by a Lady), e compreendendo três volumes, o livro saiu pela casa Thomas Egerton, de Londres, e, tendo grande aceitação do público, granjeou a Jane uma receita final de 140 libras (importância bastante considerável para a época), só na primeira edição.

Após o sucesso de *Sense and Sensibility* em 1809, Jane Austen, sob o esplêndido pseudônimo de sra. Asthon Dennis, escreveu aos editores Crosby & Co. a seguinte carta:

> Prezados senhores,
>
> Na primavera de 1803 o manuscrito de um romance em dois volumes intitulado *Susan* lhes foi vendido por um Senhor de nome Seymour, e a importância da venda, dez libras, foi recebida no ato. Seis anos se passaram, e esse trabalho do qual sou a própria Autora, tanto quanto eu tenha conhecimento, nunca foi editado, embora ficasse estipulado um prazo muito menor de publicação no momento da venda. Só posso admitir para tais extraordinárias circunstâncias que o manuscrito, por alguma negligência, tenha se extraviado; e se tal foi o caso, estou pronta a lhes fornecer uma nova cópia se estiverem dispostos a utilizá-la, e farei tudo para que não haja quaisquer atrasos em fazê-la chegar às suas mãos. Não estará a meu alcance, por motivos particulares, enviar-lhes esta cópia antes do mês de agosto, mas se aceitarem minha proposta podem contar que irão recebê-la. Tenham a bondade de me enviar uma breve resposta tão cedo quanto possível, já que minha permanência nesta cidade não será superior a uns poucos dias. Caso não receba nenhuma informação neste endereço, tomarei a liberdade de assegurar a publicação de meu trabalho, oferecendo-o a outrem.
>
> Enviar a correspondência para
> Sra. Ashton Dennis
> Posta restante de Southampton.

A carta surtiu efeito: os editores preferiram devolver o manuscrito à "Sra. Asthon Dennis" mediante o recebimento das dez libras com que tinham adquirido o livro seis anos antes. É de se imaginar a situação de profundo desconforto quando souberam, anos depois, que a autora de *Susan* era a mesma *Lady* que estava obtendo grande sucesso literário com os romances *Razão e sentimento* e *Orgulho e preconceito*. (Curioso notar que, na história literária, o *editorial misjudgement* – apreciação incorreta do valor de um livro – daqueles editores ingleses tem sido mais frequente do que se possa imaginar: André Gide, leitor da Gallimard, recusou *Em busca do tempo perdido*, de Marcel Proust; e o best seller de Frederick Forsyth, *O dia do chacal*, foi devolvido ao autor em 1970 pela W. H. Allen & Company, de Londres, com as seguintes palavras: "Seu livro não interessa a ninguém".)

*A abadia de Northanger* só veio a lume em 1818, depois da morte de Jane Austen, num volume conjunto com *Persuasão*, publicado por seu dedicado e entusiasta irmão Henry, no prefácio no qual finalmente revela ao público a identidade da novelista ao mesmo tempo em que noticia seu recente falecimento. O livro é uma paródia da chamada literatura "gótica", expressão pela qual os historiadores literários designam as histórias de mistério e terror que transcorrem em ambientes lúgubres, em castelos arruinados com suas passagens secretas, seus fantasmas e entidades sobrenaturais. Jane Austen usa a personagem Catherine Morland, uma jovem de dezessete anos, leitora assídua de tais romances, para arquitetar sua crítica a esse estilo literário. Catherine vive duplamente entre a imaginação e a realidade, criando com isto às vezes grandes embaraços para si mesma e para os outros. A ação transcorre em Bath, onde vai a convite da família Allen, que ali está de visita, e conhece igualmente os Tilney, cujo patriarca, general Tilney, a convida a conhecer sua propriedade ancestral designada Northanger Abbey, uma velha abadia em ruínas, sobre a qual Catherine fará as mais absurdas elucubrações, povoando-a de mistérios e fantasmas. Pode-se dizer que o livro é também um processo educativo, de advertência às moças que se deixam empolgar pelo fantástico e o maravilhoso, esquecendo-se da realidade cotidiana. Com sua habitual ironia, Jane se vale do texto para criticar vários comportamentos sociais. *A abadia* foi o primeiro romance escrito por ela e, a princípio, intentava ser apenas uma crítica, ou melhor, uma paródia ao livro *Os mistérios de Udolpho*, de Ann Radcliffe, autora a quem muito admirava, mas cuja história via como exagerada e de mau gosto, daí ter criado em seu romance uma personagem que é a perfeita antítese das "heroínas góticas": sua Catherine Morland é feia, sem quaisquer encantos pessoais e com total inabilidade para atrair os interesses masculinos; embora se defronte com situações perfeitamente normais e corriqueiras, está sempre imaginando e fantasiando eventos sobrenaturais. O romance, após ter sido engavetado pelo editor e devolvido à autora, sofreu constantes reescritas, em várias ocasiões posteriores, ganhando com isso a experiência que Jane foi adquirindo ao longo do tratamento dos temas de suas outras obras. Assim, se por um lado a narrativa parece diferir dos outros trabalhos mais "trabalhados" de Jane Austen, *A abadia*, se conservou sua intenção inicial de ridicularizar a literatura gótica, teve, por outro lado, sua trama enriquecida com as observações características de seu retratar de certas figuras da sociedade em que vivia e o entrelaçamento de várias histórias ditas secundárias, sem deixar escapar o leitmotiv de suas ficções, que era a permanente conquista de um casamento. Incluindo vários tipos de narrativa e de investigação psicológica, *A abadia* não deixa de ser igualmente um romance didático, já que nele a autora ensina e aconselha as jovens sobre o bom comportamento social e doméstico, além de discutir longamente o valor literário das leituras femininas da época.

Impossível, conhecendo-se os dias passados na Abbey School de Reading sob a tutela de Mme. Latourelle, com sua perna de cortiça, caminhando ritmicamente pelos corredores arruinados do antigo claustro, não pensar no quanto essa lembrança da juventude se impregnou em sua mente enquanto escrevia o livro que ora temos nas mãos.

Agosto de 2011.

# A abadia de Northanger

# Advertência,

PELA AUTORA,

PARA

*A ABADIA DE NORTHANGER*

Esta pequena obra foi concluída no ano de 1803, com a intenção de que fosse publicada imediatamente. Ela foi vendida a um livreiro, foi até mesmo anunciada, e a autora jamais pôde saber por que motivo o negócio não foi adiante. Parece extraordinário que algum livreiro considere vantajoso comprar algo que ele não considera vantajoso publicar. Esse assunto, porém, não é da conta nem da autora e nem do público, exceto na ressalva de que é necessário observar os trechos da obra que se tornaram comparativamente obsoletos depois de treze anos. O público deve ter em mente que treze anos se passaram desde que ela foi concluída, muitos mais desde que foi iniciada, e que, ao longo desse período, lugares, costumes, livros e opiniões sofreram consideráveis transformações.

# Capítulo 1

Ninguém que tivesse conhecido no passado a menina Catherine Morland poderia ter presumido que ela nasceu para ser uma heroína. Sua condição de vida, as índoles do pai e da mãe, sua própria pessoa e seu temperamento, tudo isso a reprimia num mesmo obstáculo. O pai era clérigo, sem ser negligenciado nem pobre, e um homem muito respeitável, embora seu nome fosse Richard e nunca tivesse sido bonito; sua independência financeira era razoável, e ainda contava com dois bons benefícios eclesiásticos – e não era nem um pouco afeito a encarcerar suas filhas. A mãe era abençoada por uma proveitosa sensatez, tinha bom temperamento e, o que é mais surpreendente, boa constituição física. Ela tivera três filhos antes do nascimento de Catherine, e em vez de morrer ao trazer esta última ao mundo, como seria de se esperar, seguiu vivendo – viveu para ter mais seis crianças, para vê-las crescendo ao seu redor e para desfrutar ela mesma de excelente saúde. Uma família com dez crianças sempre será tida como uma bela família, quando as cabeças e as pernas e os braços estão todos em seus devidos lugares; mas os Morland tinham pouquíssimos outros atributos em matéria de formosura, porque de modo geral eram desprovidos de beleza, e Catherine foi, durante muitos anos de sua vida, tão desgraciosa quanto os outros. Seu corpo era franzino e esquisito, a pele era de um aspecto pálido e doentio, e ela tinha cabelos negros e lisos e feições um tanto rudes – isso era o que se podia dizer de sua aparência; sua mente parecia ser não menos avessa ao heroísmo. Ela gostava de todas as brincadeiras de meninos e estimava o críquete em grande medida, em detrimento não apenas das bonecas como também dos mais heroicos divertimentos da infância, como cuidar de um ratinho silvestre, alimentar um canário ou regar uma roseira. Catherine não tinha, de fato, apreço algum pela jardinagem; e se chegava mesmo a colher flores, ela o fazia antes de mais nada pelo prazer da travessura – ao menos era o que todos supunham, já que a menina escolhia sempre as flores nas quais era proibida de mexer. Tais eram suas propensões – e suas habilidades eram igualmente extraordinárias. Não aprendia ou compreendia nada se não lhe ensinassem bem, e às vezes nem mesmo assim, pois com frequência se mostrava desatenta, e por vezes estúpida. Sua mãe perdeu três meses na singela missão de lhe ensinar a recitar "A súplica do mendigo". Além disso, Sally, a irmã que viera depois dela, recitava melhor o poema. Não que Catherine fosse estúpida o tempo inteiro – de modo algum; decorou a fábula "A lebre e seus muitos amigos" tão rápido quanto qualquer menina na Inglaterra. Sua mãe quis que ela aprendesse música, e Catherine teve certeza de que apreciaria tal estudo, porque adorava martelar as teclas da velha espineta abandonada; sendo assim, foi iniciada aos oito anos. Teve aulas por um ano e não aguentou mais; e a sra. Morland, que não fazia questão de que as filhas concluíssem estudos quando demonstravam incapacidade ou aborrecimento, permitiu que ela desistisse. O dia da dispensa do professor de música foi um dos dias mais felizes da vida de Catherine. Seu pendor para o desenho também não era eminente; no entanto, fazia os melhores esboços de que era capaz sempre que tivesse em mãos a parte em branco de uma carta da mãe ou qualquer outro eventual pedaço de papel, desenhando casas e árvores, pintos e galinhas, todos muito parecidos uns com os outros. O pai a ensinou a escrever e fazer contas; a mãe lhe ensinou francês; sua competência não era digna de nota em nenhuma dessas coisas, e ela se esquivava das lições sempre que podia. Que personalidade estranha e inexplicável! Pois mesmo exibindo todos esses sintomas de desregramento aos dez anos de idade, Catherine tinha um bom coração, não ficava de mau humor, quase nunca era teimosa, muito raramente se irritava e era bastante carinhosa com os irmãos menores, cometendo uma ou outra tirania intermitente; além disso era barulhenta e incontrolável, detestava confinamento e asseio e amava, mais do que tudo no mundo, descer rolando o gramado em declive atrás da casa.

Assim era Catherine Morland aos dez anos. Aos quinze, sua aparência se emendava; começou a fazer cachos nos cabelos e a suspirar por bailes; sua compleição melhorou, suas feições foram suavizadas com ganho de peso e de cor, seus olhos adquiriram mais vivacidade e sua figura se tornou mais notável. Seu amor pela sujeira deu lugar a uma inclinação para o refinamento, e ela ficou mais aprumada na mesma medida em que passou a ser mais asseada. Tinha às vezes, agora, o prazer de ouvir comentários do pai e da mãe acerca de seu aperfeiçoamento pessoal: "Catherine está se transformando numa garota um tanto charmosa, está quase bonita hoje"; tais palavras lhe chegavam aos ouvidos de vez em quando – e como soavam bem! Estar *quase* bonita é uma conquista do mais alto deleite para uma garota que teve aparência desgraciosa durante os primeiros quinze anos de vida; uma menina que é beldade desde o berço jamais terá o mesmo regozijo.

A sra. Morland era uma mulher muito boa e queria que seus filhos se saíssem bem na vida, que contassem com apoio incondicional; mas seu tempo era exaurido nos longos descansos que se seguiam aos partos e no aprendizado dos pequenos, de modo que inevitavelmente as filhas mais velhas tinham de se arranjar por conta própria; e não era lá muito esplêndido o fato de que Catherine, que por natureza não tinha em si nada de heroico, aos catorze anos gostasse mais de críquete, beisebol, andar a cavalo e correr pelo campo do que de livros; ou pelo menos de livros informativos – pois desde que não fornecessem nada que se assemelhasse a conhecimento útil, desde que contivessem apenas narrativa e nenhum resquício de reflexão, ela jamais manifestou qualquer tipo de objeção aos livros. Mas dos quinze aos dezessete anos Catherine treinou para ser uma heroína: leu todas as obras que as heroínas precisam ler a fim de abastecer suas memórias com aquelas citações que são tão aproveitáveis e tranquilizadoras nas vicissitudes de suas vidas aventurosas.

Com Pope, aprendeu a censurar as pessoas
"que se entregam ao escárnio do infortúnio".
Com Gray, que
"Flores inúmeras vicejam despercebidas,
"E dissipam sua fragrância no ar do deserto".
Com Thompson, que
"É uma tarefa deliciosa
"Ensinar a ideia jovem a voar".
E com Shakespeare obteve uma fartura de informações.
Entre outras coisas, soube que
"Banalidades leves como o vento
"São, aos olhos do invejoso, preceitos incontestáveis,
"Verdades de Texto Sagrado".
Que
"O pobre besouro no qual pisamos
"Sofre no corpo aflição tão grande
"Quanto a dor de um gigante que morre".
E que uma jovem apaixonada sempre parece
"Um monumento de Paciência
"Sorrindo diante da Dor".

Nesse aspecto, seu aperfeiçoamento era suficiente – e em muitos outros pontos ela se saiu incrivelmente bem, porque, embora não tivesse talento para escrever sonetos, despendia tempo na leitura deles; e embora não existisse possibilidade aparente de que pudesse sentar ao piano e maravilhar toda a plateia de uma festa executando um prelúdio de autoria própria, era capaz de assistir a performances alheias sentindo pouquíssimo cansaço. Sua maior deficiência se encontrava no lápis – não tinha nenhuma noção de desenho, tanto que não teria condições de sequer esboçar o perfil de um namorado: o resultado não poderia ser chamado de desenho. Na arte do lápis, Catherine estava miseravelmente distante da verdadeira grandeza heroica. De momento, porém, ignorava essa sua penúria, pois não tinha namorado para retratar. Havia chegado aos dezessete anos sem ter topado com nenhum jovem amável que pudesse trazer à tona sua sensibilidade, sem ter inspirado uma única paixão real, e sem ter despertado nenhuma admiração que não fosse muito moderada e muito transitória. Isso era sem dúvida estranho! Mas coisas estranhas quase sempre podem ser esclarecidas quando as causas são razoavelmente investigadas. Não havia um único lorde nos arredores; não, nem mesmo um baronete. Não havia uma única família conhecida que tivesse adotado e amparado um menino encontrado certo dia na porta da frente – nenhum jovem cuja origem fosse desconhecida. O pai de Catherine não tinha um pupilo, e o maior fidalgo da paróquia não tinha filhos.

Contudo, quando o destino de uma jovem dama é ser uma heroína, nem mesmo a obstinação de quarenta famílias circundantes pode obstruir sua trajetória. Algo forçosamente ocorrerá para que um herói seja jogado em seu caminho.

O sr. Allen, dono da propriedade mais valiosa de Fullerton, o vilarejo em Wiltshire onde moravam os Morland, sofria de gota e foi aconselhado a passar algum tempo em Bath para atenuar a moléstia. Sua esposa – uma mulher espirituosa, afeiçoada à jovem Morland, e provavelmente ciente de que quando aventuras não caem do céu para uma garota em seu próprio vilarejo ela deve procurá-las em outro lugar – convidou Catherine a lhes fazer companhia na viagem. O sr. e a sra. Morland eram pura complacência, e Catherine era pura felicidade.

# Capítulo 2

Em acréscimo ao que já foi dito sobre os dotes pessoais e intelectuais de Catherine Morland às vésperas de sua exposição a todos os contratempos e perigos de uma permanência de seis semanas em Bath, podemos afirmar, para que o leitor inteire-se melhor, e a fim de evitar que as próximas páginas fracassem no propósito de fornecer alguma noção sobre como deve ser vista sua personalidade, que seu coração era afetuoso, que sua disposição era jovial e franca, sem presunção ou afetação de qualquer tipo (seus modos recém-emancipados do embaraço e da timidez de uma menina), que sua figura era agradável e, quando bem-arrumada, bonita – e que sua mente era tão ignorante e desinformada quanto costuma ser a mente feminina aos dezessete anos.

Quando a hora da partida se aproximou, a ansiedade maternal da sra. Morland, será de se supor, só poderia ter se manifestado no grau mais severo. Mil pressentimentos alarmantes, nos quais sua amada Catherine se via atacada por desgraças depois da medonha separação, por certo sufocariam seu coração com tristeza e a lançariam num mar de lágrimas nas últimas horas que teria para estar ao lado da filha. Conselhos com alto teor de relevância e utilidade sem dúvida brotariam em jorros de seus lábios sensatos na conversa de despedida, em seu gabinete. Advertências contra a violência de certos aristocratas e baronetes que se divertem forçando mocinhas a ingressar na obscuridade de remotas casas de fazenda deveriam aliviar, em tal momento, a asfixia de seu coração. Quem não pensaria o mesmo? Mas a sra. Morland sabia tão pouco a respeito de lordes e baronetes que não cogitava ideia alguma sobre a costumeira maldade deles e nem de longe suspeitava que sua filha pudesse enfrentar perigos devido a maquinações aristocráticas. Suas advertências se restringiram aos seguintes pontos:

– Imploro a você, Catherine: sempre agasalhe muito bem o pescoço quando sair dos salões à noite. E quero que tente manter algum registro do dinheiro que gastar; por isso vou lhe dar este caderno de anotações.

Sally, ou melhor, Sarah (pois não existe mocinha requintada que chegue aos dezesseis anos sem alterar seu nome até onde for possível) só pode ser, a esta altura, em tais circunstâncias, amiga íntima e confidente de sua irmã. É espantoso, no entanto, que ela não tenha obrigado Catherine a escrever a cada diligência postal e que não tenha exigido a promessa de que fossem enviados relatos sobre as peculiaridades de todos os novos conhecidos ou sobre cada detalhe de todas as conversas interessantes que Bath poderia ensejar. De parte dos Morland, na verdade, tudo o que se relacionava à importante viagem foi preparado com certa moderação e compostura, o que parecia condizer mais com os sentimentos comuns da vida comum do que com as suscetibilidades refinadas e emoções ternas que deveriam ser instigadas pelo primeiro afastamento entre uma heroína e sua família. O pai de Catherine, em vez de lhe abrir um crédito bancário ilimitado ou de ao menos lhe passar às mãos um bilhete de cem libras, apenas lhe deu dez guinéus e prometeu enviar mais quando ela pedisse.

Assim ocorreu a partida, com auspícios pouco promissores, e a jornada teve início. O caminho foi percorrido sem sobressaltos, em tranquilidade e com segurança. Nem ladrões nem tempestades apareceram; não houve o acidente de estrada no qual entra em cena o herói. O que houve de mais alarmante foi o temor da sra. Allen de que tivesse esquecido os tamancos numa estalagem, um temor que felizmente se mostrou infundado.

Chegaram a Bath. Catherine transbordava de ansiedade e deleite – seus olhos captavam todos os recantos da paisagem à medida que a carruagem se aproximava dos belos e impressionantes arredores da cidade e avançava, depois, pelas ruas que os conduziram ao hotel. Ela viera para ser feliz, e desde já se sentia feliz.

Os três foram logo instalados em aposentos confortáveis em Pulteney Street.

Será conveniente, agora, falar um pouco sobre a sra. Allen, de modo que o leitor tenha condições de julgar se de alguma maneira, daqui por diante, suas atitudes tenderão a promover a perturbação geral da narrativa, e se é provável que ela acabe por infligir a Catherine todos os desesperos e infortúnios de que um último volume é capaz – seja por imprudência, vulgaridade ou inveja, seja interceptando suas cartas, arruinando sua reputação ou a colocando para fora de casa.

A sra. Allen fazia parte da numerosa classe das mulheres cuja companhia não provoca emoção alguma, a não ser a surpresa de que possam existir homens no mundo que gostem delas o suficiente para que as admitam como esposas. Não tinha beleza e tampouco cultura, perspicácia ou refinamento. O ar de fidalga, um temperamento bondoso, calmo e inativo, e um espírito propenso à frivolidade – nada mais podia explicar o fato de que tivesse sido escolhida por um homem ajuizado e inteligente como o sr. Allen. Uma característica lhe conferia notável aptidão para introduzir uma jovem à sociedade: adorava estar em todos os lugares e ver tudo e todos, como se ela mesma fosse uma jovem. Sua paixão eram as roupas. Obtinha um prazer muito inocente em se vestir bem; e a nossa heroína só pôde empreender sua entrada na vida social depois de três ou quatro dias de aprendizado sobre os trajes mais usados, período no qual a sra. Allen se dedicou à compra de um vestido da última moda. Catherine também fez algumas aquisições. Finalizados todos esses preparativos, eis que chegou a importante noite em que ela seria introduzida aos Salões Altos. Seu cabelo foi cortado e enfeitado pelas melhores mãos, e ela vestiu-se com cuidado; tanto a sra. Allen quanto a criada declararam que ela estava apropriadamente encantadora. Com tal incentivo, Catherine considerou que ao menos passaria pela multidão sem sofrer críticas. Quanto à surpresa de que chegasse a ser admirada, seria sempre bem-vinda, mas não contava com ela.

A sra. Allen demorou tanto para vestir-se que já era tarde quando eles entraram no salão de baile. Era o auge da estação, e o salão estava lotado. As duas damas foram se espremendo pelo aglomerado de pessoas, na medida do possível. Quanto ao sr. Allen, refugiou-se de imediato na sala de jogos, para que elas se divertissem como bem quisessem em meio à turba. Dedicando mais cuidados à segurança de seu novo vestido do que ao conforto de sua protegida, a sra. Allen abriu caminho pelo tropel de homens junto à porta com a rapidez que sua necessária precaução permitia. Catherine, mesmo assim, conseguiu se manter bem perto, agarrada com firmeza ao braço da amiga para evitar que elas fossem separadas à força pelas oscilações típicas dos salões apinhados. Com enorme estupefação, porém, verificou que avançar pelo salão não era de modo algum o melhor meio de sair da multidão; na verdade, o aperto parecia aumentar à medida que as duas progrediam, e até então ela imaginara que bastava passar pela porta e encontrar com facilidade um lugar para sentar e assistir às danças em perfeita comodidade. Mas não era esse o caso, nem de longe, e, embora o empenho incansável as tivesse levado até a outra extremidade do salão, a situação não mudara em nada. Na compacta aglomeração da dança, só conseguiam enxergar as plumas altas dos penteados de algumas damas. Elas seguiram em frente, na esperança de algo melhor; e graças a uma contínua aplicação de força e engenho alcançaram, afinal, a passagem atrás dos assentos mais altos. Aqui, a multidão não era tão cerrada quanto no nível inferior; e daqui a srta. Morland pôde contemplar por inteiro a massa de pessoas abaixo, bem como todos os perigos de sua passagem por ela. Era um panorama esplêndido, e pela primeira vez, naquela noite, Catherine sentiu que estava num baile; teve vontade de dançar, mas não havia nenhum conhecido no salão. A sra. Allen fez o que estava a seu alcance em tal situação, dizendo com muita placidez, de quando em quando:

– Seria tão bom se você pudesse dançar, minha querida, se você pudesse arranjar um par.

E durante algum tempo sua jovem amiga se mostrou grata por esses desejos; mas eles eram repetidos com tamanha frequência, e provaram ser de tal maneira totalmente ineficazes, que Catherine acabou se cansando e parou de agradecer.

Elas não puderam, entretanto, fruir por muito tempo do repouso eminente que haviam conquistado com tanto labor. Todos logo começaram a se deslocar para o chá, e as duas tiveram de sair dali como os outros. Catherine começou a sentir uma espécie de frustração – estava cansada de ser continuamente imprensada por pessoas. Os inúmeros semblantes não eram nem um pouco interessantes, e eram todos tão desconhecidos que ela não tinha meio de diminuir o tédio do aprisionamento trocando uma palavra que fosse com qualquer um de seus companheiros de prisão; e quando chegou afinal à sala de chá sentiu mais do que nunca o embaraço de não ter um grupo ao qual se dirigir, nenhum conhecido a quem recorrer, nenhum cavalheiro que lhes fizesse companhia. Não viram qualquer sinal do sr. Allen; em vão, olharam ao redor, na procura por uma posição menos constrangedora, e viram-se obrigadas a se acomodar na extremidade de uma mesa que já estava ocupada por um grupo enorme, sem ter o que fazer ali, sem ter com quem conversar a não ser uma com a outra.

A sra. Allen felicitou a si mesma, assim que se sentaram, por ter mantido seu vestido a salvo de avarias.

– Seria muitíssimo chocante se ele se rasgasse – ela disse –, não seria? É uma musselina tão delicada. De minha parte, não vi nada de que gostasse tanto em todo o salão, garanto a você.

– Como é desconfortável – sussurrou Catherine – não ter um único conhecido aqui!

– Sim, minha querida – retrucou a sra. Allen, com perfeita serenidade –, é muito desconfortável, de fato.

– O que poderemos fazer? Os cavalheiros e as damas desta mesa dão impressão de que estão tentando descobrir o motivo de estarmos aqui; é como se estivéssemos invadindo sem convite o grupo deles.

– Sim, não há como negar. É muito desagradável. Seria tão bom se tivéssemos vários conhecidos aqui.

– Seria bom se tivéssemos *um* conhecido que fosse. Seria alguém a quem poderíamos nos dirigir.

– Você tem toda a razão, minha querida. E se conhecêssemos uma ou duas pessoas, recorreríamos a elas imediatamente. Os Skinner estiveram aqui no ano passado, seria tão bom se estivessem aqui agora.

– Não seria melhor irmos embora, então? Veja, aqui não temos nem mesmo utensílios para o chá.

– Não restou nada, de fato. Como é exasperante! Mas penso que será melhor se ficarmos sentadas, porque nos esbarram tanto numa multidão dessas! Como está o meu penteado, querida? Alguém me deu um empurrão, e temo que ele tenha sido danificado.

– Não, de modo algum, ele está ótimo. Mas, minha querida sra. Allen, tem certeza de que não conhece ninguém no meio de todo esse turbilhão? Creio que *pelo menos* uma pessoa a senhora deve conhecer.

– Ninguém mesmo, dou minha palavra, queria muito ter algum conhecido. Queria muito conhecer várias pessoas aqui, do fundo do coração, e então eu poderia lhe arranjar um par. Ficaria tão feliz se você pudesse dançar. Ali está indo uma mulher de aparência estranha! Que vestido excêntrico ela está usando! Como é antiquado! Observe a parte de trás.

Depois de algum tempo, um dos vizinhos lhes ofereceu chá; a oferta foi aceita com agradecimentos e assim se abriu a oportunidade de uma ligeira conversa com o gentil cavalheiro, e essa foi a única ocasião em que alguém lhes dirigiu a palavra ao longo da noite. O sr. Allen as encontrou e se juntou a elas quando as danças já haviam terminado.

– Bem, srta. Morland – disse ele, imediatamente –, espero que tenha desfrutado de um baile agradável.

– Foi mesmo muito agradável – ela respondeu, fazendo esforço, em vão, para esconder um grande bocejo.

– Queria tanto que Catherine pudesse ter dançado – disse a esposa dele. – Teria sido tão bom se tivéssemos arranjado um par. Já disse a ela o quanto eu ficaria feliz se os Skinner estivessem aqui neste inverno, como no último; ou se os Parry tivessem vindo, como prometeram certa ocasião; ela poderia ter dançado com George Parry. Sinto tanto que não tenha surgido um par!

– Teremos mais sorte numa outra noite, espero – foi o consolo do sr. Allen.

A turba começou a se dispersar quando a dança terminou – o suficiente para que os restantes pudessem caminhar com liberdade de movimentos. E agora chegara o momento no qual a heroína, que ainda não exercera um papel muito distinto nos acontecimentos da noite, deveria ser notada e admirada. A cada cinco minutos uma parte da multidão se dispersava, e surgia mais e mais espaço para que os encantos de Catherine se revelassem. Ela foi vista, agora, por muitos jovens que até então não haviam sequer passado perto dela. Nenhum deles, porém, ficou paralisado pela contemplação extasiante de sua formosura, nenhum sussurro com indagações inquietas percorreu o salão, e em nenhum momento alguém a chamou de divindade. E no entanto Catherine estava bastante charmosa; se aquelas pessoas a tivessem visto três anos antes, *agora* pensariam que ela se tornara extremamente bela.

Catherine *foi* observada, contudo, e com certa admiração; pois ela mesma pôde ouvir dois cavalheiros que a proclamaram bonita. Tais palavras produziram seu devido efeito. No mesmo instante, para ela, a noite passou a ter um sabor mais doce, sua humilde vaidade se contentara. Ela sentiu-se mais agradecida aos dois jovens por esse simples elogio do que uma autêntica heroína teria se sentido por quinze sonetos que celebrassem seus encantos, e encaminhou-se até sua charrete sorrindo para todos, perfeitamente satisfeita com sua parcela de atenção pública.

# Capítulo 3

Todas as manhãs, agora, nasciam com seus deveres regulares: lojas precisavam ser visitadas; uma parte desconhecida da cidade tinha de ser vista; e era necessário comparecer ao Salão da Fonte, no qual as duas desfilavam de um lado ao outro por uma hora, observando todos e sem falar com ninguém. O desejo de fazer muitos novos conhecidos em Bath era ainda uma meta de suprema importância para a sra. Allen, e ela o reafirmava após cada nova prova, evidenciada a cada manhã, de que não conhecia absolutamente ninguém.

Elas fizeram sua primeira aparição nos Salões Baixos, e aqui a fortuna se mostrou mais favorável à nossa heroína. O mestre de cerimônias apresentou-lhe como par um jovem bastante cavalheiresco; seu nome era Tilney. Ele aparentava ter 24 ou 25 anos, era um tanto alto, tinha feições agradáveis e um olhar vivaz e muito inteligente; se não era exatamente bonito, estava bem perto de sê-lo. Sua conversa era interessante, e Catherine sentiu que tivera grande sorte. Houve pouco tempo livre para conversar enquanto dançaram; quando sentaram para o chá, porém, Catherine constatou que ele era tão simpático quanto lhe creditara de antemão. Tilney falava com fluência e entusiasmo – e havia algo de atraente em suas maneiras, um ar extrovertido e jocoso, embora ela não chegasse a compreendê-lo direito. Depois de discursar por algum tempo sobre temas corriqueiros suscitados pelo ambiente que os cercava, Tilney subitamente dirigiu-se a ela assim:

– Fui muito remisso até aqui, senhorita, nas atenções que são o dever de um par. Ainda não perguntei desde quando a senhorita encontra-se em Bath, se já esteve aqui alguma vez, se já frequentou os Salões Altos, o teatro e o concerto, e como lhe parece a cidade de modo geral. Fui muito negligente. Será que a senhorita estaria disposta, agora, a satisfazer essas minhas curiosidades? Se está, começarei a perguntar sem mais delongas.

– O senhor não precisa perder tempo com isso.

– Garanto que não será perda de tempo, senhorita.

Então, fixando um sorriso rígido no rosto e baixando a voz afetadamente, Tilney prosseguiu, com uma expressão tola no rosto:

– A senhorita encontra-se em Bath há muito tempo?

– Há cerca de uma semana, senhor – respondeu Catherine, tentando não rir.

– Não diga! – com espanto afetado.

– Não vejo motivo para surpresa, senhor.

– Ora, é verdade! – disse ele, em seu tom natural. – Mas é preciso que alguma emoção seja provocada pela sua resposta, e a surpresa pode ser simulada com mais facilidade, sendo tão razoável quanto qualquer outra. Mas sigamos em frente. Nunca esteve aqui antes, senhorita?

– Nunca, senhor.

– Não diga! Já honrou os Salões Altos com sua presença?

– Sim, estive lá na última segunda-feira.

– Já foi ao teatro?

– Sim, senhor, assisti à peça na terça-feira.

– Ao concerto?

– Sim, senhor, na quarta-feira.

– E Bath agrada-lhe de modo geral?

– Sim, me agrada muito.

– Agora vou dar um sorriso artificial, como convém, e então poderemos ser racionais novamente.

Catherine girou a cabeça, sem saber se poderia arriscar uma risada.

– Sei o que a senhorita pensa de mim – disse ele, com ar sério. – Serei descrito como uma figura insípida no seu diário amanhã.

– Meu diário!

– Sim, sei exatamente o que será escrito: "Sexta-feira, fui aos Salões Baixos, usei meu manto de musselina com ramos bordados e passamanes azuis, sapatos pretos, muito contente com minha aparência, mas fui estranhamente atormentada por um homem excêntrico e imbecil que me obrigou a dançar com ele e que me afligiu com suas tolices".

– Ora, não vou dizer nada disso.

– Posso sugerir o que a senhorita deveria dizer?

– Como o senhor quiser.

– "Dancei com um jovem muito agradável, apresentado pelo sr. King; conversamos durante longo tempo; parece ter uma inteligência extraordinária, espero que possa saber mais sobre ele." *Isso*, senhorita, é o que *desejo* que diga.

– Mas talvez eu não tenha um diário.

– Talvez a senhorita não esteja sentada neste salão, e eu não esteja sentado a seu lado. São questões nas quais a dúvida é igualmente possível. Não ter um diário! De que modo suas primas ausentes conhecerão o teor de sua vida em Bath sem um diário? De que modo as cortesias e os elogios de todos os dias serão relatados com a precisão necessária, se não forem anotados todas as noites num diário? De que modo os seus vários vestidos serão lembrados, e o estado peculiar de sua compleição e os cachos de seus cabelos serão descritos em suas incontáveis diversidades, se a senhorita não puder recorrer a um diário? Cara senhorita, não sou tão ignorante em relação aos costumes de jovens damas quanto devo lhe parecer: o encantador hábito de manter um diário contribui em grande medida para formar o fluente estilo de escrita pelo qual as damas são tão celebradas em geral. Não há quem negue que o talento de escrever cartas apuradas seja particularmente feminino. A natureza pode ter contribuído um pouco, mas o estímulo essencial, estou certo disso, é a prática de manter um diário.

– Já me ocorreu pensar – disse Catherine, com hesitação – que porventura não se possa afirmar que damas escrevam cartas tão melhores que as dos cavalheiros! Quero dizer, não creio que a superioridade tenha estado sempre ao nosso lado.

– Até onde tive condições de julgar, parece a mim que o estilo habitual da elaboração de cartas é impecável entre as mulheres, exceto em três características.

– E quais são elas?

– Uma costumeira carência de assunto, um descaso total com a pontuação e uma ignorância gramatical muito recorrente.

– Então é assim! Eu não devia ter temido rejeitar o elogio. O senhor não nos concede tanto valor na arte da escrita.

– Pois bem, não vou estabelecer como regra geral que mulheres escrevam cartas que sejam melhores que as dos homens, nem que cantem melhores duetos ou que desenhem melhores paisagens. Nas capacidades que têm por base o bom gosto, a excelência é dividida com bastante equidade entre os sexos.

Os dois foram interrompidos pela sra. Allen:

– Minha querida Catherine – disse ela –, queira me fazer a bondade de tirar este alfinete da minha manga; temo que ele já tenha aberto um buraco; se abriu mesmo, ficarei muito desconsolada, porque este é um vestido favorito, embora não tenha custado mais do que nove xelins a jarda.

– Isso é exatamente o que eu teria estimado, senhora – disse o sr. Tilney, observando a musselina.

– O senhor entende de musselinas?

– Particularmente bem. Sempre compro minhas próprias gravatas, e minhas opiniões são tidas como excelentes. Minha irmã confiou em mim repetidas vezes na escolha de vestidos. Outro dia lhe comprei um que foi reconhecido como barganha prodigiosa por todas as damas que o viram. Não paguei por ele mais do que cinco xelins a jarda, e era uma autêntica musselina indiana.

A sra. Allen ficou assombrada com a perspicácia do jovem.

– Os homens costumam prestar tão pouca atenção nessas coisas – disse ela. – Nunca consigo fazer com que o sr. Allen diferencie um vestido meu de outro. O senhor por certo proporciona grande contentamento à sua irmã.

– Espero que sim, senhora.

– E me diga, por favor, o que pensa do vestido da srta. Morland?

– É muito bonito, senhora – disse ele, examinando o vestido com seriedade. – Mas creio que não passará bem pela lavagem. Receio que vá se desgastar.

– Como é possível que o senhor seja tão... – disse Catherine, rindo; quase dissera "estranho".

– Tenho essa mesma opinião, senhor – retrucou a sra. Allen. – E disse o mesmo à srta. Morland quando ela o comprou.

– Mas a senhora deve saber bem que a musselina sempre se presta para úteis transformações; a srta. Morland terá tecido suficiente para um lenço, uma touca ou uma capa. Não há como desperdiçar musselina: já ouvi minha irmã proferir essa verdade quarenta vezes, nas ocasiões em que comprou mais do que queria ou foi descuidada nos cortes.

– Bath é um lugar adorável, senhor; existem tantas lojas boas aqui. Nós moramos longe de tudo no campo, infelizmente. Não que não tenhamos lojas ótimas em Salisbury, mas o caminho é tão longo... é uma grande distância, oito milhas. O sr. Allen diz que são nove, nove exatas, mas estou certa de que não são mais do que oito; e é tão penoso... volto para casa morta de cansaço. Aqui é diferente, podemos sair para a rua e comprar qualquer coisa em cinco minutos.

O sr. Tilney era cortês o suficiente para fingir ter interesse no que a sra. Allen dizia, e ela o reteve no assunto das musselinas até a dança recomeçar. Ouvindo a conversa, Catherine considerou, com receio, que ele talvez tolerasse um pouco demais as fraquezas dos outros.

– A senhorita está pensando no quê, com tanta seriedade? – perguntou ele, enquanto caminhavam de volta até o salão de baile. – Não no seu par, espero, porque, de acordo com os movimentos de sua cabeça, suas meditações não são nada satisfatórias.

Catherine corou e disse:

– Eu não estava pensando em nada.

– Uma resposta ardilosa e profunda, sem dúvida; mas seria melhor se me dissesse logo que não quer me contar.

– Pois bem, não quero contar.

– Obrigado, pois agora nos conheceremos melhor, na medida em que estou autorizado a importuná-la com esse assunto sempre que nos encontrarmos, e nada no mundo aprofunda tanto a intimidade.

Eles dançaram outra vez e, encerrado o baile, despediram-se com uma grande disposição, ao menos por parte da dama, de levar adiante a amizade. Que Catherine tenha pensado muito no sr. Tilney enquanto bebia seu vinho quente com água e se preparava para dormir, a ponto de vir a sonhar com ele, não podemos assegurar; se sonhou, foi apenas em meio a uma sonolência leve, espero, ou durante a modorra matinal, em último caso; porque se for verdade, como um celebrado escritor sustentou, que nenhuma jovem dama tem o direito de se apaixonar antes que lhe seja declarado o amor do cavalheiro*, certamente é muito impróprio que uma jovem dama sonhe com um cavalheiro antes que se saiba que o cavalheiro já sonhou com ela. Ainda não passara pela cabeça do sr. Allen a ideia de avaliar o sr. Tilney como namorado ou sonhador apropriado, mas ele se certificara, por inquirição, de que o jovem não era censurável na condição de simples conhecido de sua protegida; pois se dera o trabalho, no início da noite, de investigar quem era o par de Catherine, e descobrira que o sr. Tilney era clérigo e pertencia a uma família muito respeitável de Gloucestershire.

* Vide uma carta do sr. Richardson, nº 97, vol. II, *Rambler*. (N.A.)

# Capítulo 4

Catherine correu para o Salão da Fonte no dia seguinte com ansiedade acentuada, certa de que veria o sr. Tilney no decorrer da manhã e pronta a recebê-lo com um sorriso; mas não houve necessidade de sorrir – o sr. Tilney não apareceu. Todas as criaturas de Bath, exceto ele, podiam ser vistas no salão em diferentes momentos daquelas horas elegantes; a todo instante, pessoas e mais pessoas passavam para lá e para cá, subiam e desciam as escadas; pessoas com as quais ninguém se importava e que ninguém queria ver; e só ele não se fazia presente.

– Bath é mesmo um lugar encantador! – disse a sra. Allen enquanto elas sentavam-se perto do grande relógio, cansadas de perambular pelo salão. – E como seria agradável se tivéssemos conhecidos aqui.

Esse desejo já fora proferido em vão tantas vezes que a sra. Allen não tinha nenhum motivo específico para crer que seria atendido com mais presteza agora; mas devemos nos lembrar do conselho de "não desesperar de nossa prece", porque a "diligência incansável nos favorece"; e a diligência incansável com a qual ela ansiou todos os dias pela mesma coisa recebeu afinal sua justa recompensa, pois estava sentada não fazia nem dez minutos quando uma dama aparentando ter sua mesma idade, que estava sentada perto dela e lhe dirigira olhares atentos por vários minutos, pronunciou com grande afabilidade as seguintes palavras:

– Creio, senhora, que não posso estar enganada; já se passou muito tempo desde a última ocasião em que tive o prazer de vê-la. Seu nome não seria Allen?

Respondida a pergunta com natural prontidão, a estranha anunciou que se chamava Thorpe. A sra. Allen imediatamente reconheceu as feições de uma antiga colega de escola e amiga íntima, com a qual se encontrara apenas uma vez, e muitos anos atrás, desde que ambas haviam se casado. O reencontro provocou intensa alegria, na medida do possível, visto que ambas haviam se conformado em não ter qualquer notícia uma da outra ao longo de quinze anos. Elogios sobre suas boas fisionomias foram trocados; a seguir, elas comentaram o quanto o tempo passara despercebido desde que haviam se encontrado pela última vez, o quanto era inesperado o reencontro em Bath, e como era prazeroso rever uma velha amiga. Então se puseram a fazer interrogações e esclarecimentos sobre suas famílias, irmãs e primas, falando as duas ao mesmo tempo, muito mais dispostas a dar do que a receber informações, e cada uma ouvindo bem pouco o que a outra dizia. A sra. Thorpe, no entanto, dispunha de uma grande vantagem sobre a sra. Allen na condição de falante: tinha descendentes; e quando passou a discorrer sobre os talentos de seus filhos e sobre a beleza de suas filhas, quando enunciou suas diferentes perspectivas de vida, contando que John estava em Oxford, Edward em Merchant Taylors' e William no mar – e os três eram mais estimados e respeitados em suas diferentes ocupações do que qualquer criatura que já nascera –, a sra. Allen não pôde fornecer informações semelhantes, não pôde torturar com triunfos semelhantes os ouvidos incrédulos e relutantes da amiga, e se viu forçada a manter silêncio e simular consideração por toda aquela efusão maternal, encontrando consolo, no entanto, em uma evidência logo verificada por seu olhar aguçado: a renda na túnica da sra. Thorpe era dez vezes menos bonita do que a sua.

– Eis que se aproximam minhas queridas meninas – exclamou a sra. Thorpe, apontando para três vistosas garotas que, de braços dados, caminhavam em sua direção. – Cara sra. Allen, estou tão ansiosa por apresentá-las; elas ficarão encantadas em conhecê-la. A mais alta é Isabella, que é a mais velha; não é uma bela jovem? As outras também são muito admiradas, mas penso que Isabella é a mais bonita.

As senhoritas Thorpe foram apresentadas, e a srta. Morland, que fora esquecida por alguns instantes, foi igualmente apresentada. O nome pareceu impressionar as irmãs. Depois de trocar palavras muito gentis com Catherine, a garota mais velha observou em voz alta:

– A semelhança da srta. Morland com seu irmão é extraordinária!

– Um verdadeiro retrato dele! – exclamou a mãe.

E todas repetiram "Eu a reconheceria como irmã dele em qualquer lugar!", duas ou três vezes. Catherine ficou surpresa por um momento; a sra. Thorpe e suas filhas mal haviam começado a contar a história de como conheciam o sr. James Morland, quando ela recordou que seu irmão mais velho recentemente se tornara íntimo de um colega chamado Thorpe e que ele havia passado a última semana das férias de Natal com a família do amigo, perto de Londres.

Com tudo esclarecido, muitas coisas amáveis foram ditas pelas senhoritas Thorpe acerca de como desejavam conhecê-la melhor e de como já se consideravam amigas por causa da amizade dos irmãos etc. Catherine ouviu tudo com prazer e respondeu com todas as expressões adoráveis que pôde evocar. Numa primeira prova de benevolência, foi logo convidada a tomar o braço da mais velha das irmãs Thorpe e a dar uma volta com ela pelo salão. Catherine estava encantada com aquela ampliação de seu círculo de conhecidos em Bath e quase esqueceu-se do sr. Tilney enquanto conversava com a srta. Thorpe. A amizade é certamente o melhor bálsamo para as aflições do amor desiludido.

A conversa girou em torno dos assuntos nos quais a livre discussão age com tanta eficácia no aperfeiçoamento de uma súbita intimidade entre duas jovens damas: vestidos, bailes, galanteios e gracejos. A srta. Thorpe, no entanto, sendo quatro anos mais velha que a srta. Morland, e pelo menos quatro anos mais experiente, contava com uma vantagem muito decisiva na discussão de tais questões: podia comparar os bailes de Bath com os de Tunbridge, suas modas com as modas de Londres; podia retificar as opiniões de sua jovem amiga em muitos aspectos do bom gosto em vestimentas; podia reconhecer o galanteio entre um cavalheiro e uma dama que apenas trocassem sorrisos; e podia identificar um bom gracejo no emaranhado de uma multidão. Tais poderes mereceram a devida admiração por parte de Catherine, para quem eles eram inteiramente novos, e o respeito que naturalmente inspiraram poderia ter sido forte demais para o surgimento da familiaridade, não fosse o fato de que os modos joviais da srta. Thorpe, assim como suas frequentes manifestações de que se deleitava com a nova amizade, tivessem suavizado todos os sentimentos de intimidação, estimulando apenas a mais terna afeição. A afinidade entre as duas, cada vez maior, não poderia ser aplacada com somente meia dúzia de voltas pelo Salão da Fonte, e exigiu, quando todas foram embora juntas, que a srta. Thorpe acompanhasse a srta. Morland até a porta da casa dos Allen e que se despedissem com o mais afetuoso e prolongado aperto de mãos, após descobrirem, para alívio mútuo, que se veriam em camarotes opostos no teatro, naquela noite, e que rezariam na mesma capela na manhã seguinte. Em seguida, Catherine subiu as escadas correndo e observou, pela janela da sala de visitas, o avanço da srta. Thorpe na descida da rua; admirou seu modo gracioso de caminhar, o aspecto requintado do corpo e do vestido; e sentiu-se grata, tanto quanto pôde, pelo acaso que a brindara com tal amiga.

A sra. Thorpe era viúva, uma viúva não muito rica; era uma mulher bem-humorada e bondosa e uma mãe muito indulgente. Sua filha mais velha era dotada de grande beleza, e as mais novas, fingindo que eram tão bonitas quanto a irmã, imitando seus modos e se vestindo com o mesmo estilo, não se saíam mal.

Esta breve descrição da família tem como intenção suplantar a necessidade de uma longa e minuciosa exposição da personalidade da sra. Thorpe e das aventuras e desgraças do seu passado, o que de outro modo poderia ocupar três ou quatro capítulos, nos quais seria evidenciada a vilania de lordes e homens da lei, e nos quais seriam minuciosamente repetidas conversas ocorridas vinte anos antes.

# Capítulo 5

No teatro, naquela noite, Catherine não se dedicou com tanto afinco a responder aos acenos e sorrisos da srta. Thorpe, embora eles tenham lhe tomado um bom tempo; pois não deixou de procurar pelo sr. Tilney, com olhos curiosos, em todos os camarotes que sua visão alcançava. Mas procurou em vão. Se o sr. Tilney não apreciava o Salão da Fonte, tampouco apreciava a arte da representação. Ela teve esperança de que seria mais venturosa no dia seguinte; e quando suas preces por tempo bom foram atendidas no vislumbre de uma linda manhã, sua confiança ganhou mais força, porque um belo domingo, em Bath, faz com que todas as casas se esvaziem de habitantes, e o mundo inteiro aparece à luz do sol para passear, e todos dizem a seus conhecidos que o dia está maravilhoso.

Assim que terminou o serviço religioso, as famílias Thorpe e Allen se reuniram ansiosamente. Depois, permaneceram no Salão da Fonte tempo suficiente para constatar que a multidão era insuportável e que não havia um único rosto distinto à vista, uma constatação inevitável em todos os domingos da temporada, e se dirigiram às pressas para o Crescent, a fim de respirar o ar fresco de uma companhia mais agradável. Aqui, de braços dados, Catherine e Isabella mais uma vez saborearam as delícias da amizade numa conversa franca; falaram muito, e com muito divertimento; mais uma vez, porém, Catherine se viu frustrada na esperança de rever seu par. Tilney não podia ser encontrado em lugar nenhum; todas as buscas por ele resultavam no mesmo fracasso, fosse nos passeios da manhã ou nos eventos noturnos; não se via sinal dele, tampouco, nos Salões Altos ou nos Baixos, nem em bailes formais ou informais; muito menos entre os passantes, cavaleiros ou cocheiros do período matinal. Seu nome não aparecia no livro de registros do Salão da Fonte, e a curiosidade não tinha mais por onde seguir. Tilney só podia ter ido embora de Bath. E no entanto não mencionara que sua permanência seria tão curta! Essa espécie de mistério, sempre tão conveniente num herói, fez com que a imaginação de Catherine atribuísse um encanto renovado à pessoa e às maneiras de Tilney e intensificou sua sofreguidão por conhecê-lo melhor. Da sra. Thorpe e de suas filhas não havia como extrair nada, pois tinham chegado a Bath apenas dois dias antes do encontro com a sra. Allen. Aquele era um tema, entretanto, que Catherine discutia frequentemente com sua adorável amiga, de quem recebia todos os encorajamentos possíveis para continuar pensando em Tilney; e a impressão fantasiosa que ele despertara não sofreu, portanto, abalo algum. Isabella tinha certeza quase absoluta de que ele era um jovem fascinante, e também estava convencida de que ele se encantara com a cativante Catherine e retornaria, portanto, em breve. Gostava de Tilney mais ainda por ser ele um clérigo, porque era obrigada a admitir que a profissão a seduzia, e algo como um suspiro lhe escapou quando fez tal confissão. Talvez fosse um erro, por parte de Catherine, não perguntar qual era a causa dessa meiga emoção, mas ela não era experiente o bastante nas sutilezas do amor ou nos deveres da amizade e não sabia quando era apropriado articular uma zombaria delicada, ou quando uma confidência deveria ser arrancada à força.

A sra. Allen estava agora muito feliz, muito satisfeita com Bath. Encontrara pessoas conhecidas, tendo a sorte de encontrar, nelas, a família de uma velha e estimável amiga. Sua ventura era completa: essas conhecidas não se vestiam com tanto requinte quanto ela, de maneira alguma. Suas exclamações diárias não eram mais: "Seria tão bom se tivéssemos conhecidos em Bath!". Passaram a ser: "Como estou contente por termos encontrado a sra. Thorpe!". E ela se empenhava em promover aproximações entre as duas famílias tanto quanto se empenhavam Isabella e sua jovem protegida. O dia não seria satisfatório se ela não o passasse, na maior parte, ao lado da sra. Thorpe, gozando de algo que as duas chamavam de conversações, nas quais, porém, raramente ocorria alguma troca de opiniões, muitas vezes não existindo sequer algo que se assemelhasse a um assunto, pois a sra. Thorpe falava principalmente sobre seus filhos, e a sra. Allen, sobre seus vestidos.

O progresso da amizade entre Catherine e Isabella foi veloz, na mesma medida em que seu início fora caloroso, e elas passaram tão rapidamente por todas as gradações crescentes da ternura que em breve já não havia nenhuma manifestação nova de carinho que pudessem exibir para os outros ou para si mesmas. Chamavam uma à outra pelos nomes de batismo, andavam sempre de braços dados, prendiam as caudas de seus vestidos uma na outra durante as danças e não se separavam na quadrilha; e se uma manhã chuvosa as privava de outros divertimentos, ainda assim se encontravam, resolutas, desafiando água e lama, e se trancavam para ler romances. Sim, romances; porque não vou adotar o costume imprudente e mesquinho, tão comum entre autores de romances, de degradar, com censura insolente, as obras que eles mesmos estão ajudando a multiplicar – fazendo coro com seus maiores inimigos, aplicando epítetos cruéis a tais livros, quase nunca permitindo que sejam lidos pelas heroínas que eles mesmos criaram; se por acidente a heroína abrir um romance, certamente vai folhear com desgosto suas insípidas páginas. Ora! Se a heroína de um romance não for apadrinhada por outra heroína, de quem poderá esperar proteção e consideração? Não aprovo. Que fique com os críticos a tarefa de abusar à vontade dessas efusões de fantasia, de desprezar cada novo romance com variações surradas do discurso ordinário que faz gemer os prelos. Não podemos abandonar nossos companheiros: somos um corpo ferido. Embora nossas obras tenham proporcionado mais prazer genuíno do que qualquer outra corporação literária no mundo, nenhum tipo de composição foi tão depreciado. Por causa do orgulho, da ignorância ou da moda, nossos adversários são quase tão numerosos quanto nossos leitores. E enquanto as habilidades do noningentésimo abreviador da história da Inglaterra, ou do homem que colige e publica num volume algumas dúzias de versos de Milton, Pope e Prior, com um artigo do *Spectator* e um capítulo de Sterne, são louvadas por mil penas, parece existir um desejo quase generalizado de depreciar as capacidades e desvalorizar o trabalho do romancista, de menosprezar as obras cujos únicos atributos são o talento, a perspicácia e o bom gosto. "Não sou leitor de romances"; "Raramente abro um romance"; "Não pense que *eu* leia romances com frequência"; "Não é nada mau, para um romance". Essa é a cantilena habitual. "Que livro está lendo, senhorita ...?" "Ah! É apenas um romance!", responde a jovem dama, fechando o livro com indiferença afetada ou com vergonha momentânea. "É apenas *Cecilia*, ou *Camilla*, ou *Belinda*"; ou, para resumir, é apenas um livro qualquer no qual são ostentados os maiores poderes da mente, no qual são transmitidos ao mundo, na linguagem mais esmerada, o conhecimento mais profundo da natureza humana, o esboço mais apurado de suas variedades, as mais vivas efusões da perspicácia e do humor. Agora, se a mesma jovem dama estivesse ocupada com uma edição do *Spectator*, e não com um romance qualquer, mostraria o volume com orgulho e diria seu nome. É pouco provável, porém, que ela estivesse lendo qualquer parte dessa volumosa publicação, pois tanto seus temas quanto seu estilo enojariam uma pessoa jovem e judiciosa: a substância de seus artigos consiste muitas vezes na apresentação de acontecimentos inverossímeis, personagens fictícios e tópicos de conversação que já não dizem respeito a nenhuma pessoa viva; sua linguagem, além disso, é frequentemente tão grosseira que nos passa uma ideia nada favorável da época que a suportou.

# Capítulo 6

A CONVERSA A SEGUIR, que foi conduzida pelas duas amigas certa manhã, no Salão da Fonte, após oito ou nove dias de amizade, servirá como exemplo da calorosa afinidade que sentiam e também para ressaltar a delicadeza, a discrição, a originalidade de pensamento e o bom gosto literário que marcavam a razoabilidade de tal afeição.

O encontro havia sido marcado. Como Isabella chegara quase cinco minutos antes de sua amiga, sua primeira declaração foi, naturalmente:

– Criatura amada, como é possível que tenha demorado tanto? Estou esperando por você faz pelo menos um século!

– Verdade? Sinto muito pelo atraso, mas realmente pensei que chegaria a tempo. É uma hora, neste momento. Você chegou faz muito tempo?

– Ah! Cheguei dez séculos atrás, no mínimo. Estou certa de que fiquei esperando por meia hora. Pois bem, sentemos no outro lado do salão, vamos nos entreter. Tenho cem coisas para lhe dizer. Em primeiro lugar, fiquei com tanto medo de que fosse chover hoje de manhã, bem no momento de sair; o céu estava muito fechado, eu morreria de aflição! Ouça, você não pode imaginar, acabei de ver um chapéu fabuloso na janela de uma loja, bem parecido com o seu, mas as fitas não eram verdes, tinham cor de *coquelicot*; fiquei tão cobiçosa por ele! Mas, minha amada Catherine, o que você andou fazendo a manhã inteira? Avançou com *Udolpho*?

– Sim, fiquei lendo desde que acordei, e já cheguei ao véu negro.

– Chegou? Que magnífico! Ah! Por nada no mundo lhe contarei o que há por trás do véu negro! Você não está morta de curiosidade?

– Ah, sim, muito! O que será? Mas não me conte; não quero que me conte de maneira nenhuma. Sei que só pode ser um esqueleto, estou certa de que é o esqueleto de Laurentina. Ah, estou encantada com o livro! Poderia passar minha vida inteira lendo-o. Garanto a você: se eu não precisasse vir ao nosso encontro, não largaria o livro por nada no mundo.

– Criatura amada! Fico-lhe tão grata! Quando você terminar *Udolpho*, vamos ler juntas o *Italiano*; e fiz para você uma lista com dez ou doze outros do mesmo tipo.

– Não diga! Como fico feliz! Quais são eles?

– Vou ler os títulos agora mesmo; aqui estão eles, no meu caderno de anotações: *O castelo de Wolfenbach*, *Clermont*, *Sinais misteriosos*, *O necromante da Floresta Negra*, *O sino da meia-noite*, *A órfã do Reno* e *Mistérios horrendos*. Teremos ocupação por algum tempo.

– Sim, muito bem; mas são todos horrendos, você está certa de que são todos horrendos?

– Sim, tenho certeza; porque certa amiga minha, a srta. Andrews, uma garota adorável, uma das criaturas mais adoráveis do mundo, leu todos eles. Queria que você conhecesse a srta. Andrews, você ficaria encantada com ela. Ela está fazendo sozinha um manto adorável, você não imagina. Eu a considero linda como um anjo, e fico tão irritada com os homens, que não demonstram admiração por ela! Eu os repreendo estupendamente por causa disso, todos eles.

– Repreende? Você os repreende porque eles não demonstram admiração por ela?

– Sim, faço exatamente isso. Não há nada que eu não faria por aquelas que são de verdade minhas amigas. Não sei como amar pessoas pela metade; não é da minha natureza. As minhas afinidades são sempre excessivamente fortes. Eu disse ao capitão Hunt, numa das nossas reuniões neste inverno, que se ele ficasse me importunando a noite inteira eu não dançaria com ele, a não ser que ele admitisse que a srta. Andrews é linda como um anjo. Veja, os homens pensam que somos incapacitadas para uma verdadeira amizade, e estou determinada a lhes mostrar que não é assim. Ora, se eu ouvisse alguém falando de você com menosprezo, ficaria inflamada no mesmo instante. Mas isso não é nada provável, porque *você* é exatamente o tipo de garota que se torna uma grande favorita entre os homens.

– Ah, querida! – exclamou Catherine, corando. – Como pode dizer isso?

– Eu a conheço muito bem; você tem tanta animação, e isso é justamente o que falta à srta. Andrews, pois preciso confessar que há nela alguma coisa estupendamente insípida. Ah! Preciso lhe contar que ontem, logo depois da nossa despedida, vi um jovem que não tirava os olhos de você... Estou certa de que ele está apaixonado por você.

Catherine voltou a corar e descrer. Isabella riu.

– É a mais absoluta verdade, juro pela minha honra; mas sei como é; você é indiferente à admiração de todos, exceto à de um determinado cavalheiro que ficará sem nome. Não, não posso culpá-la – (falando com mais seriedade) –, seus sentimentos são bastante compreensíveis. Quando o coração está realmente comprometido, sei muito bem como não nos agradam as atenções de qualquer outra pessoa. Tudo é tão insípido e tão desinteressante quando não diz respeito à pessoa amada! Compreendo perfeitamente os seus sentimentos.

– Mas você não deveria me convencer a pensar tanto no sr. Tilney, porque talvez eu nunca mais o veja.

– Não vê-lo nunca mais? Minha amada criatura, nem fale nisso. Estou certa de que você sofrerá muito se pensar dessa maneira.

– Não, na verdade não é assim. Não quero dizer que ele não tenha me agradado intensamente; mas enquanto eu tiver *Udolpho* para ler, sinto que ninguém poderá me fazer infeliz. Ah! O tenebroso véu negro! Minha querida Isabella, estou certa de que só pode ser o esqueleto de Laurentina por trás dele.

– É tão estranho, para mim, que você nunca tenha lido *Udolpho* antes; mas suponho que a sra. Morland tenha restrições quanto a romances.

– Não, não tem. Ela mesma lê *Sir Charles Grandison* com muita frequência; mas livros novos não chegam até nós.

– *Sir Charles Grandison*! É um livro estupendamente horrendo, não é? Lembro que a srta. Andrews não conseguiu terminar o primeiro volume.

– Ele não é nem um pouco como *Udolpho*; mesmo assim, penso que é um livro muito envolvente.

– Verdade? Você me surpreende; eu julgava que não fosse legível. Mas, minha amada Catherine, você já pensou em como vai enfeitar o cabelo hoje à noite? Estou determinada a fazer um arranjo exatamente igual ao seu. Os homens reparam *nisso* às vezes, você sabe?

– Mas não importa se eles reparam ou não – disse Catherine, com muita inocência.

– Não importa? Céus! Eu sigo a regra de jamais dar importância ao que os homens dizem. Eles são, com muita frequência, estupendamente impertinentes se você não os trata com altivez, para que fiquem a uma certa distância.

– Eles são? Bem, nunca observei *isso*. Eles sempre se comportam muito bem comigo.

– Ah! Eles exibem certas posturas... São as criaturas mais presunçosas do mundo e se julgam pessoas muito importantes! A propósito, embora eu já tenha pensado nisso cem vezes, sempre esqueço de lhe perguntar qual é a sua compleição favorita num homem. Você os prefere morenos ou louros?

– Difícil responder. Nunca pensei muito no assunto. Algo entre os dois, creio. Castanho... não louro, e... e não muito moreno.

– Muito bem, Catherine. É exatamente ele. Não esqueci a descrição que você fez do sr. Tilney: "pele morena, olhos escuros e cabelos um tanto escuros". Bem, meu gosto é diferente. Prefiro olhos claros, e, quanto à compleição, veja, gosto mais de uma tez pálida do que de qualquer outra. Não vá me trair se um dia encontrar entre os seus conhecidos alguém que corresponda a essa descrição.

– Trair? O que você quer dizer?

– Nada, não me incomode. Creio que já falei mais do que devia. Deixemos de lado o assunto.

Catherine concordou, com certo espanto, e, depois de permanecer calada por alguns instantes, estava a ponto de retornar ao assunto que mais lhe interessava naquele momento, mais do que qualquer outra coisa no mundo – o esqueleto de Laurentina –, quando sua amiga a impediu, dizendo:

– Pelo amor de Deus, vamos sair deste lado do salão. Veja, aqueles dois jovens detestáveis ficaram olhando para mim por meia hora. Eles realmente me fazem perder a compostura. Vamos olhar a lista de recém-chegados. Dificilmente nos seguirão até lá.

E lá se foram as duas, na direção do livro. Enquanto Isabella examinava os nomes, a missão de Catherine era vigiar os procedimentos dos dois assustadores jovens.

– Eles não estão vindo para cá, estão? Espero que não sejam impertinentes a ponto de nos seguirem. Por favor, me avise se eles estiverem vindo. Estou determinada a não levantar os olhos.

Dentro de alguns instantes, com prazer sincero, Catherine assegurou sua amiga de que não havia mais motivo para inquietação, visto que os cavalheiros tinham acabado de sair do salão.

– E seguiram por qual caminho? – perguntou Isabella, olhando em volta, agitada. – Um deles era um rapaz muito bonito.

– Seguiram na direção do pátio da igreja.

– Bem, estou estupendamente feliz por ter me livrado deles! E agora poderíamos ir até Edgar's Buildings para olhar o meu novo chapéu, não? Você me disse que gostaria de vê-lo.

Catherine concordou prontamente. E afirmou:

– Mas correremos o risco de passar pelos dois jovens.

– Ah! Não se atormente com isso. Se nos apressarmos, deixaremos os dois para trás em pouco tempo, e vou morrer se não mostrar a você o meu chapéu.

– Se esperarmos apenas alguns minutos, porém, não haverá perigo, não os veremos de modo algum.

– Não dou tanta importância a eles, tenha certeza disso. Eu jamais admitiria tratar homens com *tal* respeito. Eles já se julgam superiores.

Catherine não teve como se opor a esse raciocínio. Assim sendo, para reafirmar a independência da srta. Thorpe e sua resolução de humilhar o sexo oposto, elas puseram-se a caminhar com a maior rapidez possível, em perseguição aos dois jovens.

# Capítulo 7

Meio minuto as conduziu da saída do salão até o local da arcada de Union Passage; aqui, porém, elas tiveram de parar. Quem quer que conheça Bath lembrará como é difícil atravessar Cheap Street nessa altura; essa rua é de fato tão impertinente por natureza, tão desgraçadamente conectada às grandes estradas de Londres e Oxford e à principal estalagem da cidade, que não se passa um dia sem que dezenas de senhoras, por mais importantes que sejam suas ocupações, estejam elas em busca de pastelaria, de chapéus ou até mesmo (como no caso em questão) de jovens cavalheiros, vejam-se detidas num lado ou no outro por carruagens, cavaleiros ou carroças. Tal infortúnio vinha sendo experimentado e lamentado por Isabella, desde sua chegada a Bath, ao menos três vezes por dia; e sua sina, agora, era experimentá-lo e lamentá-lo mais uma vez, pois no exato momento em que as amigas passavam por Union Passage, entrando no campo de visão dos dois cavalheiros, que avançavam pela multidão, e enfrentando a sarjeta da interessante viela, elas foram impedidas de fazer a travessia pela aproximação de um cabriolé, guiado por um cocheiro aparentemente hábil, naquele pavimento ruim, com uma veemência que colocava em conveniente perigo as vidas dele mesmo, de seu companheiro e de seu cavalo.

– Ah, esses cabriolés odiosos! – disse Isabella, olhando para o céu. – Como os detesto.

Esse ódio, porém, mesmo sendo tão justo, teve pouca duração, pois ela baixou os olhos novamente e exclamou:

– Magnífico! O sr. Morland e o meu irmão!

– Deus do céu! É James! – proferiu Catherine ao mesmo tempo.

Quando os jovens enxergaram as duas, o cavalo foi imediatamente estacado, com tamanha violência que por pouco não se empinou; os cavalheiros saltaram e deixaram o veículo aos cuidados do criado, que se aproximara galopando.

Catherine, para quem tal encontro era totalmente inesperado, recebeu seu irmão com o mais vívido prazer, e ele, por sua parte, tendo um temperamento afável e sendo sinceramente apegado à irmã, deu todas as provas de que estava também satisfeito, na medida do possível, já que os olhos radiantes da srta. Thorpe lhe solicitavam incessante atenção. Ele rapidamente apresentou seus cumprimentos a Isabella, com uma mistura de alegria e embaraço que poderia ter revelado a Catherine, fosse ela mais atenta aos sentimentos manifestos das outras pessoas e não tão fixada apenas nos seus, que seu irmão, assim como ela, considerava sua amiga muito bonita.

John Thorpe, que enquanto isso estivera dando ordens a propósito dos cavalos, logo se juntou a eles, e dele Catherine recebeu, imediatamente, os respeitos que lhe cabiam: ele tocou a mão de Isabella com brevidade e secura; a ela, porém, dedicou um recuo completo do pé e uma meia mesura. John era um jovem corpulento, de estatura mediana; tendo um rosto comum e formas desgraciosas, parecia ter receio de ficar muito elegante a menos que usasse um traje de cavalariço, e de ser cavalheiresco demais se não estivesse à vontade quando deveria ser cortês, ou insolente quando poderia estar à vontade. Ele tirou seu relógio:

– Srta. Morland, quanto tempo calcula que levamos de Tetbury até aqui?

– Não sei qual é a distância.

Ela foi informada pelo irmão de que eram 23 milhas.

– Vinte e *três*! – exclamou Thorpe. – Vinte e cinco, e nem uma polegada a menos.

Morland protestou, defendeu a autoridade de mapas, estalajadeiros e marcos de estrada. Mas seu amigo desdenhava de tudo isso: ele seguia uma medição mais confiável.

– Sei que são 25 – disse ele – por causa da duração da viagem. É uma e meia agora; saímos do pátio da estalagem em Tetbury quando o relógio da cidade bateu onze horas; e desafio qualquer homem na Inglaterra a fazer com que o meu cavalo, arreado, percorra menos de dez milhas por hora; são exatamente 25, portanto.

– Você eliminou uma hora – disse Morland. – Eram apenas dez horas quando partimos de Tetbury.

– Dez horas! Eram onze, juro por minha alma! Contei cada batida. Esse seu irmão quer me levar à loucura, srta. Morland; olhe bem para o meu cavalo; já viu, em toda a sua vida, um animal tão talhado para a velocidade? – (O criado havia acabado de subir na carruagem e já estava indo embora.) – Um puro-sangue! Ora, três horas e meia, e percorrer apenas 23 milhas! Olhe para aquela criatura e tente imaginar se isso é possível.

– Ele *parece* estar transpirando bastante, de fato.

– Transpirando? Ele sequer ofegou até que chegássemos a Walcot Church. Mas observe as patas dianteiras, os quadris, veja só como ele anda. Aquele cavalo *não pode* percorrer menos que dez milhas por hora; amarre suas patas e ele não deixará de andar. E o que me diz do meu cabriolé, srta. Morland? Um belo veículo, não? Bem-aparelhado, versátil; faz menos de um mês que o comprei. Foi construído para um cavalheiro de Christchurch, amigo meu, um excelente sujeito. Ele utilizou o carro por algumas semanas e então, creio eu, decidiu que era mais conveniente se desfazer dele. Ocorreu que na mesma época eu estava procurando por algo leve, desse tipo, embora também estivesse bastante determinado a comprar um coche de duas rodas; mas encontrei o sujeito por acaso em Magdalen Bridge, quando ele seguia para Oxford, no último semestre; "Ah! Thorpe", disse ele, "você não teria interesse por um carrinho como este? É um cabriolé dos melhores, mas estou cansado dele." "Maldição!", disse eu, "Você encontrou a pessoa certa; quanto quer por ele?" Quanto calcula que ele me pediu, srta. Morland?

– Jamais poderei adivinhar.

– Aparelhamento completo de coche, veja: assento, bagageiro, porta-espada, para-lama, lanternas, frisos de prata, tudo em perfeita ordem; e uma ferragem boa como se fosse nova, ou até melhor. Ele pediu cinquenta guinéus; fechei o negócio no mesmo instante, entreguei o dinheiro e a carruagem era minha.

– Posso garantir – disse Catherine – que sei muito pouco sobre essas coisas; não saberia dizer se foi barato ou caro.

– Nem barato e nem caro. Ouso dizer que poderia ter feito a compra por menos, mas detesto regatear, e o pobre Freeman estava precisando de dinheiro.

– Foi generoso de sua parte – disse Catherine, bastante satisfeita.

– Ah! Que diabo; quando se pode fazer uma coisa boa por um amigo, detesto ser mesquinho.

Em seguida os rapazes quiseram saber qual era o rumo que as jovens damas pretendiam tomar; o itinerário foi revelado, e ficou decidido que eles acompanhariam as duas até Edgar's Buildings e que apresentariam seus cumprimentos à sra. Thorpe. James e Isabella seguiram na frente, e esta última estava tão contente com sua sorte, com tanta alegria se empenhava em proporcionar uma caminhada agradável ao cavalheiro que tinha a dupla recomendação de ser amigo de seu irmão e irmão de sua amiga, tão puros e ponderados eram seus sentimentos, que procurou não atrair a atenção dos dois jovens ofensores ao passar por eles em Milsom Street: olhou para trás, na direção deles, apenas três vezes.

John Thorpe acompanhou Catherine, é claro, e, depois de alguns minutos de silêncio, retomou sua conversa sobre o cabriolé.

– A senhorita verá, no entanto, que muitas pessoas dirão que o negócio foi vantajoso, porque eu poderia ter vendido o carro por dez guinéus a mais no dia seguinte; Jackson, de Oriel, ofereceu-me sessenta imediatamente; Morland estava comigo na ocasião.

– Sim – disse Morland, que ouviu de longe essa afirmação. – Mas você não menciona que seu cavalo estava incluído.

– Meu cavalo? Mas que diabo! Eu não venderia meu cavalo por cem. Gosta de carruagens abertas, srta. Morland?

– Sim, gosto muito. Tive poucas oportunidades de andar numa, mas tenho grande apreço por elas.

– Fico feliz; vou levá-la para passear na minha todos os dias.

– Obrigada – disse Catherine, com certa perturbação, sem saber se era apropriado aceitar tal oferta.

– Vou subir Lansdown Hill amanhã.

– Obrigada; mas seu cavalo não vai precisar de repouso?

– Repouso! Ele só percorreu 23 milhas hoje; tolice; não há nada que estrague tanto os cavalos quanto o repouso; nada os esgota com mais rapidez. Não, não; vou exercitar o meu numa média de quatro horas por dia enquanto estiver por aqui.

– Não diga! – exclamou Catherine, com muita seriedade. – Serão quarenta milhas por dia.

– Quarenta! Ora, que sejam cinquenta, pouco me importa. Bem, vou subir Lansdown amanhã; comprometo-me.

– Será magnífico! – disse Isabella, voltando-se para trás. – Minha amada Catherine, tenho tanta inveja de você; mas receio, meu irmão, que você não terá espaço para uma terceira pessoa.

– Uma terceira pessoa! Não, não; não vim a Bath para carregar minhas irmãs para lá e para cá; seria ridículo, palavra! Morland tomará conta de você.

Isso propiciou um diálogo de amabilidades entre os outros dois; mas Catherine não ouviu nem os pormenores e nem a conclusão. O discurso de seu companheiro decaiu do tom animado e se limitou a ligeiras sentenças categóricas de louvor ou condenação diante de todas as mulheres que passavam; e Catherine, depois de ouvir e concordar pelo maior tempo possível, com toda a deferente cortesia de uma jovem mente feminina, temerosa de arriscar uma opinião própria que contrariasse aquele homem tão seguro de si, especialmente no que dizia respeito à beleza de seu próprio sexo, aventurou-se, por fim, a trocar de assunto, com uma questão que desde muito tempo era a principal ocupação de seus pensamentos. Ela perguntou:

– Por acaso já leu *Udolpho*, sr. Thorpe?

– *Udolpho*? Deus! Eu não, nunca leio romances, tenho coisas mais importantes para fazer.

Catherine, constrangida e envergonhada, pensou em se desculpar pela pergunta, mas ele a impediu, dizendo:

– Todos os romances são tão repletos de tolices e coisas sem sentido. Desde *Tom Jones* não se publica nada que seja razoavelmente decente, exceto *O monge*, que li outro dia. Quanto a todos os outros, são as coisas mais estúpidas na face da Terra.

– Creio que você gostaria de *Udolpho*, se o lesse; é tão interessante.

– Eu não, palavra! Não; se quiser ler romances, lerei os da sra. Radcliffe; são curiosos o bastante, fazem valer a leitura; *neles* há um pouco de diversão e inteligência.

– *Udolpho* foi escrito pela sra. Radcliffe – disse Catherine, com alguma hesitação, temendo constrangê-lo.

– Não pode ser; foi? Ah, lembrei, foi sim; eu estava pensando naquele outro livro estúpido, escrito por aquela mulher sobre a qual tanto falam, aquela que se casou com um emigrante francês.

– O senhor se refere a *Camilla*?

– Sim, esse mesmo; tanta coisa inverossímil! Um velho brincando de gangorra; peguei o primeiro volume certa vez e o folheei, mas logo vi que seria perda de tempo. De fato, adivinhei que era tolice antes mesmo de começar a ler; assim que soube que ela se casara com um emigrante, tive certeza de que jamais seria capaz de ler o livro até o fim.

– Nunca o li.

– Não perdeu nada, eu lhe garanto; é a tolice mais horrível que a senhorita poderia imaginar; não há nele absolutamente nada além de um velho brincando de gangorra e aprendendo latim; juro por minha alma que não há nada mais.

Essa crítica, cuja justiça infelizmente não pôde ser avaliada pela pobre Catherine, acompanhou os dois até a porta dos aposentos da sra. Thorpe; e os sentimentos do leitor perspicaz e imparcial de *Camilla* deram lugar aos sentimentos do filho obediente e afetuoso assim que eles se encontraram com a sra. Thorpe, que os espreitara do andar de cima.

– Mamãe! Como vai? – disse ele, com um vigoroso aperto de mão. – Onde arranjou esse chapéu extravagante? A senhora parece uma bruxa velha com ele. Morland veio comigo, e vim passar alguns dias aqui, portanto a senhora precisa procurar por duas boas camas nas redondezas.

E tais palavras aparentemente contentaram todos os mais ternos desejos do coração da senhora, pois ela recebeu o filho com deleitada e exultante afeição. A suas duas irmãs mais novas ele consagrou uma porção idêntica de seu carinho fraternal, perguntando a elas se passavam bem e observando que ambas estavam muito feias.

Esses modos não agradaram Catherine; mas ele era amigo de James e irmão de Isabella; e seu julgamento foi mais corrompido ainda pela afirmação de Isabella, quando elas se retiraram para olhar o chapéu, de que John a considerava a garota mais encantadora do mundo, e pelo convite de John, no momento da despedida, para que dançasse com ele naquela noite. Fosse Catherine mais velha ou mais vaidosa, tais galanteios poderiam ter resultado em nada; quando juventude e falta de confiança estão unidas, porém, somente uma firmeza de raciocínio fora do comum poderá resistir a tantas atrações: ela fora classificada como a garota mais encantadora do mundo e convidada para dançar com muita presteza. Como consequência, quando os dois Morland se puseram a caminho da casa do sr. Allen, depois de uma hora em companhia dos Thorpe, James perguntou, assim que a porta foi fechada atrás deles, "Bem, Catherine, o que pensa do meu amigo Thorpe?", e em vez de responder, como seria mais provável, não houvesse amizade e lisonja no caso, "Não gosto nem um pouco dele", ela retrucou imediatamente:

– Gosto muito dele; parece ser uma pessoa muito agradável.

– É um sujeito de bom temperamento como nunca vi; um pouco tagarela, mas isso o recomenda ao sexo feminino, eu creio. E o que você pensa do resto da família?

– Gosto muito de todas elas, muito mesmo; especialmente de Isabella.

– Fico muito feliz ouvindo isso. A srta. Thorpe é uma amiga perfeita para você, na minha opinião; ela tem tanto bom-senso, e é completamente adorável e desprovida de afetação; eu sempre quis que você a conhecesse; e ela parece gostar muito de você. Ela disse as coisas mais elevadas do mundo em seu louvor; e o louvor de uma garota como a srta. Thorpe é algo de que até mesmo você, Catherine – (pegando a mão da irmã com afeto) –, pode ficar orgulhosa.

– De fato, eu fico – ela retrucou. – Tenho veneração por Isabella, e fico encantada por saber que você também gosta dela. Você não a mencionou quando me escreveu depois de sua visita.

– É porque pensei que veria você em breve. Espero que vocês passem bastante tempo juntas enquanto estiverem em Bath. Ela é uma garota adorável; um discernimento superior! Toda a família gosta tanto dela; ela é evidentemente a favorita, e deve ser tão admirada num lugar como este... não é?

– Sim, muito admirada, imagino; o sr. Allen a considera a garota mais bonita em Bath.

– Deve considerar, de fato; e não conheço um homem que possa julgar a beleza melhor do que o sr. Allen. Não preciso perguntar se você está satisfeita aqui, minha querida Catherine; com uma companheira e amiga como Isabella Thorpe, seria impossível que não estivesse. E os Allen, tenho certeza, são muito gentis com você.

– Sim, muito gentis. Nunca fui tão feliz, e, agora que você veio, a vida será maravilhosa como nunca. Como é bondoso de sua parte vir de tão longe com o propósito de me ver.

James aceitou esse tributo de gratidão e permitiu que sua consciência o aceitasse também, dizendo com perfeita sinceridade:

– Sim, Catherine, gosto de você com todo o meu coração.

Perguntas e informações sobre irmãos e irmãs, a situação de alguns, a evolução dos demais e outras questões de família foram trocadas agora por eles, e tiveram prosseguimento, com uma pequena digressão por parte de James em louvor à srta. Thorpe, até os dois chegarem a Pulteney Street, onde ele foi recebido com grande afabilidade pelo sr. e pela sra. Allen, convidado pelo primeiro para jantar com eles e convocado pela segunda a adivinhar o preço e estimar as qualidades de um regalo e de uma palatina comprados recentemente. Um compromisso em Edgar's Buildings o impediu de aceitar o convite do primeiro e o obrigou a sair correndo assim que satisfez as exigências da segunda. Tendo sido corretamente ajustado o horário em que os dois grupos se encontrariam no Salão Octogonal, Catherine pôde então entregar-se à luxúria de uma imaginação sublime, impaciente e aterrorizada nas páginas de *Udolpho*, esquecida de todas as aflições mundanas sobre vestido e jantar, incapaz de acalmar a sra. Allen, que se atormentava devido ao atraso de uma costureira, e dedicando um só minuto a cada hora para refletir sobre sua própria felicidade, sobre o fato de já ter um par para o baile da noite.

# Capítulo 8

Apesar de *Udolpho* e da costureira, o grupo de Pulteney Street chegou aos Salões Altos com atraso ínfimo. Os Thorpe e James Morland haviam chegado apenas dois minutos antes; Isabella executou a cerimônia habitual de saudar sua amiga com uma pressa sorridente e carinhosa, admirar o corte de seu vestido e invejar os cachos de seu cabelo, e com braços dados elas seguiram suas damas de companhia salão adentro, sussurrando uma para a outra sempre que lhes ocorresse um pensamento e substituindo a declaração de muitas ideias por um aperto na mão ou por um sorriso afetuoso.

Eles ficaram sentados durante alguns poucos minutos e a dança começou. James, que tinha par havia quase tanto tempo quanto sua irmã, não parava de importunar a srta. Thorpe para que levantassem, mas John fora conversar com um amigo na sala de jogos, e Isabella declarou que de nenhuma maneira sairia dançando antes que sua querida Catherine pudesse dançar também.

– Eu lhe garanto – disse ela – que não me levantaria sem a sua querida irmã por nada no mundo, porque se eu o fizesse ela ficaria separada de mim durante toda a noite.

Catherine aceitou essa benevolência com gratidão. Elas permaneceram sentadas por mais três minutos, e então Isabella, que estivera conversando com James no lado oposto, voltou-se de novo para a irmã dele e sussurrou:

– Minha amada criatura, creio que terei de abandoná-la, seu irmão está tão estupendamente impaciente por começar. Sei que você não vai se importar se eu for, e ouso dizer que John voltará num instante, e então você poderá me encontrar com facilidade.

Catherine, embora estivesse um pouco desapontada, era bondosa demais e não faria qualquer objeção; os outros já se levantavam, e Isabella só teve tempo para apertar a mão da amiga e dizer "Até logo, minha amada", antes de sair às pressas. Como as senhoritas Thorpe mais novas também estavam dançando, Catherine foi deixada à mercê da sra. Thorpe e da sra. Allen, entre as quais ficou sentada. Ela não pôde deixar de se sentir vexada com o desaparecimento do sr. Thorpe, pois não apenas queria muito dançar como também tinha consciência de que a legítima dignidade de sua situação não poderia ser conhecida, e de que portanto compartilhava com dezenas de outras damas ainda sentadas o grande descrédito de não ter um par. Cair em desgraça aos olhos do mundo, assumir uma aparência de infâmia enquanto o coração é absoluta pureza e as ações são pura inocência, sendo que a má conduta de outra pessoa é a verdadeira causa do aviltamento: eis uma circunstância peculiarmente comum na vida de uma heroína; sua firmeza em meio à provação é o que particularmente dignifica seu caráter. Catherine também tinha firmeza; sofreu, mas nenhum murmúrio escapou de seus lábios.

Ela foi despertada desse estado de humilhação por um sentimento mais agradável, ao fim de dez minutos, quando viu não o sr. Thorpe, e sim o sr. Tilney, a menos de três jardas de onde estava sentada. Ele parecia estar vindo em sua direção, mas não a viu, e portanto passaram despercebidos, sem macular a grandeza heroica, o sorriso e o rubor que aquele súbito reaparecimento estampara em Catherine. Ele estava bonito e animado como sempre, e conversava, interessado, com uma jovem elegante e atraente que se apoiava em seu braço, e que Catherine de imediato julgou ser sua irmã. Assim, sem pensar, jogou fora uma boa oportunidade de considerá-lo perdido para sempre porque já seria um homem casado. Sendo guiada, porém, apenas por indícios simples e prováveis, nunca lhe passou pela cabeça que o sr. Tilney poderia ser casado; ele nunca se comportara e nunca falara como os homens casados aos quais ela estava habituada; nunca mencionara uma esposa, e já contara que tinha uma irmã. De tais circunstâncias emergiu a conclusão instantânea de que Tilney estava acompanhado pela irmã. Desse modo, em vez de empalidecer como um cadáver e cair convulsa nos braços da sra. Allen, Catherine permaneceu sentada e ereta, com perfeito domínio de seus sentidos e com as faces apenas levemente avermelhadas.

O sr. Tilney e sua companheira, que continuavam a se aproximar, embora com lentidão, eram imediatamente precedidos por uma dama que a sra. Thorpe conhecia; essa dama parou para conversar com ela, e eles, acompanhando a dama, também pararam. Catherine, percebendo que o sr. Tilney a vira, recebeu dele no mesmo instante o sorridente tributo do reconhecimento. Ela sorriu de volta com prazer, e a seguir, chegando mais perto ainda, ele começou a falar com Catherine e com a sra. Allen, por quem foi cumprimentado com grande cortesia.

– Fico tão feliz por vê-lo novamente. Temia que o senhor tivesse deixado Bath.

Tilney agradeceu a ela por seus temores e disse que apenas saíra da cidade por uma semana, na manhã seguinte ao baile em que tivera o prazer de conhecê-la.

– Bem, ouso dizer que o senhor não deve estar lamentando o fato de ter voltado, pois este é o lugar certo para os jovens... e também para todos os outros, na verdade. Eu digo ao sr. Allen, quando ele afirma que está cansado de Bath, que ele de modo algum deveria se queixar, porque este lugar é tão agradável, é muito melhor estar aqui do que em casa nesta época enfadonha do ano. Digo que ele tem muita sorte de ter sido enviado para cá para cuidar da saúde.

– E eu espero que o sr. Allen se sinta obrigado a gostar da cidade, ao constatar que ela lhe foi benéfica.

– Muito obrigada. Não tenho dúvida de que será esse o caso. Um vizinho nosso, o dr. Skinner, esteve aqui no último inverno para cuidar da saúde e voltou para casa totalmente restabelecido.

– Essa circunstância é certamente um grande incentivo.

– Sem dúvida; e o dr. Skinner esteve aqui com sua família por três meses, por isso digo ao sr. Allen que ele não deve ter pressa de ir embora.

Aqui eles foram interrompidos por um pedido que a sra. Thorpe fez à sra. Allen, para que ela se movesse um pouco de modo a providenciar assentos para a sra. Hughes e a srta. Tilney, que tinham concordado em se juntar ao grupo. Feito isso, o sr. Tilney continuou de pé diante de todas; depois de alguns minutos de consideração, pediu a Catherine que dançasse com ele. Essa lisonja, por mais sedutora que fosse, causou severa mortificação a Catherine; recusando o convite, ela expressou seu pesar com grande fervor. Thorpe apareceu pouco depois; se tivesse chegado meio minuto antes, teria pensado que o sofrimento de Catherine era um tanto demasiado. A tranquilidade com que Thorpe afirmou que a fizera esperar não a reconciliou com sua sorte de maneira alguma; e tampouco a interessou o discurso que ele encetou quando os dois se encaminharam para a dança, sobre os cavalos e cães do amigo com o qual acabara de conversar, e sobre uma ideia deles de trocar terriers, de modo que ela ficou olhando, com muita insistência, para o canto do salão no qual deixara o sr. Tilney. De sua querida Isabella, para quem ansiava revelar o ressurgimento de Tilney, não via nada. Elas estavam dançando em quadrilhas diferentes. Catherine se encontrava separada de todo o seu grupo, longe de todos os seus conhecidos. Uma mortificação era sucedida por outra, e ela extraiu de todas uma lição prática: dispor de um par previamente estabelecido, num baile, não aprimora necessariamente a dignidade ou a diversão de uma jovem dama. Ela foi despertada dessa cogitação moralizante por um toque em seu ombro. Voltando-se, viu a sra. Hughes logo atrás dela, acompanhada pela srta. Tilney e por um cavalheiro.

– Peço perdão, srta. Morland, por tomar esta liberdade – disse ela –, mas não consigo de maneira alguma encontrar a srta. Thorpe, e a sra. Thorpe disse ter certeza de que a senhorita não faria qualquer objeção se eu lhe pedisse para fazer companhia a esta jovem.

A sra. Hughes não teria encontrado em todo o salão uma criatura mais obsequiosa do que Catherine. As jovens damas foram apresentadas. A srta. Tilney expressou um justo reconhecimento diante de tanta bondade; a srta. Morland desmereceu sua própria caridade com a típica delicadeza de uma mente generosa; e a sra. Hughes, satisfeita por ter assegurado uma companhia respeitável para sua protegida, retornou ao seu grupo.

A srta. Tilney tinha um porte distinto, um rosto bonito e uma fisionomia muito agradável. Embora não transparecesse a vaidade segura e o requinte resoluto da srta. Thorpe, era dotada de uma elegância mais genuína. Suas maneiras revelavam bom-senso e boa educação, não mostravam nem timidez e nem desenvoltura afetada; e ela parecia capaz de ser jovem e atraente sem exigir, num baile, a atenção fixa de todos os homens a seu redor, e sem exagerar sentimentos de enlevo ou de constrangimento inconcebível a cada acontecimento insignificante. Catherine, imediatamente interessada por sua aparência e por sua ligação com o sr. Tilney, desejou criar alguma intimidade, e por isso procurou ser eloquente, falando sempre que lhe ocorresse algo para dizer e tivesse coragem e oportunidade para dizê-lo. A frequente ausência de um ou mais desses requisitos, porém, atuou como um obstáculo no caminho de uma amizade acelerada e impediu que elas fizessem mais do que estabelecer os primeiros rudimentos de uma intimidade. Uma informou à outra se gostava de Bath, o quanto admirava seus edifícios e a paisagem circundante, se desenhava, tocava um instrumento ou cantava, e se gostava de andar a cavalo.

As duas danças mal haviam acabado quando o braço de Catherine foi suavemente agarrado por sua fiel Isabella, que com grande vivacidade exclamou:

– Finalmente a encontrei! Minha amada criatura, fiquei procurando por você durante uma hora. Como é possível que tenha dançado nesta quadrilha, se sabia que eu estava na outra? Eu me senti tão miserável sem você!

– Minha querida Isabella, de que modo eu poderia ter chegado até você? Eu não conseguia nem mesmo ver onde você estava.

– Foi o que eu disse ao seu irmão o tempo inteiro, mas ele não acreditava em mim. "Vá procurá-la, por favor, sr. Morland", eu dizia, mas em vão, ele não saía do lugar. Não foi assim mesmo, sr. Morland? Mas vocês, homens, são todos tão imoderadamente preguiçosos! Minha amada Catherine, eu repreendi o seu irmão com todas as minhas forças, você ficaria espantada. Você sabe que eu não faço cerimônia com os homens.

– Veja aquela jovem com as contas brancas no cabelo – sussurrou Catherine, tirando sua amiga da companhia de James. – É a irmã do sr. Tilney.

– Céus! Não diga uma coisa dessas! Deixe-me olhar para ela. Que garota encantadora! Nunca vi ninguém com a metade de sua beleza! Mas onde está o irmão dela, o grande conquistador? Ele está no salão? Mostre-me onde ele está agora mesmo. Vou morrer se não vê-lo. Afaste-se, sr. Morland, nossa conversa é reservada. Não estamos falando sobre o senhor.

– Mas qual é o motivo para tantos sussurros? O que houve?

– Aí está, eu sabia que seria assim. Vocês, homens, são tão incansavelmente curiosos! E ainda falam sobre a curiosidade das mulheres, ora! Não é nada de importante. Mas fique satisfeito: o senhor não será informado sobre o assunto.

– E a senhorita pensa que isso é satisfatório para mim?

– Bem, posso afiançar que nunca vi nada igual ao senhor. Que importância poderá ter, para o senhor, o tema da nossa conversa? Talvez estejamos falando sobre o senhor; se for verdade, eu o aconselho a não ouvir mais, caso contrário acabará ouvindo algo não muito agradável.

Nessa conversa trivial, que perdurou por certo tempo, o assunto original parecia estar completamente esquecido. Catherine, embora estivesse contente por tê-lo abandonado por algum tempo, não pôde deixar de ver com suspeita a total suspensão do impaciente desejo que Isabella manifestara por ver o sr. Tilney. Quando a orquestra anunciou uma nova dança, James quis levar consigo sua bela parceira, mas ela resistiu.

– Vou lhe dizer uma coisa, sr. Morland – ela exclamou –, eu não aceitaria o seu convite por nada neste mundo. O senhor não se cansa de me aborrecer? Tente imaginar, minha querida Catherine, o que o seu irmão está me pedindo. Quer que eu dance com ele novamente, embora eu lhe diga que é a coisa mais inadequada, algo totalmente incompatível com as regras. Nós seríamos escarnecidos em todo o salão se não trocássemos de par.

– Juro por minha honra – disse James. – Em reuniões como esta, a troca de par é tão admitida quanto ignorada.

– Tolice! Como pode dizer algo assim? Vocês, homens! Quando querem provar alguma coisa, não há nada que os faça mudar de ideia. Minha doce Catherine, por favor, me ajude; convença o seu irmão de que é impossível. Diga a ele que você ficaria chocada se me visse fazendo algo assim; não ficaria?

– Não, de maneira alguma; se você julga que não é correto, porém, fará bem em trocar de par.

– Aí está! – exclamou Isabella. – O senhor está ouvindo o que a sua irmã diz e no entanto não lhe dá importância. Bem, lembre que não será culpa minha se pusermos todas as senhoras de Bath em alvoroço. Venha, minha amada Catherine, pelo amor de Deus, e fique ao meu lado.

E lá se foram elas, retornando aos assentos. John Thorpe, nesse meio tempo, havia desaparecido, e Catherine, disposta como nunca a dar ao sr. Tilney uma oportunidade de repetir o lisonjeiro convite que tanto lhe agradara pouco antes, quase correu na direção da sra. Allen e da sra. Thorpe, com a esperança de ainda encontrá-lo na companhia delas. Quando a busca se provou infrutífera, ela reconheceu, em seu íntimo, que acalentara uma esperança injustificada.

– Bem, minha querida – disse a sra. Thorpe, impaciente por ouvir elogios ao filho –, espero que seu par tenha se mostrado agradável.

– Muito agradável, senhora.

– Fico feliz. John tem uma vivacidade cativante, não tem?

– Encontrou o sr. Tilney, minha querida? – perguntou a sra. Allen.

– Não, onde está ele?

– Esteve conosco até pouco tempo atrás e disse que se cansara de não fazer nada, que decidira dançar; então pensei que ele talvez fosse convidá-la, se a encontrasse.

– Onde ele pode estar? – perguntou Catherine, olhando em volta.

Ela não precisou procurar por muito tempo: logo o viu, e ele levava uma dama para a dança.

– Ah! Ele já tem par. Seria tão bom se tivesse convidado *você* – disse a sra. Allen, fazendo uma pequena pausa antes de voltar a falar. – Ele é um jovem muito agradável.

– Sem dúvida ele é – disse a sra. Thorpe, com um sorriso complacente. – Não posso negar, embora seja *mãe* dele, que não há em todo o mundo um rapaz mais agradável.

Essa afirmação inaplicável poderia ser vista como disparatada por muitas pessoas, mas não confundiu a sra. Allen, que sussurrou para Catherine, depois de um instante de reflexão:

– Ela pensou, ouso dizer, que eu estava falando de seu filho.

Catherine estava desapontada e aborrecida. Ela parecia ter perdido por muito pouco a realização do desejo que tinha em vista; e tal convicção não a predispôs a responder com graciosidade quando John Thorpe veio até ela, logo depois, e disse:

– Bem, srta. Morland, suponho que não nos resta alternativa a não ser levantar e bailar mais um pouco.

– Não, não. Fico muito grata ao senhor, mas nossas duas danças já se acabaram; além disso estou cansada, não pretendo dançar novamente.

– Não pretende? Poderíamos apenas caminhar pelo salão e zombar das pessoas. Venha comigo, vou lhe mostrar as quatro pessoas mais ridículas do baile: minhas duas irmãs mais novas e seus pares. Ri deles sem parar por meia hora.

Ela se escusou outra vez e, por fim, John foi zombar de suas irmãs sozinho. O resto da noite foi muito enfadonho; durante o chá, o sr. Tilney acompanhou o grupo de seu par; a srta. Tilney, embora fizesse parte do grupo de Catherine, não se sentou perto dela, e James e Isabella estavam tão absortos em conversação que esta última não pôde oferecer para sua amiga mais do que um sorriso, um gesto premente e um "amada Catherine".

# Capítulo 9

VEREMOS, AGORA, DE que modo se agravou a infelicidade de Catherine em função dos acontecimentos da noite. Ela sentiu primeiro, ainda nos salões, um grande desgosto em relação a todas as pessoas que a cercavam, o que lhe causou um considerável cansaço e um violento desejo de ir para casa. Em Pulteney Street, tal desejo se transformou numa fome extraordinária; saciada a fome, sobreveio uma vontade incontornável de ir para a cama; esse foi o auge de sua aflição, pois ela caiu de imediato num sono profundo que durou nove horas, do qual acordou perfeitamente restabelecida, com excelente ânimo, novas esperanças e novos planos. O primeiro desejo de seu coração era estreitar a amizade com a srta. Tilney; com esse propósito em mente, uma de suas primeiras resoluções foi a de que procuraria por ela no Salão da Fonte naquela tarde. No Salão da Fonte, encontrar alguém que chegara a Bath tão recentemente era infalível, e Catherine já constatara que aquele prédio favorecia em grande medida a descoberta de virtudes femininas e o aprofundamento da intimidade feminina, além de se prestar, como nenhum outro local, a conversas secretas e confidências ilimitadas. Sendo assim, teve motivos para acreditar que entre aquelas paredes surgiria mais uma amiga. Estabelecido o plano matinal, ela se sentou calmamente com seu livro depois do desjejum, decidida a permanecer no mesmo lugar, com a mesma ocupação, até que o relógio batesse uma hora; já estava habituada a quase não se incomodar com as observações e exclamações de sua protetora. A mente da sra. Allen era tão vazia e avessa ao pensamento que ela jamais conseguia ficar totalmente quieta, mesmo que não tivesse muito o que dizer; se perdesse sua agulha ou sua linha rebentasse enquanto tecia, se ouvisse uma carruagem na rua ou enxergasse uma manchinha em seu vestido, precisava forçosamente fazer algum comentário em voz alta, houvesse ou não alguém que pudesse lhe responder. Por volta do meio-dia e meia, um ruído estrondoso a fez correr até a janela, e ela mal teve tempo de informar Catherine sobre a chegada de duas carruagens abertas, na primeira apenas um criado, na segunda o irmão dela e a srta. Thorpe, antes que John Thorpe subisse as escadas em velocidade, bradando:

– Bem, srta. Morland, aqui estou eu. Esperou por muito tempo? Não conseguimos vir antes; um segeiro velho e imprestável demorou uma eternidade procurando uma coisa que prestasse para o seu irmão usar, e agora temos uma chance em dez mil de que ela não quebre na primeira esquina. Como vai, sra. Allen? Tivemos um ótimo baile ontem à noite, não? Venha, srta. Morland, precisamos nos apressar, os outros dois estão terrivelmente ansiosos por partir. Querem sair o quanto antes.

– Não estou entendendo – disse Catherine. – Para onde vão vocês todos?

– Para onde? Ora, não diga que se esqueceu do nosso compromisso. Não tínhamos concordado em fazer um passeio hoje de manhã? Que cabeça a sua! Vamos subir Claverton Down.

– Algo foi dito sobre isso, eu lembro – disse Catherine, olhando para a sra. Allen, como que pedindo uma opinião. – Mas eu realmente não estava esperando pelo senhor.

– Não estava esperando? Está zombando de mim! A senhorita teria feito um escândalo se eu não tivesse aparecido.

O apelo de Catherine a sua amiga, enquanto isso, não serviu absolutamente para nada, pois a sra. Allen, ignorando por completo o hábito de transmitir qualquer expressão pelo olhar, não tinha consciência de que o olhar de outra pessoa pudesse significar alguma coisa; e Catherine, cujo desejo de rever a srta. Tilney era capaz de admitir uma breve delonga em favor de um passeio, e que considerou não ser impróprio acompanhar o sr. Thorpe, visto que Isabella iria junto acompanhando James, viu-se obrigada, portanto, a falar com mais clareza.

– Bem, sra. Allen, o que me diz sobre o passeio? Devo ir? A senhora pode me dispensar por uma hora ou duas?

– Faça como bem quiser, minha querida – respondeu a sra. Allen, com a mais plácida indiferença.

Catherine acatou o conselho e correu para se arrumar. Reapareceu poucos minutos depois, mal permitindo que os dois tivessem tempo de emitir algumas frases em louvor a ela, sendo que Thorpe já tinha conquistado a admiração da sra. Allen por seu cabriolé. Depois de uma despedida fraterna, Catherine e John desceram a escada às pressas.

– Minha amada criatura! – gritou Isabella, para quem os deveres da amizade exigiam uma conversa imediata, antes mesmo que Catherine subisse na carruagem. – Você levou no mínimo três horas para se arrumar. Fiquei com medo de que estivesse doente. Que baile maravilhoso nós tivemos ontem à noite. Tenho mil coisas para lhe dizer; mas entre de uma vez, quero partir agora mesmo.

Catherine obedeceu e se dirigiu para o cabriolé, mas ainda pôde ouvir a voz alta de sua amiga, que disse a James:

– Que garota magnífica ela é! Morro de amor por ela.

– Não fique assustada, srta. Morland – disse Thorpe, ajudando Catherine a subir –, se o meu cavalo menear um pouco assim que partirmos. É bem provável que ele salte uma ou duas vezes e que talvez se detenha por um minuto, mas logo vai sujeitar-se ao dono. Ele é muito vigoroso, espirituoso como nunca vi, mas não tem nenhum vício.

Catherine pensou que o quadro não se mostrava muito sedutor, mas era tarde demais para recuar, e ela era jovem demais para confessar que estava assustada. Assim, resignada com seu destino e confiando na alardeada intimidade entre dono e animal, sentou-se calmamente, enquanto Thorpe sentava-se a seu lado. Tudo estando arranjado, o criado que segurava o cavalo foi orientado, por voz autoritária, a "deixá-lo partir", e lá se foram eles, em tranquilidade plena, sem nada de saltos ou travessuras ou qualquer coisa do tipo.

Catherine, maravilhada ao se ver livre de perigo, expressou sua satisfação em voz alta, com surpresa e gratidão; e seu companheiro logo garantiu que a questão era muito simples, tudo se explicava pela maneira particularmente judiciosa com que ele havia segurado as rédeas e por sua destreza, por seu singular discernimento no manejo do chicote. Catherine, apesar de não entender por que motivo o dono do animal, sendo um condutor tão perfeito, teria julgado necessário alarmá-la com uma exposição das artimanhas do cavalo, ficou sinceramente feliz por encontrar-se aos cuidados de um cocheiro irrepreensível; ao perceber que o animal seguia em frente com calma inabalável, sem mostrar a menor propensão a qualquer vivacidade desagradável, sem nenhuma indicação de velocidade alarmante (considerando que seu ritmo inevitável era de dez milhas por hora), ela entregou-se por completo à fruição revigorante do lazer e do ar livre, num dia belo e ameno de fevereiro, com a consciência de que estava segura.

Um silêncio de vários minutos sucedeu o curto diálogo inicial e foi interrompido quando Thorpe disse, muito abruptamente:

– O velho Allen é rico como um judeu, não é?

Catherine não entendeu o que o jovem dissera, e ele repetiu a pergunta, acrescentando uma explanação:

– O velho Allen, o sujeito com quem a senhorita está.

– Ah, o sr. Allen. Sim, acredito que ele seja muito rico.

– E nada de filhos?

– Não, nenhum filho.

– Isso é ótimo para os herdeiros mais próximos. Ele é *seu* padrinho, não é?

– Meu padrinho? Não.

– Mas a senhorita passa tanto tempo com eles.

– Sim, muito tempo.

– Pois então, foi o que eu quis dizer. Ele parece ser um ótimo sujeito, ouso dizer que viveu muito bem na juventude; não é por acaso que sofre de gota. Deve beber uma garrafa por dia, não?

– Uma garrafa por dia? Não. O que leva o senhor a pensar algo assim? Ele é um homem muito moderado; o senhor por acaso considerou que ele estivesse embriagado ontem à noite?

– Que Deus proteja a senhorita! Vocês, mulheres, sempre julgam que os homens estão embriagados. Ora, a senhorita pensa que uma garrafa é capaz de derrubar um homem? Tenho certeza de *uma coisa*: se todos bebessem uma garrafa por dia, não teríamos nem a metade dos problemas que assolam o mundo. Seria uma coisa ótima para todos nós.

– Não posso acreditar nisso.

– Ah! Meu Deus, seria a salvação de milhares. Neste reino não se consome nem um centésimo da quantidade de vinho que seria aconselhável. Nosso clima nebuloso implora por algum remédio.

– E no entanto ouvi dizer que se bebe uma grande quantidade de vinho em Oxford.

– Em Oxford? Não se bebe nada em Oxford hoje em dia, eu lhe garanto. Ninguém bebe por lá. Dificilmente encontraríamos um homem que ultrapassasse seus dois litros, quando muito. Ora, eis um exemplo: na última festa que tivemos nos meus aposentos, o fato de que esvaziamos cerca de dois litros e meio por cabeça, em média, foi visto como algo extraordinário. Consideraram que aquilo era fora do comum. O *meu* vinho é ótimo, evidentemente. É muito raro encontrar algo parecido em Oxford, e isso pode servir como explicação. Mas agora a senhorita já pode ter uma ideia sobre o quanto se bebe por lá.

– Sim, já tenho uma boa ideia – disse Catherine, calorosamente. – Já sei que vocês todos bebem muito mais vinho do que eu pensava. Entretanto, estou certa de que James não bebe tanto assim.

Essa declaração acarretou uma réplica ruidosa e esmagadora, na qual nada era muito distinto, exceto um ornamento de frequentes exclamações que quase chegavam a ser profanidades; terminado o discurso, Catherine sentiu-se ainda mais convencida de que se bebia uma grande quantidade de vinho em Oxford, com a mesma certeza satisfeita a respeito da comparativa sobriedade de seu irmão.

As ideias de John se voltaram, então, para os méritos de sua própria equipagem, e Catherine foi forçada a admirar o ânimo e a liberdade com que o cavalo voava pela estrada e a naturalidade dos passos cadenciados, a excelência das molas, o movimento harmônico de tudo. Ela secundou a admiração do companheiro tanto quanto podia. Elogiar ou criticar por conta própria era impossível. Os conhecimentos dele, a ignorância dela acerca do assunto, a loquacidade dele e a insegurança dela, tudo isso a tornava incapaz de formular qualquer coisa; ela não tinha condições de enunciar um comentário original, mas prontamente ecoava todas as afirmações dele, e por fim ficou estabelecido entre ambos, sem nenhuma dificuldade, que aquela equipagem era sem dúvida a mais completa de seu tipo na Inglaterra, a carruagem a mais impecável, o cavalo o melhor corredor, e ele mesmo o melhor cocheiro.

– O senhor não pensa realmente – disse Catherine, arriscando-se, depois de algum tempo, a considerar que a questão estava totalmente definida e procurando variar um pouco o assunto – que o cabriolé de James vai quebrar?

– Quebrar? Deus! A senhorita já viu alguma coisa mais vacilante na sua vida? Não há naquela ferragem uma única peça em bom estado. As rodas já se desgastaram por pelo menos dez anos de uso... E a estrutura do carro, então! Dou minha palavra, seria possível fazê-la em pedaços com um toque da mão. É o negócio mais infernal e instável que já vi com meus próprios olhos. Graças a Deus o nosso é melhor. Eu não andaria duas milhas naquele cabriolé, nem que me pagassem cinquenta mil libras.

– Deus do céu! – gritou Catherine, bastante assustada. – Retornemos, então, eu imploro; eles certamente se acidentarão se prosseguirmos. Permita que retornemos, sr. Thorpe. Pare agora e fale com o meu irmão, diga a ele que é muito perigoso.

– Perigoso? Por Deus! Qual é o risco que os dois correm? Se o veículo quebrar, eles apenas cairão na estrada; e o chão está bem lamacento, será ótimo cair. Ora, que diabo! A carruagem é segura o bastante, se o sujeito sabe conduzi-la; em boas mãos, uma coisa velha assim ainda pode durar mais uns vinte anos. Meu bom Deus! Por cinco libras eu me encarregaria de conduzi-la até York e trazê-la de volta, e não perderia um prego.

Catherine ouviu com assombro; não sabia como reconciliar duas considerações tão diferentes a respeito da mesma coisa, pois não fora educada de modo a compreender as propensões de um tagarela, ou para saber a quantas declarações negligentes ou falsidades desavergonhadas o excesso de vaidade pode levar. Sua própria família era composta por pessoas comuns, prosaicas, que raramente faziam uso de alguma espirituosidade; seu pai se contentava com um trocadilho, quando muito, e sua mãe com um provérbio; não tinham, portanto, o hábito de mentir para parecerem mais importantes, ou de afirmar algo que desmentiriam momentos depois. Ela refletiu sobre o assunto por algum tempo, com grande perplexidade, e mais de uma vez esteve a ponto de solicitar ao sr. Thorpe que dissesse com mais clareza qual era a sua verdadeira opinião sobre aquele assunto; mas se conteve, porque lhe parecia que ele não primava pela clareza ou pela capacidade de dizer de modo mais inteligível aquilo que pouco antes afirmara com ambiguidade; considerou, além disso, que ele não permitiria que sua irmã e seu amigo fossem expostos a um risco do qual poderia facilmente preservá-los, e concluiu, afinal, que ele mesmo deveria saber muito bem que a carruagem era perfeitamente segura; decidiu que não se assustaria mais, portanto. Thorpe, por sua vez, parecia ter esquecido de vez o problema; e todo o resto de sua conversa, ou melhor, de seu discurso, girou em torno dele próprio e de seus interesses. Ele falou sobre os cavalos que comprara por uma ninharia e vendera por somas inacreditáveis; sobre corridas nas quais seu discernimento prenunciara infalivelmente o vencedor; sobre disputas de tiro nas quais ele matara mais pássaros (sem ter feito um único disparo decente) do que todos os seus companheiros juntos; e descreveu para ela um dia inesquecível de caça à raposa, no qual corrigiu os erros dos mais experientes caçadores com sua presciência e sua habilidade na condução dos cães, e no qual sua equitação arrojada, embora não tenha colocado sua vida em perigo em nenhum momento, fez com que os outros enfrentassem constantes dificuldades, as quais, concluiu ele, já haviam quebrado o pescoço de muitos.

Embora não costumasse fazer julgamentos por conta própria e não tivesse noções firmes sobre como deveriam ser os homens, Catherine não pôde reprimir uma desconfiança, enquanto acolhia aquelas intermináveis efusões de presunção, de que Thorpe talvez não fosse inquestionavelmente agradável. Tratava-se de uma suposição audaciosa, porque ele era o irmão de Isabella; e James havia afirmado que os modos dele o recomendavam a todo o sexo feminino; apesar disso, por causa do supremo aborrecimento de estar na companhia dele, do tédio que se consolidou com menos de uma hora de passeio e que aumentou sem cessar até o momento do regresso a Pulteney Street, ela sentiu-se inclinada, em certa medida, a rechaçar a autoridade do jovem e a descrer em seu poder de proporcionar prazer universal.

Quando eles pararam em frente à porta do sr. Allen, o assombro de Isabella mal pôde ser expressado quando se constatou que já era tarde demais para que ela entrasse na casa com sua amiga.

– Chegamos depois das três horas!

Era inconcebível, inacreditável, impossível! E ela não quis acreditar em seu próprio relógio, tampouco no de seu irmão ou no do criado; não quis acreditar em nenhuma indicação que fosse fundada em razão ou realidade, até que Morland exibiu seu relógio e confirmou o fato; duvidar por mais um minuto, *então*, teria sido inconcebível da mesma maneira, inacreditável e impossível; ela pôde apenas protestar, repetidas vezes, que nunca antes duas horas e meia haviam passado com tanta rapidez, e pediu a Catherine que validasse essa verdade. Catherine não era capaz de dizer uma falsidade, mesmo que fosse para contentar Isabella, mas a srta. Thorpe foi poupada da desgraça de ouvir a voz discordante da amiga ao não esperar pela resposta. Seus próprios sentimentos não lhe deixavam espaço para mais nada: descobrir que teria de seguir diretamente para casa era um amargo infortúnio. Séculos haviam se passado desde que ela tivera, pela última vez, oportunidade de conversar por um momento com sua amada Catherine; tinha mil coisas para contar, e era como se elas nunca mais fossem se encontrar novamente. Assim, com sorrisos que denotavam pesar infinito, com olhares de puro desalento, ela disse adeus e foi embora.

A sra. Allen acabara de retornar de seu atarefado ócio matinal e imediatamente saudou sua protegida dizendo:

– Ah, minha querida, você voltou.

Catherine não saberia contestar tal fato, e tampouco estava disposta para tanto.

– O passeio deve ter sido muito agradável, não?

– Sim, obrigada; o dia estava magnífico.

– Foi o que me disse a sra. Thorpe. Ela ficou muitíssimo feliz com a excursão de vocês.

– A senhora a viu hoje, então?

– Sim. Fui ao Salão da Fonte assim que vocês saíram e lá encontrei a sra. Thorpe, e nós conversamos bastante. Ela disse que quase não havia vitela no mercado hoje de manhã, a carne está estranhamente escassa.

– A senhora viu outros conhecidos nossos?

– Sim; decidimos dar uma volta no Crescent, e lá encontramos a sra. Hughes; o sr. e a srta. Tilney estavam caminhando com ela.

– Não diga! E eles falaram com a senhora?

– Sim, nós caminhamos juntos pelo Crescent durante meia hora. Eles parecem ser pessoas muito agradáveis. A srta. Tilney estava usando uma belíssima musselina pontilhada, e suponho, até onde posso avaliar, que ela sempre se vista com grande requinte. A sra. Hughes me contou muitas coisas sobre a família.

– E o que disse sobre eles?

– Ah! Muitas e muitas coisas, creio que não falou de outro assunto.

– Ela lhe contou de que parte de Gloucestershire eles vêm?

– Sim, contou, mas não consigo lembrar agora. Mas eles são muito distintos e muito ricos. A sra. Tilney chamava-se srta. Drummond antes do casamento, e ela e a sra. Hughes foram colegas de escola; e a srta. Drummond tinha uma enorme fortuna; e quando ela se casou, seu pai lhe deu vinte mil libras, e quinhentas libras para a compra do enxoval. A sra. Hughes viu todas as roupas, quando vieram do empório.

– E o sr. e a sra. Tilney estão em Bath?

– Sim, imagino que estejam, mas não tenho muita certeza. Pensando melhor, porém, tenho impressão de que os dois já estão mortos; a mãe, ao menos, está; sim, estou certa de que a sra. Tilney já morreu, porque a sra. Hughes me disse que o sr. Drummond deu à filha um belíssimo conjunto de pérolas, que ficou guardado para a srta. Tilney quando a mãe morreu.

– E o meu par, o sr. Tilney, é o único filho homem?

– Não posso afirmar com segurança, minha querida; tenho impressão de que seja. Contudo, segundo a sra. Hughes, ele é um jovem excelente, com futuro muito promissor.

Catherine não fez mais perguntas; ouvira o suficiente para perceber que a sra. Allen não tinha nenhuma informação útil para dar, e que ela mesma era particularmente desafortunada por ter perdido aquele encontro com irmão e irmã. Se pudesse ter previsto tal circunstância, nada a teria persuadido a sair com os outros; de qualquer forma, só lhe restava lamentar sua má sorte e refletir sobre o que perdera, e por fim lhe ficou claro que o passeio não fora de maneira alguma muito aprazível, e que o próprio John Thorpe era bastante desagradável.

## Capítulo 10

Os Allen, os Thorpe e os Morland se reuniram todos no teatro naquela noite. Como Catherine e Isabella sentaram juntas, a última teve oportunidade para proferir algumas das dez mil coisas que tinham de ser comunicadas e que vinham se acumulando em seu íntimo no incomensurável período que mantivera as duas separadas.

– Céus! Minha amada Catherine, você será minha, afinal? – foi o que ela disse a Catherine quando entrou no camarote e sentou-se ao lado dela. – Caro sr. Morland – (pois ele estava junto à irmã, no outro lado) –, não pretendo lhe dirigir outra palavra por todo o restante da noite; recomendo ao senhor, portanto, que não espere nada de mim. Minha doce Catherine, você ficou bem durante este longo século? Mas não preciso perguntar, pois você está encantadora. Você de fato arrumou o seu cabelo melhor do que nunca, num estilo divino. Criatura maliciosa, quer seduzir todos os homens? Eu lhe garanto, meu irmão já está bastante apaixonado por você; quanto ao sr. Tilney, ora, está *tudo* definido, Catherine, nem mesmo a *sua* modéstia pode negar que ele está interessado; o retorno dele a Bath deixa tudo muito evidente. Ah, eu daria tudo para vê-lo! Estou realmente morrendo de impaciência. Minha mãe diz que ele é o rapaz mais encantador do mundo; ela o viu hoje de manhã, sabia? Procure em todos os cantos, pelo amor de Deus! Eu lhe garanto, mal conseguirei existir até que possa vê-lo.

– Não – disse Catherine –, ele não está aqui. Não o vejo em nenhum lugar.

– Ah, que terrível! Será que não vou conhecê-lo nunca? O que você pensa do meu vestido? Creio que ele não é nenhum desastre; as mangas ocuparam todos os meus pensamentos. Ouça, estou ficando insuportavelmente enfastiada com Bath; seu irmão e eu compartilhamos a mesma opinião: embora seja perfeitamente aceitável ficar aqui por algumas semanas, não viveríamos aqui nem por milhões. Logo descobrimos que o nosso gosto era exatamente o mesmo, porque preferimos o campo a qualquer outro lugar. De fato, nossas opiniões eram tão exatamente idênticas, foi ridículo! Não havia um único ponto em que discordássemos. Catherine, eu não teria admitido a sua presença por nada no mundo; você é uma coisinha tão ardilosa, tenho certeza de que faria um ou outro gracejo a respeito.

– Não, não faria, de modo algum.

– Ah, faria sim, não tenho dúvida; eu a conheço melhor do que você mesma. Você diria que nós parecíamos ter nascido um para o outro, ou alguma tolice do gênero, e eu teria ficado aflita além de todos os limites; meu rosto ficaria tão vermelho quanto as suas rosas; eu não teria admitido a sua presença por nada no mundo.

– Você está sendo muito injusta comigo; em hipótese alguma eu teria feito uma observação tão imprópria; além disso, estou certa de que algo assim nem me passaria pela cabeça.

Isabella sorriu com incredulidade e passou o restante da noite conversando com James.

A resolução de Catherine de que tentaria encontrar novamente a srta. Tilney se manteve com pleno vigor na manhã seguinte. Até o habitual momento de seguir para o Salão da Fonte, ela sentiu-se um pouco alarmada, temendo um segundo contratempo. Mas não surgiu nenhum estorvo, não apareceram visitas que os atrasassem, e todos os três partiram no horário certo para o Salão da Fonte, onde se desenrolou a costumeira sucessão de acontecimentos e conversações; o sr. Allen, depois de beber seu copo d'água, foi se reunir com alguns cavalheiros para falar sobre atualidades políticas e confrontar as leituras dos jornais, e as damas se puseram a caminhar, prestando atenção em cada novo rosto e em quase todos os novos gorros que apareciam no salão. A parte feminina da família Thorpe, acompanhada por James

Morland, surgiu no meio da multidão em menos de quinze minutos, e Catherine imediatamente assumiu seu lugar ao lado da amiga. James, já sendo um companheiro constante, manteve uma posição similar; separados do restante do grupo, eles caminharam assim por algum tempo, até que Catherine começou a duvidar dos auspícios da situação; totalmente confinada entre sua amiga e seu irmão, ganhava muito pouca atenção de ambos. Os dois estavam sempre engajados em alguma discussão sentimental ou disputa enérgica, mas os sentimentos eram manifestados em vozes sussurrantes, e a vivacidade estimulava risadas ardorosas; embora o préstimo da opinião de Catherine fosse não raro invocado por um deles, ela nunca tinha condições de dar qualquer parecer, pois não ouvira sequer uma palavra sobre o assunto. Passado algum tempo, no entanto, foi capaz de se libertar da amiga pela confessa necessidade de falar com a srta. Tilney, que ela vira, para sua grande felicidade, entrando no salão com a sra. Hughes, e para quem correu no mesmo instante, com firme determinação de estabelecer amizade, com uma coragem que não saberia comandar se não a impelisse a frustração do dia anterior. A srta. Tilney a saudou com grande cortesia, retribuindo suas investidas com a mesma boa vontade, e elas caminharam juntas durante todo o tempo em que ambos os grupos permaneceram no salão; e embora, de acordo com todas as probabilidades, as duas não tenham feito nenhuma observação original, não tenham recorrido a nenhuma expressão que já não tivesse sido usada milhares de vezes sob aquele teto, em Bath, temporada após temporada, o mérito de que suas palavras fossem ditas com simplicidade e verdade, e sem vaidade pessoal, podia ser visto como algo incomum.

"Como o seu irmão dança bem!", foi uma singela exclamação de Catherine perto do final da conversa, um comentário que sua companheira julgou ser tão surpreendente quanto divertido.

– Henry? – retrucou a srta. Tilney, sorrindo. – De fato, ele dança muito bem.

– Ele deve ter considerado muito estranho ouvir de mim que eu estava comprometida naquela noite, quando me viu sentada. Mas eu realmente estava comprometida desde o início do dia com o sr. Thorpe.

A srta. Tilney apenas inclinou de leve a cabeça. Depois de um momento de silêncio, Catherine acrescentou:

– A senhorita não imagina o quanto fiquei surpresa ao vê-lo novamente. Eu tinha tanta certeza de que ele não voltaria mais.

– Quando Henry teve o prazer de conhecê-la, ele estava em Bath somente por alguns dias. Ele viera apenas para alugar aposentos.

– *Isso* nunca me ocorreu. É claro, como não o vi mais em lugar algum, pensei que não voltaria mais. A jovem que dançou com ele na segunda-feira não era uma srta. Smith?

– Sim, uma conhecida da sra. Hughes.

– Ouso dizer que ela estava muito feliz com a dança. A senhorita a considera bonita?

– Não muito.

– Suponho que ele não venha com frequência ao Salão da Fonte.

– Ele vem às vezes, mas nesta manhã ele saiu a cavalo com meu pai.

A sra. Hughes se aproximou delas nesse momento e perguntou à srta. Tilney se ela estava pronta para partir.

– Espero poder ter o prazer de vê-la novamente em breve – disse Catherine. – A senhorita estará no baile do cotilhão, amanhã?

– Talvez nós... Sim, creio que certamente estaremos lá.

– Fico muito feliz, porque todos estaremos lá.

A cortesia de Catherine foi devidamente retribuída, e elas se separaram – por parte da srta. Tilney, com alguma intuição sobre os sentimentos de sua nova conhecida; por parte de Catherine, sem a menor consciência de que pudesse ter ocorrido uma revelação.

Ela foi para casa muito alegre. A manhã renovara todas as suas esperanças, e a noite do dia seguinte era o novo marco da expectativa, a bonança futura. Sua obsessão, agora, era escolher o vestido e o penteado para a grande ocasião. Não se tratava de um escrúpulo inocente. O zelo em relação ao traje é por vezes sinal de frivolidade, e a dedicação excessiva frequentemente aniquila as melhores intenções. Catherine sabia tudo isso muito bem; pouco tempo antes, no Natal, sua tia-avó a recriminara nesse tema. No entanto, ela permaneceu acordada na cama por dez minutos naquela noite de quarta-feira, tentando decidir se seria melhor usar musselina estampada ou bordada, e somente a escassez de tempo impediu-a de comprar um vestido novo para o baile. Ela incorria num erro de julgamento, grave porém comum, do qual poderia ser prevenida por alguém do sexo oposto (mais do que por uma mulher) ou por um irmão (mais do que por uma tia-avó), pois apenas um homem pode ter ideia de como o homem é insensível diante de um novo vestido. Muitas damas cairiam em grande mortificação se chegassem a entender o quão pouco o coração do homem é afetado por peças dispendiosas ou novas nas vestes femininas; o quão pouco é influenciado pela textura de uma musselina, e como é impassível e incapaz de fazer distinção entre tecidos finos ou de algodão, estampados ou bordados. A mulher se veste bem para satisfazer apenas a si mesma. Nenhum homem terá mais admiração por ela, nenhuma mulher lhe dedicará mais apreço. O asseio e a elegância bastam para o primeiro, e um aspecto andrajoso ou inadequado será bastante apreciado pela segunda. Mas nenhuma dessas sérias reflexões transtornou a calma de Catherine.

Ela entrou nos salões, na noite de quinta-feira, com sentimentos muito diversos daqueles que a tinham acompanhado até o local três dias antes. Na segunda-feira, chegara ao baile exultante por ter Thorpe como par, e agora se afligia com a possibilidade de encontrá-lo, temerosa de que ele a capturasse novamente, porque embora não pudesse, e nem ousasse esperar que o sr. Tilney a convidasse para dançar pela terceira vez, seus desejos, suas esperanças, todos os seus planos se concentravam exatamente nisso. Toda jovem dama poderá ter compaixão por minha heroína, pois toda jovem dama já experimentou, em determinado momento, a mesma agitação. Todas elas já foram vítimas, ou pelo menos acreditavam ser, da perigosa perseguição de alguém que desejavam evitar; e todas já ansiaram pelas atenções de alguém a quem gostariam de agradar. A agonia de Catherine começou no instante em que chegaram os Thorpe. Ela angustiava-se caso John Thorpe se aproximasse, procurava fugir do olhar dele tanto quanto possível; quando o jovem lhe dirigia a palavra, fingia não ouvi-lo. Os cotilhões já haviam terminado, a contradança tinha início, e Catherine não via nenhum sinal dos Tilney.

– Não se assuste, minha querida Catherine – sussurrou Isabella –, mas eu vou mesmo dançar outra vez com o seu irmão. Eu sei que é uma coisa muito chocante. Eu fico repetindo que ele deveria se envergonhar, mas você e John precisam nos ajudar. Não perca tempo, minha amada, e venha até nós. John acaba de sair, mas voltará num instante.

Catherine não teve nem tempo e nem disposição para responder. Os outros se afastaram, John Thorpe ainda podia ser visto, e ela pensou que estava perdida. Mesmo assim, para não passar a impressão de que observava ou de que aguardava o irmão de Isabella, manteve os olhos fixos em seu leque. E mal lhe passara pela cabeça uma recriminação a si mesma pela insensatez de ter imaginado que em meio a tal multidão seria factível encontrar os Tilney a tempo, quando de súbito se viu chamada e convidada para dançar por ninguém menos que o sr. Tilney. Não será difícil adivinhar que ela cedeu ao pedido com olhos cintilantes e que o acompanhou na quadrilha com uma deliciosa palpitação no peito. Ter escapado e, segundo acreditava, ter escapado de John Thorpe por tão pouco, e ser convidada, com tamanha urgência, convidada pelo sr. Tilney, como se ele a tivesse procurado propositalmente! Não lhe parecia que a vida poderia prover uma felicidade maior.

Os dois mal haviam obtido a quieta posse de um lugar, no entanto, quando a atenção de Catherine foi solicitada por John Thorpe, que se encontrava atrás dela.

– Ora essa, srta. Morland! – disse ele. – Qual é o significado disso? Pensei que dançaríamos juntos.

– É estranho que pense isso, porque o senhor não me convidou.

– Essa é boa, pois sim! Eu a convidei assim que entrei no salão e estava prestes a fazer o convite outra vez, mas quando me virei a senhorita havia desaparecido! Um truque ordinário, maldição! Vim ao baile com o único objetivo de dançar com *a senhorita*, e acredito firmemente que estávamos comprometidos desde a segunda-feira. Sim, eu lembro, fiz o convite quando a senhorita estava no vestíbulo, esperando por seu manto. E eis que fiquei contando a todos os meus conhecidos que dançaria com a garota mais bonita do salão. Quando eles perceberem que a senhorita está acompanhada por outro, zombarão de mim tremendamente.

– Não, não; jamais pensarão que se trata de *mim*, depois de tal descrição.

– Pelo amor de Deus, se não pensarem, chuto todos para fora do salão, os imbecis. Quem é esse sujeito que está com a senhorita?

Catherine satisfez a curiosidade de Thorpe.

– Tilney – ele repetiu. – Hum... não o conheço. Um homem interessante; tem boa aparência. Ele não quer comprar um cavalo? Porque há um amigo meu, Sam Fletcher, que está vendendo um cavalo que seria do agrado de qualquer pessoa. Um animal tremendamente esperto para a estrada, apenas quarenta guinéus. Eu mesmo já estive a ponto de comprá-lo umas cinquenta vezes, pois uma de minhas máximas é comprar um bom cavalo sempre que surgir a oportunidade, mas esse não serviria ao meu propósito, não teria utilidade no campo. Eu daria qualquer soma por um bom caçador. Tenho três no momento, não há quem tenha montado cavalos melhores. Não os venderia nem por oitocentos guinéus. Fletcher e eu pretendemos alugar uma casa em Leicestershire para a próxima temporada. Morar numa estalagem é um desconforto infernal.

Essa foi a última frase com que Thorpe atormentou os ouvidos de Catherine, pois naquele exato momento ele foi levado embora pelo magnetismo irresistível de uma longa procissão de damas. Tilney se aproximou e disse:

– Aquele cavalheiro teria esgotado a minha paciência se permanecesse ao seu lado meio minuto a mais. Ele não tem autorização para afastar de mim minha companheira de dança. Nós firmamos um contrato de amabilidade recíproca pela duração de uma noite, e toda a nossa amabilidade pertence somente a nós nesse espaço de tempo. Se alguém roubar as atenções de um dos dois, prejudicará os direitos do outro. Considero a contradança como sendo um emblema do casamento. A fidelidade e a complacência são os principais deveres em ambos os casos, e os homens que optam por não dançar ou não casar estão proibidos de perseguir as companheiras de dança ou as esposas dos outros.

– Mas são coisas tão diferentes!

– E a senhorita acredita que não pode haver comparação.

– Sem dúvida. Pessoas que se casam não se separam jamais, devem viver na mesma casa. Pessoas que dançam não fazem mais do que se manter de pé por meia hora, uma diante da outra, num grande salão.

– Então é assim que a senhorita define matrimônio e dança. Vistas sob essa luz, as duas coisas não se assemelham tanto, mas creio que posso situá-las na sua visão. A senhorita terá de admitir que em ambas o homem dispõe da vantagem de escolher, e a mulher só tem o poder da recusa; que em ambas temos um compromisso entre homem e mulher, estabelecido para favorecer os dois; e que o pacto, ao ser consolidado, determina que eles devem pertencer um ao outro, exclusivamente, até o momento da dissolução; que cada um tem por obrigação tentar não dar ao outro um motivo que leve ao desejo de que ele ou ela tivessem procurado outra companhia, e que é do interesse dos dois que suas próprias imaginações se abstenham de especular sobre as qualidades dos outros ou de fantasiar que seria melhor estar com outra pessoa. A senhorita admite tudo isso?

– Sim, sem dúvida, tudo isso soa muito bem na sua explanação. Mesmo assim, são duas coisas muito diferentes. Não consigo, de modo algum, vê-las sob a mesma luz ou acreditar que requeiram as mesmas obrigações.

– Num aspecto, existe certamente uma diferença. No casamento, o homem é responsável por providenciar o sustento da mulher, e a mulher deve fazer com que o lar se torne agradável para o homem; ele precisa prover, e ela precisa sorrir. Na dança, porém, tais deveres simplesmente trocam de lado; dele são esperadas amabilidade e complacência, enquanto ela fornece o leque e a água de lavanda. *Essa*, eu suponho, seria a diferença de deveres que ocorreu à senhorita, impossibilitando uma comparação entre as duas condições.

– Não, de maneira nenhuma; nem cheguei a pensar nisso.

– Se é assim, estou absolutamente perdido. Uma coisa, entretanto, preciso observar. Essa disposição de sua parte é um tanto alarmante. A senhorita não reconhece qualquer similaridade nas obrigações. Não poderei inferir, por tal razão, que suas noções a respeito dos deveres da instituição da dança não têm o rigor que o seu par poderia desejar? Não terei motivo para temer que, caso retornasse o cavalheiro que falou com a senhorita há pouco ou se qualquer outro cavalheiro lhe dirigisse a palavra, não haveria nada que a impedisse de conversar com ele por tanto tempo quanto quisesse?

– O sr. Thorpe é um amigo muito íntimo de meu irmão e, se ele fala comigo, não posso me abster de falar com ele; mas dificilmente existirão neste salão três jovens cavalheiros, além dele, com os quais eu tenha alguma familiaridade.

– E essa seria a minha única segurança? Ai de mim, ai de mim!

– Ora, estou certa de que é a melhor das seguranças: se não conheço ninguém, é impossível que eu venha a ter alguma conversação. Além disso não *quero* conversar com ninguém.

– Agora estou em posse de uma segurança adequada e vou proceder com coragem. A senhorita ainda considera Bath agradável, como na ocasião em que tive a honra de fazer a pergunta pela primeira vez?

– Sim, bastante... até mais, na verdade.

– Até mais! Tome cuidado, ou se esquecerá de ficar aborrecida com a cidade no momento oportuno. A senhorita estará devidamente aborrecida ao fim de seis semanas.

– Creio que não ficaria aborrecida se tivesse de ficar aqui por seis meses.

– Bath, em comparação com Londres, tem pouca variedade. É o que todos acabam descobrindo, todos os anos. "Por até seis semanas, reconheço que Bath é agradável o bastante; depois *disso*, no entanto, é o lugar mais enfadonho do mundo"; pessoas de todas as procedências lhe diriam isso. Elas vêm regularmente a cada inverno, estendem suas seis semanas para dez ou doze e por fim vão embora porque não suportam permanecer um dia a mais.

– Bem, cada pessoa deve julgar por si própria, e aquelas que conhecem Londres podem desdenhar de Bath. Eu, porém, vivo em um vilarejo isolado no campo e jamais poderei encontrar, num lugar como este aqui, a monotonia à qual estou acostumada; porque em Bath existe uma variedade de divertimentos, uma variedade de coisas para ver e fazer o dia inteiro, e lá não há nada que se assemelhe.

– A senhorita não gosta do campo.

– Eu gosto. Sempre morei lá e sempre fui muito feliz. Mas decerto há muito mais monotonia na vida no campo do que na vida em Bath. No campo, cada dia é exatamente igual aos outros.

– Mas então a senhorita passa o tempo com muito mais racionalidade no campo.

– Eu passo?

– Não passa?

– Creio que não há muita diferença.

– Aqui, a senhorita não faz mais do que ficar o dia inteiro à procura de divertimento.

– Em casa, faço o mesmo; porém não encontro muita coisa. Passeio a pé aqui, e faço o mesmo lá. Aqui, no entanto, eu vejo uma variedade de pessoas em cada rua, e lá só posso visitar a sra. Allen.

O sr. Tilney estava se divertindo muito.

– "Só posso visitar a sra. Allen!" – ele repetiu. – Que retrato da pobreza intelectual! Entretanto, quando a senhorita despencar outra vez naquele abismo, terá mais coisas para dizer. Poderá falar sobre Bath, sobre tudo o que fez aqui.

– Ah, sim! Nunca mais terei o problema da falta de assunto quando conversar com a sra. Allen ou com qualquer outra pessoa. Na verdade, acredito que falarei sobre Bath o tempo todo quando voltar para casa... Gosto *tanto* daqui! Se pudesse apenas ter papai e mamãe e os outros aqui comigo, creio que eu ficaria muitíssimo feliz! A vinda de James, meu irmão mais velho, foi adorável, especialmente com a surpresa de que a família da qual acabamos de ficar tão íntimos já era íntima dele. Ah! Como é possível que alguém se canse de Bath?

– Quem chega com novos sentimentos de todo tipo, como a senhorita, não se cansa. Mas papais e mamães e irmãos e amigos íntimos já não têm muita importância para a maioria dos frequentadores de Bath; e a genuína apreciação de bailes e espetáculos e passeios diários desperta menos interesse ainda.

Aqui a conversa teve fim, as demandas da dança se tornando agora muito importunas para uma atenção dividida.

Assim que os dois chegaram à extremidade da quadrilha, Catherine percebeu que era observada atentamente por um cavalheiro situado entre os espectadores, logo atrás de Tilney. Era um homem muito bonito, de aspecto imponente, que já deixara para trás a flor da idade mas tinha ainda uma aparência vigorosa. Mantendo os olhos fixos em Catherine, ele se apressou em dizer algo ao sr. Tilney, num sussurro confidente. Embaraçada pelo olhar do cavalheiro e corando ao temer que chamara atenção por causa de algo errado em sua aparência, ela virou o rosto. Enquanto fazia isso, porém, o cavalheiro retirou-se, e Tilney se aproximou e disse:

– Percebo que senhorita tenta adivinhar o que acabam de me perguntar. Aquele cavalheiro sabe qual é o seu nome, e a senhorita tem o direito de saber qual é o dele. É o general Tilney, meu pai.

A resposta de Catherine foi um mero "Ah!", mas um "Ah!" que expressou tudo o que era indispensável: atenção às palavras dele e perfeita confiança na veracidade da afirmação. Com real interesse e ardente admiração, seus olhos seguiram o general, que avançava pela multidão, e seu comentário secreto foi: "Como é bonita a família!".

Conversando com a srta. Tilney antes que a noite se encerrasse, Catherine sentiu que lhe surgia uma nova fonte de felicidade. Ela não fizera nenhuma caminhada no campo desde que chegara a Bath. A srta. Tilney, para quem todos os arredores mais frequentados eram familiares, falou deles com exaltação, de modo que Catherine ficou muito ansiosa por conhecê-los. Quando Catherine confessou seu receio de que talvez não conseguisse encontrar ninguém para acompanhá-la, irmão e irmã propuseram lhe fazer companhia em uma caminhada matinal, num dia qualquer.

– Isso me faria mais contente do que qualquer coisa no mundo! – ela exclamou. – Mas não deixemos para depois, podemos fazer o passeio amanhã.

Os irmãos concordaram prontamente, com a ressalva, por parte da srta. Tilney, de que não chovesse – e Catherine estava certa de que não choveria. Eles a buscariam em Pulteney Street ao meio-dia, e "Lembre-se: meio-dia" foram as palavras com as quais ela se despediu da nova amiga. De sua outra amiga, mais antiga, mais estabelecida, Isabella, cuja fidelidade e cujo valor pudera comprovar ao longo de duas semanas, praticamente não viu sinal durante o baile. Embora quisesse muito informá-la de sua felicidade, Catherine submeteu-se com alegria ao desejo do sr. Allen de que fossem embora mais cedo, e sua alma dançou em seu íntimo, dançou como a charrete que a levou para casa.

# Capítulo 11

O DIA SEGUINTE TROUXE uma manhã que aparentava sobriedade, o sol esforçando-se um pouco para aparecer, e Catherine pressentiu, assim, que tudo favorecia seus desejos. Naquele período inicial do ano, manhãs claras geralmente terminavam em chuva; uma manhã nublada, porém, prenunciava que o tempo melhoraria no correr do dia. Ela recorreu ao sr. Allen para confirmar suas esperanças, mas o sr. Allen, distante dos céus que conhecia e não tendo consigo seu barômetro, declinou de se arriscar numa promessa infalível de que o dia seria ensolarado. Recorreu à sra. Allen, e a opinião da sra. Allen foi mais positiva. Ela não tinha a mais remota dúvida de que o dia seria belíssimo, desde que as nuvens se afastassem e o sol se mantivesse exposto.

Por volta das onze horas, porém, os olhos vigilantes de Catherine distinguiram algumas poucas gotinhas de chuva fraca nas janelas, e o lamento "Ah, não!, creio que vai chover mesmo", rompeu dela num tom de prostração completa.

– Eu sabia que seria assim – disse a sra. Allen.

– Nada de passeio para mim hoje – suspirou Catherine. – Mas talvez não tenhamos chuva forte, ou pode ser que ela pare antes do meio-dia.

– Pode ser, mas nesse caso, minha querida, haverá muita lama.

– Ah, isso não será um problema; não me importo com lama.

– Sim – replicou sua amiga, com muita placidez –, sei que você não se importa com lama.

Houve uma pequena pausa.

– A chuva está ficando mais e mais forte! – disse Catherine, parada diante de uma janela, observando.

– Está mesmo. Se continuar chovendo, as ruas ficarão inundadas.

– Já vi quatro guarda-chuvas abertos. Como detesto ver um guarda-chuva!

– Carregar um é uma coisa muito desagradável. Prefiro mil vezes tomar uma charrete.

– A manhã estava tão bonita! Eu tinha tanta convicção de que teríamos tempo seco!

– Qualquer um teria pensado o mesmo, não há dúvida. Não teremos quase ninguém no Salão da Fonte, se chover a manhã toda. Espero que o sr. Allen vista seu sobretudo quando sair, mas ouso dizer que não vestirá, pois ele é capaz de qualquer coisa no mundo, menos de andar na rua usando um sobretudo; é uma estranha aversão por parte dele, deve ser tão confortável.

A chuva continuou – constante, mas sem muita força. Catherine consultava o relógio a cada cinco minutos, ameaçando, a cada cinco minutos, abandonar todas as esperanças se a chuva prosseguisse por mais cinco minutos. O relógio bateu doze horas e a chuva não tinha parado.

– Você não terá como sair, minha querida.

– Não cheguei ao desespero ainda. Não vou desistir antes das doze e quinze. É neste horário que o dia costuma clarear, e penso mesmo que já temos menos nuvens. Pronto, são doze e vinte, e agora só me resta desistir *totalmente*. Ah! Se tivéssemos aqui o tempo bom que eles têm em Udolpho, ou ao menos na Toscana ou no sul da França. A noite em que o pobre St. Aubin morreu! Um tempo tão lindo!

Às doze e meia, quando Catherine já deixara de observar ansiosamente o tempo e não podia mais reivindicar o mérito de regenerá-lo, o céu começou a clarear voluntariamente. Um raio de sol a pegou de surpresa. Ela olhou em volta: as nuvens estavam se dispersando. Ela retornou à janela instantaneamente para vigiar e favorecer a venturosa aparição. A passagem de mais dez minutos confirmou que uma tarde luminosa se seguiria, e corroborou a opinião da sra. Allen, que nunca deixara "de crer que o tempo melhoraria". No entanto, se Catherine ainda podia esperar por seus amigos, se não chovera demais para que a srta. Tilney se aventurasse a sair, essa era uma questão sem resposta.

A sra. Allen não poderia acompanhar seu marido até o Salão da Fonte, porque havia muita lama. Consequentemente, ele partiu sozinho. Catherine o viu descendo a rua por um instante, e então lhe chamou atenção o fato de que se aproximavam duas carruagens abertas – as mesmas carruagens com os mesmos três passageiros que tanto a tinham surpreendido algumas manhãs antes.

– Isabella, meu irmão e o sr. Thorpe, ora essa! Estão vindo me buscar, talvez. Mas não posso ir com eles, não posso ir de modo algum, a senhora sabe, porque a srta. Tilney ainda pode aparecer.

A sra. Allen concordou. John Thorpe não demorou a surgir no aposento, e sua voz demorou menos ainda, pois na escada ele já vinha gritando, pedindo à srta. Morland que se apressasse.

– Corra! Corra! – (ele escancarou a porta.) – Coloque o seu chapéu agora mesmo; não podemos perder tempo; faremos uma excursão até Bristol. Como vai, sra. Allen?

– Até Bristol? A distância não é grande demais? Mesmo assim, porém, não posso ir com vocês hoje, porque tenho um compromisso; estou esperando amigos, vão chegar a qualquer momento.

Esse motivo foi desdenhado com veemência, é claro, por ser de todo irrelevante. Ele pediu pelo apoio da sra. Allen, e os outros dois entraram para ajudá-lo.

– Minha doce Catherine, não é magnífico? Faremos um passeio sublime. Você deve agradecer ao seu irmão pelo plano. A ideia nos ocorreu durante o desjejum, estou convicta de que ocorreu ao mesmo tempo; e teríamos saído duas horas atrás, não fosse essa chuva detestável. Mas não importa, as noites têm luar, tudo será magnífico. Ah! Fico extasiada só de pensar num pouquinho de ar do campo e silêncio. É tão melhor do que os Salões Baixos. Iremos sem parar até Clifton e jantaremos lá. Assim que o jantar estiver terminado, se houver tempo, seguiremos para Kingsweston.

– Duvido que consigamos fazer tanto – disse Morland.

– Você não passa de um ranzinza! – exclamou Thorpe. – Conseguiremos fazer dez vezes mais. Kingsweston, sim! E o Castelo de Blaize também, e qualquer outro lugar que nos pareça interessante. Mas eis aqui sua irmã, dizendo que não irá conosco.

– Castelo de Blaize! – exclamou Catherine. – O que é isso?

– É o lugar mais bonito na Inglaterra; vale a pena percorrer cinquenta milhas só para vê-lo, a qualquer momento.

– Mas como? É realmente um castelo, um castelo antigo?

– O mais antigo do reino.

– Mas é como aqueles dos livros?

– Isso mesmo; absolutamente igual.

– É verdade? Ele tem torres e longos corredores?

– Dezenas.

– Se é assim, gostaria muito de vê-lo; mas não posso... não posso ir.

– Não pode? Minha amada criatura, o que você quer dizer?

– Não posso ir porque... – (olhando para baixo enquanto falava, temendo o sorriso de Isabella) – estou esperando pela srta. Tilney e pelo irmão dela, que virão me buscar para uma caminhada no campo. Eles prometeram vir às doze, porém choveu; mas agora o tempo está muito melhor, ouso dizer que logo estarão aqui.

– Eles não virão, de forma alguma – exclamou Thorpe. – Porque quando virávamos para entrar em Broad Street eu os vi. Ele não possui um faeton com cavalos castanho-claros?

– Realmente não sei.

– Sim, eu sei que possui, eu o vi. A senhorita se refere ao homem com o qual dançou ontem à noite, não é?

– Sim.

– Bem, naquele momento eu o vi subindo Lansdown Road, levando consigo uma garota elegante.

– O senhor tem certeza?

– Juro por minha alma. Eu o reconheci no mesmo instante, e me parece que ele arranjou belos animais também.

– É muito estranho! Pois imaginei que eles considerariam impraticável uma caminhada, com toda essa lama.

– E fariam muito bem, porque jamais vi tanta lama em minha vida. Caminhada! Caminhar seria tão fácil quanto voar! Em todo o inverno não tivemos tanta lama; o sujeito afunda até os tornozelos em qualquer lugar.

Isabella reforçou essa opinião:

– Minha adorada Catherine, você não faz ideia da quantidade de lama. Venha, você precisa vir, você não pode deixar de ir conosco agora.

– Eu gostaria de ver o castelo; mas podemos percorrê-lo por inteiro? Podemos subir todas as escadas, entrar em cada um dos aposentos?

– Sim, sim, cada buraco e cada canto.

– Mas pode ser que eles tenham saído apenas por uma hora, até que fique mais seco, e em seguida venham me buscar.

– Fique tranquila, a senhorita não corre esse risco, pois ouvi Tilney falando em voz alta com um homem que passava num cavalo, dizendo que eles seguiriam até Wick Rocks.

– Então eu vou. Devo ir, sra. Allen?

– Faça como quiser, minha querida.

– A sra. precisa persuadi-la – foi a súplica de todos.

A sra. Allen não ignorou o pedido:

– Bem, minha querida – ela disse –, talvez você deva ir.

E em dois minutos eles partiram.

Os sentimentos de Catherine, quando ela entrou na carruagem, encontravam-se numa situação muito incerta: divididos entre o pesar pela perda de um grande prazer e a esperança de fruir em breve um outro que era quase igual em grau, embora fosse diferente em gênero. Não lhe parecia que os Tilney tivessem agido bem com ela, renegando tão prontamente o compromisso sem mandar qualquer mensagem de desculpa. Já se passara uma hora, agora, desde o horário fixado para o começo da caminhada, e apesar do que ouvira sobre a prodigiosa acumulação de lama no decorrer dessa hora, Catherine não podia deixar de pensar, a partir de sua própria observação, que eles poderiam ter caminhado com muito pouco incômodo. Sentir-se menosprezada por eles era muito doloroso. Por outro lado, o deleite de explorar um edifício como Udolpho, no feitio com que o Castelo de Blaize aparecia em sua imaginação, era um contrapeso que serviria de consolação diante de praticamente qualquer coisa.

Eles desceram Pulteney Street e passaram por Laura Place em velocidade, sem trocar muitas palavras. Thorpe falava com seu cavalo, e ela meditava, vez por outra, em promessas desfeitas e abóbadas desfeitas, faetons e reposteiros falsos, Tilneys e alçapões. Quando entraram em Argyle Buildings, no entanto, ela foi sobressaltada por esta interrogação de seu companheiro:

– Quem é essa garota que olhou para a senhorita com tanta insistência enquanto passava?

– Quem? Onde?

– No passeio da direita. Ela já deve estar quase fora de vista agora.

Catherine se virou e viu a srta. Tilney, que se apoiava no braço do irmão e caminhava lentamente rua abaixo. Viu que ambos se voltavam, olhando para ela.

– Pare, pare, sr. Thorpe! – ela gritou, impaciente. – É a srta. Tilney; é ela, sem dúvida. Como o senhor foi capaz de me dizer que eles haviam saído da cidade? Pare, pare, vou descer agora mesmo e ir até eles.

Mas qual era a utilidade de protestar? O que Thorpe fez foi fustigar o cavalo, obtendo um trote mais veloz. Os Tilney, que já tinham deixado de olhar para ela, desapareceram de vista num instante, atrás da esquina de Laura Place, e no instante seguinte ela mesma se viu transportada até Market Place. Mesmo assim, e durante o percurso de outra rua, Catherine implorou a ele que parasse.

– Por favor, pare, por favor, sr. Thorpe. Não posso prosseguir. Não irei prosseguir. Preciso voltar para falar com a srta. Tilney.

Mas o sr. Thorpe apenas riu, estalou seu chicote, deu ordens ao cavalo, fez ruídos estranhos e seguiu em frente; e Catherine, furiosa e envergonhada como estava, não tendo poderes para escapar, foi obrigada a ceder e desistir de seu objetivo. Suas recriminações, contudo, não deixaram de ser aplicadas.

– Como pôde me enganar dessa maneira, sr. Thorpe? Como pôde dizer que os viu subindo Lansdown Road num carro? Por nada no mundo eu teria deixado que algo assim ocorresse. Eles decerto estarão pensando que é muito estranho, que é uma grande descortesia minha! E passar por eles, ainda, sem dizer sequer uma palavra! O senhor não sabe o quanto estou envergonhada; nada me agradará em Clifton, ou em qualquer outro lugar. Seria melhor, seria mil vezes melhor descer agora e voltar até eles. Como o senhor pôde dizer que os viu saindo da cidade num faeton?

Thorpe se defendeu com enorme convicção, declarou que jamais vira em sua vida dois homens tão parecidos e quase recusou-se a admitir que não vira Tilney em pessoa.

O passeio, agora, mesmo que o assunto estivesse encerrado, não se prenunciava muito agradável. Catherine já não se mostrava tão complacente quanto fora na excursão anterior. Ela ouvia com relutância, e suas respostas eram breves. O Castelo de Blaize seguia sendo seu único consolo e pensar em *tal perspectiva*, de quando em quando, ainda lhe dava prazer. No entanto, se fosse possível remediar a frustração da caminhada prometida e evitar, acima de tudo, a desaprovação por parte dos Tilney, ela prontamente abdicaria de toda a felicidade que o interior do castelo poderia prover – a felicidade de avançar por uma longa sequência de aposentos imponentes que exibem magníficas mobílias remanescentes, embora desabitados por muitos anos, a felicidade de ter o caminho interrompido, em galerias estreitas e sinuosas, por uma porta baixa e gradeada; ou mesmo de ter a lamparina, a única lamparina, apagada por um repentino sopro de vento, e de então ter em volta uma escuridão total. Enquanto isso, eles prosseguiam em sua jornada sem qualquer contratempo, e já podiam ver a cidade de Keynsham quando um grito de Morland, que estava atrás deles, fez com que Thorpe parasse para saber qual era o problema. Os outros se aproximaram o suficiente para que pudessem se fazer ouvir e Morland disse:

– Seria melhor se voltássemos, Thorpe; já está muito tarde para seguirmos adiante hoje; sua irmã pensa o mesmo que eu. Já faz uma hora que saímos de Pulteney Street, bem pouco mais do que sete milhas, e suponho que ainda temos ao menos outras oito por percorrer. É simplesmente impraticável. Nós partimos tarde demais. Faríamos muito melhor se deixássemos para um outro dia e fôssemos embora.

– Sou absolutamente indiferente – retrucou seu amigo, um tanto enraivecido.

Thorpe voltou seu cavalo no mesmo instante, e eles puseram-se a caminho de Bath.

– Se o seu irmão não tivesse esse maldito animal na condução – disse ele, logo em seguida –, teríamos nos saído muito bem. Meu cavalo teria trotado até Clifton em menos de uma hora, se estivesse desimpedido, e eu quase quebrei meu braço para que ele se mantivesse no ritmo daquele cavalo velho e esbaforido. Morland é um tolo por não possuir um cabriolé e um cavalo.

– Não, não é – disse Catherine, acalorada –, pois tenho certeza de que ele não teria condições para tanto.

– E ele não tem condições por quê?

– Porque não tem dinheiro suficiente.

– E de quem é a culpa por isso?

– De ninguém, que eu saiba.

Thorpe, então, disse alguma coisa, no modo estrondoso e incoerente ao qual recorria com frequência, sobre como a avareza era uma coisa amaldiçoada; e que se as pessoas que nadavam em dinheiro não tinham condições de possuir bens, ele não sabia quem as tinha, algo que Catherine nem mesmo tentou compreender. Privada do que deveria ter servido de consolo para sua primeira privação, Catherine ficava menos e menos disposta a ser agradável ela mesma ou a esperar que seu companheiro o fosse; e os dois retornaram a Pulteney Street sem que ela proferisse vinte palavras.

Quando Catherine entrou em casa, o lacaio lhe disse que um cavalheiro e uma dama haviam batido à porta, perguntando por ela, poucos minutos depois de sua partida; que os informou de que ela tinha saído com o sr. Thorpe, e que a dama perguntou se havia alguma mensagem para ela; ele respondeu que não; ela verificou se tinha consigo um cartão mas afirmou que não tinha, e se foi. Ponderando sobre essas tribulações mortificantes, Catherine subiu lentamente as escadas. No último degrau ela encontrou o sr. Allen, e este, ao tomar conhecimento de qual era a razão do apressado retorno, disse:

– Fico contente pelo bom-senso do seu irmão; fico contente por vê-la de volta. Tratava-se de um plano estranho e desvairado.

Todos passaram a noite na residência dos Thorpe. Catherine estava perturbada e abatida. Isabella, porém, dedicava-se às negociações de um jogo de cartas e, em sua parceria privada com Morland, encontrara algo equivalente ao tranquilo ar campestre de uma estalagem em Clifton. Além disso, sua satisfação por não estar nos Salões Baixos foi manifestada mais de uma vez.

– Como tenho pena das pobres criaturas que estarão lá! Como fico feliz por não estar entre elas! Fico imaginando se será um baile completo! Eles ainda não começaram a dançar. Eu não iria a esse baile por nada no mundo. É tão maravilhoso termos uma noite só para nós vez por outra. Ouso dizer que não será um baile muito bom. Sei que as senhoritas Mitchell não estarão lá. Posso afirmar com segurança que tenho pena de todos que estarão. Mas ouso dizer, sr. Morland, que o senhor gostaria muito de ir ao baile, não é verdade? Estou certa de que gostaria. Bem, por favor, não permita que ninguém aqui seja um obstáculo à sua vontade. Ouso dizer que passaríamos muito bem sem o senhor; mas vocês, homens, pensam que são importantíssimos.

Catherine quase poderia ter acusado Isabella de negligenciar compaixão para com ela e com seus padecimentos, tão minúsculo era o lugar que eles pareciam ocupar na mente da amiga e tão inadequado era o conforto que ela oferecia.

– Não fique tão entristecida, minha querida criatura – ela sussurrou. – Você me dá um aperto no coração. Foi estupendamente deplorável, não há dúvida. Mas a culpa recai inteiramente sobre os Tilney. Por que não foram eles mais pontuais? Havia muita lama, de fato, mas qual era o problema nisso? Garanto que John e eu não teríamos nos importado. Jamais dou importância, enfrento qualquer coisa quando a questão envolve uma amiga; essa é a minha disposição, e com John ocorre o mesmo: ele tem uma sensibilidade estupendamente forte. Deus do céu! Que cartas maravilhosas você tem! Reis, veja só! Jamais fiquei tão feliz em minha vida! Prefiro cinquenta vezes que você as tenha antes do que eu.

E assim posso encaminhar minha heroína para o leito insone, que é o legítimo paradeiro de uma heroína; para um travesseiro repleto de espinhos e molhado de lágrimas. E ela poderá se julgar afortunada se tiver outra boa noite de descanso no decurso dos três meses que virão.

# Capítulo 12

– Sra. Allen – disse Catherine na manhã seguinte –, será inoportuno se eu fizer uma visita à srta. Tilney hoje? Não ficarei tranquila antes de ter explicado tudo.

– Vá sem hesitar, minha querida, apenas coloque um vestido branco; a srta. Tilney sempre veste branco.

Catherine a obedeceu alegremente. Estando adequadamente vestida, quis chegar o quanto antes ao Salão da Fonte, para que pudesse informar-se sobre o alojamento do general Tilney, pois, embora acreditasse que eles estivessem hospedados em Milsom Street, não sabia ao certo qual era a casa, e as vacilantes convicções da sra. Allen complicavam a questão ainda mais. E Milsom Street foi o destino de Catherine. Tendo em mente o número exato da casa, ela seguiu seu rumo, com passos rápidos e coração palpitante, para fazer sua visita, explicar sua conduta e ser perdoada. Cruzou com discrição o pátio da igreja, desviando resolutamente os olhos para que não fosse obrigada a vislumbrar a amada Isabella com sua querida família, a qual, tinha motivos para crer, devia estar numa loja nas proximidades. Chegou à casa sem enfrentar qualquer embaraço, conferiu o número, bateu à porta e perguntou pela srta. Tilney. O homem que atendeu acreditava que a srta. Tilney estivesse em casa, mas não tinha muita certeza. A senhorita faria o obséquio de enviar seu nome? Catherine forneceu seu cartão. Dentro de poucos minutos o criado retornou e, com um semblante que não chegava a confirmar suas palavras, afirmou que se enganara, pois a srta. Tilney havia saído. Catherine, corando de humilhação, afastou-se da casa. Sentiu-se quase convencida de que a srta. Tilney *encontrava-se* em casa e não a recebera por estar muito ofendida. Enquanto andava rua abaixo, não pôde abster-se de olhar rapidamente para as janelas da sala de visitas, julgando que a veria, mas ninguém se fez visível. Perto da esquina, no entanto, olhou para trás mais uma vez e então, não numa janela, mas saindo pela porta, viu a srta. Tilney em pessoa. Com ela vinha um cavalheiro, que Catherine imaginou ser seu pai, e eles subiram a rua na direção de Edgar's Buildings. Catherine, profundamente mortificada, seguiu seu caminho. Ela mesma quase ficou zangada diante de uma deselegância tão zangada, mas refreou esse sentimento rancoroso. Recordou-se de sua própria ignorância. Não sabia de que modo uma ofensa como a sua podia ser classificada pelas leis da cortesia mundana, a que grau apropriado de imperdoabilidade aquilo poderia chegar, nem a que rigores punitivos ela poderia vir a ser devidamente submetida.

Deprimida e humilhada, Catherine cogitou até mesmo não ir ao teatro com os outros naquela noite; mas devemos confessar que não acalentou a ideia por muito tempo, pois logo se lembrou, em primeiro lugar, de que não tinha nenhuma desculpa para ficar em casa; em segundo, que se tratava de uma peça que estava muito interessada em ver. Consequentemente, foram todos ao teatro. Nenhum Tilney apareceu para flagelar ou contentar Catherine; entre as inúmeras perfeições da família, ela temeu, talvez não pudesse ser incluída uma predileção por espetáculos. Era possível, porém, que eles estivessem habituados às performances mais refinadas do palco londrino, diante das quais, como Isabella afirmara, todo o resto era "absolutamente horrendo". Catherine não se enganara em sua própria expectativa de satisfação: a comédia reteve tão bem suas atenções que ninguém que a tivesse observado durante os quatro primeiros atos poderia imaginar que ela estivesse enfrentando alguma situação calamitosa. No início do quinto, entretanto, ela viu de repente o sr. Tilney e seu pai, que haviam se unido a um grupo no camarote oposto, e rememorou sua ansiedade e sua aflição. O palco já não era capaz de lhe despertar uma felicidade genuína – já não era capaz de absorver por completo sua atenção. Sempre que tirava os olhos do palco, ela os direcionava para o camarote oposto; no decorrer de duas cenas inteiras observou Henry Tilney assim, e constatou que não fora observada por ele em nenhum momento. Já não era mais possível suspeitar que ele fosse indiferente a espetáculos teatrais; sua atenção jamais se desviou do palco durante duas cenas inteiras. Depois de um certo tempo, no entanto, Tilney afinal olhou para ela, e lhe fez uma mesura – mas que mesura! Não houve nenhum sorriso, não houve nenhum olhar mais prolongado; os olhos dele retornaram imediatamente ao alvo anterior. Catherine caíra num desespero irrequieto; estava a ponto de correr todo o trajeto até o camarote em que ele estava para forçá-lo a ouvir suas explicações. Sentimentos mais instintivos do que heroicos se apossaram dela; em vez de considerar que sua própria dignidade havia sido ferida por essa pronta condenação – em vez de optar orgulhosamente, em sua inocência consciente, por ostentar seu ressentimento em relação à pessoa que era capaz de alimentar dúvidas, delegar a ele o trabalho de buscar uma explicação e esclarecer-lhe o que se passara evitando olhar para ele, ou flertando com outra pessoa –, Catherine assumiu para si toda a vergonha da conduta imprópria, ao menos na aparência de tal conduta, e seu único desejo era encontrar a todo custo uma oportunidade para se explicar.

A peça se encerrou – a cortina desceu –, Henry Tilney já não podia ser visto onde sentara até então, mas seu pai permanecera no lugar, e agora talvez ele estivesse vindo em direção ao camarote dela. Catherine estava certa: dentro de poucos minutos ele apareceu, abrindo caminho entre as fileiras que já decresciam, e cumprimentou de maneira tranquila e polida a sra. Allen e sua amiga. Esta lhe dirigiu a palavra com menos calma:

– Ah! Sr. Tilney, estive desesperada por falar com o senhor e apresentar minhas desculpas. O senhor deve ter considerado muito rude a minha atitude, mas de fato não foi culpa minha, não é mesmo, sra. Allen? Não me disseram que o sr. Tilney e sua irmã tinham saído juntos num faeton? E então, o que me restava fazer? Mas eu teria preferido dez mil vezes estar com o senhor. Ora, não é verdade, sra. Allen?

– Minha querida, assim você amassa o meu vestido – foi a resposta da sra. Allen.

Mesmo desprovida de amparo, sua justificação, no entanto, não foi desperdiçada: fez surgir um sorriso mais cordial e mais natural no semblante de Tilney, e ele respondeu num tom que retinha apenas uma ligeira e afetada reserva:

– Ficamos muito agradecidos à senhorita, de todo modo, por ter nos desejado um passeio agradável quando a vimos passar por nós em Argyle Street: a senhorita teve a gentileza de olhar para trás com essa intenção.

– De maneira nenhuma desejei a vocês um passeio agradável. Sequer cheguei a pensar em tal coisa, mas implorei tanto ao sr. Thorpe para que ele parasse; fiz esse pedido a ele no momento exato em que os vi. Ora, sra. Allen, não foi... Ah! A senhora não estava lá, mas fiz sim, e se o sr. Thorpe apenas tivesse parado, eu teria descido num salto e teria corrido atrás de vocês.

Existirá no mundo um Henry que pudesse se mostrar insensível frente a tal declaração? Henry Tilney, ao menos, não se mostrou. Com um sorriso ainda mais doce, ele disse tudo o que era necessário dizer sobre o tormento e o pesar de sua irmã, sobre o quanto ela confiava na honra de Catherine.

– Ah, não diga que a srta. Tilney não ficou zangada – exclamou Catherine –, pois sei que ficou; porque ela não quis me ver hoje de manhã, quando fui lhes fazer uma visita. Eu mal tinha me afastado da casa quando a vi saindo; fiquei magoada, mas não me senti insultada. Talvez o senhor não saiba que estive lá.

– Eu não estava em casa na ocasião, mas Eleanor me contou, e desde então ela deseja encontrar a senhorita para explicar a razão de tamanha descortesia. Talvez eu possa fazê-lo no lugar dela. Ocorreu apenas que o meu pai (eles estavam se preparando para sair, e ele não podia perder tempo e não queria deixar para depois) insistiu em mandar o recado de que ela saíra. Foi só esse o motivo, eu lhe garanto. Eleanor ficou muito aborrecida e decidiu que lhe pediria desculpas assim que possível.

Essa informação trouxe grande alívio ao espírito de Catherine, porém restava um pouco de inquietude, da qual derivou a seguinte questão, completamente singela em si, mas um tanto intrigante para o cavalheiro:

– Mas, sr. Tilney, que motivo *o senhor* tinha para ser menos generoso do que sua irmã? Se ela demonstrou ter tanta confiança em minhas boas intenções, e só pôde supor que se tratava de um engano, como foi que *o senhor* se ofendeu tão prontamente?

– Eu? Eu, me ofender?

– Ora, pelo seu olhar, quando entrou no camarote, eu tive certeza de que o senhor estava zangado.

– Eu, zangado! Eu não teria motivo.

– Bem, ninguém que tivesse visto o seu rosto poderia pensar que o senhor não tinha motivo.

Em resposta a isso, Tilney pediu a Catherine que lhe concedesse um assento e começou a falar sobre a peça.

Tilney permaneceu no camarote por algum tempo e se portou com tanta afabilidade que Catherine não pôde ficar contente quando ele se foi. Antes da despedida, porém, ficou definido que a prometida caminhada deveria ser realizada assim que possível; e se deixarmos de lado a desgraça causada pela ausência do cavalheiro, Catherine acabou retendo, de um modo geral, a sensação de que era uma das criaturas mais felizes do mundo.

Enquanto falou com o jovem, ela observou com certa surpresa que John Thorpe, que era incapaz de permanecer na mesma parte do teatro por dez minutos seguidos, conversava com o general Tilney, e sentiu enorme surpresa ao constatar que ela mesma era perceptivelmente objeto da atenção e da discussão dos dois. O que teriam a dizer sobre ela? Catherine temia que o general Tilney não gostasse de sua presença: isso podia ser inferido pela determinação de que a filha não a recebesse, quando bastaria ter adiado a saída por alguns minutos.

– Como foi que o sr. Thorpe veio a conhecer o seu pai? – Catherine perguntou sofregamente, apontando os dois para o companheiro.

Ele nada sabia a respeito, mas seu pai, como todo militar, conhecia uma vasta quantidade de pessoas.

Encerrado o programa da noite, Thorpe veio acompanhá-los na saída. Catherine era o alvo imediato de seu galanteio. No vestíbulo, enquanto esperavam por uma charrete, Thorpe antecipou-se à pergunta que saíra do coração e já chegara à ponta da língua de Catherine, ao indagar, com presunção, se ela o vira conversando com o general Tilney.

– O velho é um ótimo sujeito, juro por minha alma! Robusto, ativo... parece ser tão jovem quanto o filho. Tenho grande consideração por ele, eu lhe garanto; um grande cavalheiro, um sujeito como poucos.

– Mas como o senhor veio a conhecê-lo?

– Conhecê-lo? Nesta cidade existem pouquíssimas pessoas que eu não conheço. Eu já o vi mil vezes no Bedford; e reconheci seu rosto, hoje, no momento em que ele entrou na sala de bilhar. Um dos melhores jogadores que temos, a propósito; e nos enfrentamos na mesa, embora eu quase estivesse com medo dele, a princípio: as chances a favor dele eram de cinco contra quatro; e se eu não tivesse desferido uma das tacadas mais certeiras de que já se teve notícia neste mundo... atingi em cheio a bola dele... mas sem uma mesa eu não conseguiria lhe explicar; de todo modo, *venci* o general. Um ótimo sujeito, rico como um judeu. Gostaria de jantar com ele; ouso dizer que os jantares que ele promove são excelentes. Mas a senhorita não imagina de quem estávamos falando. Da senhorita, por Deus! E o general a considera a garota mais bonita em Bath.

– Ah! Tolice! O senhor não pode dizer tal coisa!

– Pois a senhorita não imagina o que eu disse – (ele baixou sua voz). – "Muito bem, general", eu disse. "Tenho a mesmíssima opinião."

E aqui, Catherine, para quem a veneração do rapaz gratificava muito menos do que a do general Tilney, não ficou triste ao ser chamada pelo sr. Allen. Thorpe, entretanto, quis acompanhá-la até a charrete e, até o último momento possível, insistiu naquele mesmo galanteio, apesar das súplicas de Catherine para que a deixasse em paz.

Que o general Tilney tivesse admiração por ela, e não aversão, era algo sublime; e ela constatou, com alegria, que agora não havia ninguém que temesse conhecer na família. A noite fizera por ela mais, muito mais do que se poderia esperar.

# Capítulo 13

Segunda, terça, quarta, quinta, sexta e sábado já passaram pela consideração do leitor; os acontecimentos de cada dia, suas esperanças e seus medos, as mortificações e os prazeres, tudo foi distintamente exposto, e só nos resta descrever as aflições do domingo e fechar a semana. O plano de ir a Clifton fora protelado e abandonado, e voltou à tona na tarde desse dia, durante uma caminhada pelo Crescent. Numa conferência privada entre Isabella e James em que a primeira determinara com todas as suas forças que fariam a excursão, e o segundo, com não menos ânsia, a fim de agradá-la, juntou suas forças às dela, ficou decidido que o passeio seria realizado na manhã seguinte, contanto que o tempo estivesse bom; e eles deveriam partir muito cedo, de modo que pudessem estar de volta em horário adequado. Definida em tais termos a questão, restava apenas que Catherine fosse notificada. Ela os deixara por alguns minutos para conversar com a srta. Tilney. O esquema foi armado nesse intervalo e, assim que ela voltou, seu consentimento foi solicitado. No entanto, em vez de concordar com entusiasmo, como esperava Isabella, Catherine ficou séria; ela sentia muito, mas não poderia ir. O compromisso que devia ter impedido sua presença no primeiro passeio impossibilitava de fato, agora, sua participação. Catherine acertara naquele momento, com a srta. Tilney, que a caminhada planejada ocorreria no dia seguinte; era um compromisso definitivo, e ela não voltaria atrás de modo algum. Ambos os Thorpe, porém, bradaram que era *necessário* e *inevitável* que ela voltasse atrás; era imperativo ir a Clifton naquela segunda, não iriam sem ela, seria muito simples adiar por um dia uma mera caminhada, e não admitiriam recusa. Catherine ficou desolada, mas não cedeu.

– Não insista, Isabella. Estou comprometida com a srta. Tilney. Não posso ir.

O pedido não teve efeito algum. Catherine foi acossada pelos mesmos argumentos: ela precisava ir, ela iria, e eles não admitiriam recusa.

– Seria tão fácil dizer à srta. Tilney que acabaram de lhe trazer à memória que você tinha um compromisso anterior, e apenas pedir a ela que a caminhada fosse transferida para terça-feira.

– Não, não seria fácil. Não posso fazer isso. Não existe compromisso anterior.

Mas Isabella apenas se tornou mais e mais insistente, fazendo os mais afetuosos apelos, chamando-a pelos mais carinhosos nomes. Estava certa de que sua amada e doce Catherine não rejeitaria, reiteradamente, uma súplica tão insignificante de uma amiga que lhe dedicava tamanho amor. Sabia que sua amada Catherine, dona de um coração tão sensível, de um temperamento tão doce, não seria intolerante com as pessoas que amava. Mas tudo em vão; Catherine julgava que tinha razão e, embora lhe fosse dolorosa aquela súplica tão terna, tão lisonjeira, não se deixaria influenciar por ela. Isabella, então, experimentou outro método. Acusou Catherine de ter mais afeição pela srta. Tilney, embora a conhecesse havia tão pouco tempo, do que por seus melhores e mais antigos amigos, de ter se tornado, em suma, fria e indiferente em relação a ela.

– Não posso deixar de sentir inveja, Catherine, quando percebo que sou desprezada em favor de estranhos, eu, que amo tanto você! Uma vez que minhas afeições estão firmadas, nada é capaz de removê-las. Mas creio que meus sentimentos são mais fortes do que os de qualquer outra pessoa; estou certa de que são até fortes demais para a minha paz de espírito; e perceber que sou suplantada por estranhos em nossa amizade me fere no fundo da alma, eu confesso. Esses Tilney parecem engolir tudo em volta.

Catherine julgou que essa acusação era ao mesmo tempo estranha e rude. Era esse, então, o papel de uma amiga?

Expor diante de todos os sentimentos da outra? Isabella lhe pareceu mesquinha e egoísta, indiferente a tudo o que não lhe proporcionasse gratificação pessoal. Essas ideias dolorosas lhe passaram pela cabeça, mas ela não disse nada. Isabella, enquanto isso, cobrira os olhos com seu lenço, e Morland, consternado com tal visão, viu-se obrigado a dizer:

– Ora, Catherine, creio que você já não pode mais declinar. O sacrifício não é tão grande, e fazer um favor a uma grande amiga... Você será muito indelicada, a meu ver, se continuar irredutível.

Era a primeira vez em que seu irmão se colocava abertamente contra ela. Empenhada em não lhe causar desgosto, Catherine propôs um acordo. Se eles ao menos postergassem o plano para terça-feira, algo que poderiam fazer com facilidade, porque só dependia deles, ela poderia lhes fazer companhia, e então todos ficariam satisfeitos. Mas "Não, não, não!" foi a resposta imediata, isso não era possível, pois Thorpe não sabia se não teria de ir à cidade na terça-feira. Catherine lamentava, mas era o máximo que podia fazer. Seguiu-se um breve silêncio, interrompido então por Isabella, que afirmou, numa voz fria e ressentida:

– Muito bem, temos assim o fim do passeio. Se Catherine não vai, não posso ir. Não posso ser a única mulher. Eu não faria uma coisa tão imprópria por nada no mundo, jamais.

– Catherine, você precisa ir – disse James.

– Mas o sr. Thorpe não poderia levar consigo uma de suas irmãs? Ouso dizer que qualquer uma delas gostará de ir.

– Obrigado – exclamou Thorpe –, mas não vim a Bath para carregar minhas irmãs de um lado para outro e fazer papel de tolo. Não, se a senhorita não for, que diabo, não vou de modo algum. Só vou se for para levar a senhorita.

– É uma lisonja que não me causa nenhum prazer.

Mas as palavras de Catherine não chegaram até Thorpe, que se afastara abruptamente.

Os outros três seguiram caminhando juntos, numa situação que se tornava cada vez mais desconfortável para a pobre Catherine; por vezes palavra alguma era dita, por vezes ela se via novamente atacada por súplicas e recriminações, e seu braço se mantinha unido ao de Isabella, embora seus corações estivessem em guerra. Catherine se compadecia num momento, e em outro irritava-se, sempre aflita, mas sempre inflexível.

– Não pensei que você pudesse ser tão obstinada, Catherine – disse James. – Você não costumava ser assim, tão difícil de persuadir. Eu a tinha como a mais bondosa e moderada das minhas irmãs.

– Creio que sou a mesma de sempre – ela retrucou, muito magoada. – Mas realmente não posso ir. Se estou errada, estou fazendo o que me parece ser mais correto.

– Talvez – disse Isabella, em voz baixa – você não esteja tão angustiada.

O coração de Catherine quase parou; ela retirou seu braço, e Isabella não se opôs. Assim se passaram dez longos minutos, e então Thorpe voltou até eles; exibindo uma expressão mais jovial, o rapaz disse:

– Bem, resolvi o assunto, e amanhã todos poderemos fazer o passeio com a consciência tranquila. Estive com a srta. Tilney e apresentei suas desculpas a ela.

– O senhor não fez isso! – gritou Catherine.

– Eu fiz, juro por minha alma. Estive com ela agora mesmo. Eu disse que a senhorita tinha pedido a mim que lhe desse um recado: tendo acabado de se recordar de um compromisso anterior, a nossa excursão até Clifton amanhã, a senhorita não teria o prazer de caminhar com ela antes de terça-feira. Ela disse que não havia problema, terça-feira lhe convinha da mesma maneira. Temos assim o fim de todas as nossas dificuldades. Uma bela ideia de minha parte... não é?

O semblante de Isabella era todo sorrisos outra vez, e James também parecia feliz novamente.

– Uma ideia simplesmente divina! Agora, minha doce Catherine, todas as nossas aflições se acabaram; você fica livre de culpa de uma forma honrosa, e nós faremos um passeio simplesmente magnífico.

– Não pode ser assim – disse Catherine. – Não vou me submeter a isso. Preciso correr até a srta. Tilney agora mesmo para esclarecer tudo.

Isabella, no entanto, pegou uma de suas mãos, Thorpe a outra, e os três lançaram sobre ela uma enxurrada de protestos. Até mesmo James ficou bastante zangado. Se tudo já estava resolvido, se a própria srta. Tilney dissera que a terça-feira lhe convinha muito bem, era um tanto ridículo, um tanto absurdo, fazer qualquer objeção posterior.

– Pouco me importa. O sr. Thorpe não tinha o direito de inventar esse recado. Se julgasse que o correto era adiar, eu mesma poderia ter falado com a srta. Tilney. Esse artifício é uma grosseria a mais; e como poderei saber se o sr. Thorpe não... ele pode ter se enganado de novo, talvez; ele já me fez cometer uma grosseria por engano seu, na sexta-feira. Deixe-me ir, sr. Thorpe; Isabella, não me segure.

Thorpe disse a Catherine que seria inútil ir atrás dos Tilney; eles estavam entrando em Brock Street quando os alcançou, e já estariam em casa a esta altura.

– Pois irei atrás deles – disse Catherine. – Onde quer que estejam, irei atrás deles. De nada adianta argumentar. Se não fui persuadida a fazer algo que considero errado, jamais serei convencida por trapaças.

E com tais palavras ela os deixou e se foi às pressas. Thorpe quis sair correndo atrás dela, mas Morland o deteve.

– Deixe, deixe, se ela quer ir.

– Ela é obstinada como...

Thorpe não chegou a terminar a comparação, que dificilmente teria sido decorosa.

Catherine seguiu seu caminho em grande agitação, com a rapidez que a multidão lhe permitia, temendo ser perseguida, mas determinada a perseverar. Enquanto andava, refletia sobre o que se passara. Era doloroso para ela decepcionar e desagradar seus amigos, e particularmente desagradar seu irmão, mas não se arrependia de sua resistência. Deixando de lado sua própria disposição, ter falhado uma segunda vez no compromisso com a srta. Tilney, ter cancelado uma promessa feita voluntariamente apenas cinco minutos antes, e ainda sob um falso pretexto, só podia estar errado. Ela não se opusera apenas em função de princípios egoístas, não levara em consideração meramente sua própria gratificação, que poderia ter sido assegurada, em certa medida, pela excursão em si, pelo prazer de admirar o Castelo de Blaize; não, ela dera importância ao que era devido aos outros e à opinião que poderiam formar sobre o seu caráter. A convicção de que estava certa, no entanto, não foi suficiente para restaurar sua calma; enquanto não falasse com a srta. Tilney, não poderia ficar à vontade. Acelerando seu ritmo ao deixar para trás o Crescent, quase correu a distância remanescente até ganhar o topo de Milsom Street. Catherine caminhara com enorme rapidez e, apesar da vantagem inicial dos Tilney, eles mal chegavam à entrada da residência quando os avistou. Com o criado ainda parado na porta aberta, ela limitou-se à cerimônia de dizer que precisava falar com a srta. Tilney naquele instante, e logo passou por ele e se lançou escada acima. A seguir, abrindo a primeira porta diante dela, a porta certa, imediatamente Catherine se viu na sala de estar com o general Tilney, seu filho e sua filha. Sua explicação, defeituosa apenas – em função de seus nervos irritados e da respiração ofegante – por não ser explicação nenhuma, foi apresentada prontamente.

– Vim com muita pressa... foi tudo um engano... eu disse a eles desde o começo que não poderia ir... saí correndo com muita pressa para me explicar... não me importei com o que vocês pudessem pensar de mim... não quis esperar pela apresentação do criado.

A questão toda, no entanto, mesmo que não perfeitamente elucidada por tal discurso, logo deixou de ser um enigma. Catherine descobriu que John Thorpe *dera* de fato o recado. E a srta. Tilney não teve qualquer escrúpulo em confessar que ficara muito surpresa. Se o irmão dela, por sua vez, a tinha ultrapassado em ressentimento, Catherine, embora se dirigisse instintivamente tanto para um como para a outra em sua justificação, não tinha meios de saber.

Fossem ou não fossem rancorosos os sentimentos antes de sua chegada, suas ávidas declarações foram rapidamente retribuídas, tanto quanto ela podia desejar, com olhares e declarações amigáveis.

Resolvido de modo satisfatório o caso, a srta. Tilney apresentou seu pai a Catherine, que foi saudada por ele com uma polidez espontânea e solícita que lhe trouxe à mente a informação de Thorpe e a fez pensar, com prazer, que vez por outra era possível confiar nele. A civilidade do general foi expressada num zelo fervoroso: não sabendo que a garota ingressara na casa com agilidade extraordinária, ele ficou bastante zangado com o criado, cuja negligência obrigara Catherine a abrir ela mesma a porta do aposento. Por que motivo William agira assim? Ele faria questão de investigar o assunto. E se Catherine não tivesse afiançado calorosamente sua inocência, era provável que William fosse perder para sempre as graças de seu patrão, ou até mesmo seu emprego, devido à impaciência da jovem.

Depois de sentar com eles por um quarto de hora, Catherine levantou-se para sair e teve uma surpresa agradabilíssima quando o general Tilney perguntou se ela lhe concederia a honra de jantar e passar o resto do dia com sua filha. A srta. Tilney reforçou o convite. Catherine se mostrou muito agradecida, mas não tinha condições de aceitar. O sr. Allen e sua esposa já esperavam que ela voltasse a qualquer momento. O general declarou que não insistiria, pois os direitos do sr. Allen e de sua esposa não deviam ser suplantados. Ele acreditava, porém, que num outro dia, quando houvesse a possibilidade de um aviso antecipado, eles não deixariam de dispensar Catherine aos cuidados da amiga. Não, não; Catherine tinha certeza de que não fariam objeção nenhuma, e ela teria grande prazer em vir. O general fez questão de acompanhá-la até a porta da rua, dizendo as coisas mais galantes enquanto desciam as escadas, admirando a elasticidade do caminhar de Catherine, que lembrava perfeitamente seu modo gracioso de dançar, e fazendo, quando se despediram, uma das reverências mais elegantes que ela já vira.

Catherine, deleitada com tudo o que se passara, prosseguiu alegremente para Pulteney Street, caminhando, como deduzia, com grande elasticidade, embora jamais tivesse pensado nisso antes. Entrou em casa sem ter visto qualquer sinal do grupo ofendido, e agora que triunfara por completo, cumprira seu objetivo e garantira sua caminhada, começou (à medida que sua agitação de espírito se abrandava) a duvidar de que agira com perfeita correção. Um sacrifício era sempre nobre; e se Catherine tivesse cedido às súplicas deles, estaria livre da perspectiva angustiante de uma amiga descontente, de um irmão irritado e da destruição de um plano que traria grande felicidade aos dois, talvez por culpa dela. Para aliviar sua mente e avaliar, por meio da opinião de uma pessoa imparcial, os méritos reais de sua conduta, ela aproveitou a ocasião para mencionar, na presença do sr. Allen, o plano inacabado de seu irmão e dos Thorpe para o dia seguinte. O sr. Allen se manifestou no mesmo instante:

– Pois bem – disse ele –, e a senhorita pretende acompanhá-los?

– Não, eu tinha acabado de prometer à srta. Tilney que faria uma caminhada com ela, quando soube da excursão. Portanto, eu não poderia ir com eles, poderia?

– Não, certamente não; e é ótimo que a senhorita pense assim. Essas excursões não são coisa boa. Rapazes e moças passeando pelo campo em carruagens abertas! Vez por outra está muito bem, mas frequentar estalagens e lugares públicos em grupo! Não é correto; e não sei como a sra. Thorpe pode permiti-lo. É ótimo que a senhorita nem considere ir; tenho certeza de que a sra. Morland ficaria descontente. Sra. Allen, não está certo o meu raciocínio? Não é verdade que esquemas desse tipo são condenáveis?

– Sim, são de fato muito condenáveis. Carruagens abertas são coisas detestáveis. Um vestido limpo não resiste cinco minutos nelas. Você fica salpicada quando entra e quando sai; e o vento joga o seu cabelo e o seu gorro em todas as direções. Eu mesma odeio uma carruagem aberta.

– Eu sei disso, mas essa não é a questão. Não fica bem que moças sejam frequentemente conduzidas, nessas carruagens, por rapazes com os quais elas não têm sequer parentesco.

– De fato, meu querido, não fica nada bem. Não suporto ver essas coisas.

– Minha senhora – exclamou Catherine –, se é assim, por que não me avisou antes? Se soubesse que era inadequado, eu não teria saído com o sr. Thorpe de modo algum; mas sempre julguei que a senhora me diria, se pensasse que minha conduta era imprópria.

– E direi sempre, minha querida, não duvide disso, pois prometi à sra. Morland, quando nos despedimos, que faria por você tudo o que estivesse ao meu alcance. Mas não devemos nos ater a pequenos detalhes. Jovens *sempre* serão jovens, como sua boa mãe costuma dizer. Quando chegamos, você sabe bem, eu não quis que você comprasse aquela musselina bordada, mas você insistiu. Os jovens não querem ser contrariados o tempo inteiro.

– Mas o caso em questão é muito mais importante, e creio que não teria sido difícil me persuadir.

– Não houve prejuízo até o momento – disse o sr. Allen. – Tenho apenas um conselho, minha querida: não saia mais com o sr. Thorpe.

– Era isso mesmo o que eu estava a ponto de dizer – acrescentou a esposa dele.

Catherine, aliviada por si, sentiu-se inquieta por Isabella. Após pensar por um momento, perguntou ao sr. Allen se não seria ao mesmo tempo correto e gentil, por parte dela, escrever à srta. Thorpe e lhe fazer entender a indecência da situação, que lhe devia ser igualmente imperceptível, pois acreditava que, se não o fizesse, Isabella poderia acabar indo a Clifton no dia seguinte, apesar do que se passara. O sr. Allen, no entanto, a desencorajou de fazer tal coisa.

– Fará melhor não se intrometendo, minha querida; ela tem idade suficiente para saber bem o que faz e, se não sabe, tem uma mãe para aconselhá-la. A sra. Thorpe é indulgente demais, não resta dúvida, mas será melhor não interferir. Se ela e James querem tanto ir, a senhorita vai apenas se indispor com eles.

Catherine condescendeu e, embora lamentasse pensar que Isabella estivesse agindo mal, sentiu grande alívio por ter sua própria conduta aprovada pelo sr. Allen, e verdadeiramente regozijou-se ao se ver salva, pelos conselhos dele, do perigo de incorrer ela mesma em tal erro. Ter escapado do grupo que iria a Clifton era de fato uma salvação; pois o que pensariam os Tilney se ela tivesse rompido a promessa que lhes fizera e em seguida participasse de algo que era errado em si, se tivesse cometido uma violação de decoro apenas para se tornar culpada por outra?

# Capítulo 14

A manhã seguinte estava bonita, e Catherine quase esperava um novo ataque por parte dos excursionistas. Com o sr. Allen para lhe dar apoio, tal possibilidade não lhe causava medo, mas ela preferia ser poupada de uma disputa na qual a vitória era dolorosa em si, e sentiu profundo júbilo, consequentemente, por não vê-los nem ouvir falar deles. Os Tilney vieram buscá-la na hora marcada; e sem surgimento de novas dificuldades, sem recordações repentinas, sem convocação inesperada ou qualquer intromissão impertinente que malograsse suas providências, minha heroína foi, extraordinariamente, capaz de honrar seu compromisso, muito embora o próprio herói estivesse envolvido. Eles resolveram andar pelo entorno de Beechen Cliff, aquela nobre colina que, com sua formosa vegetação e seus matagais suspensos, propicia um belo panorama em quase todas as janelas de Bath.

– Nunca olho para a colina – disse Catherine, enquanto caminhavam ao longo do rio – sem pensar no sul da França.

– A senhorita já esteve no estrangeiro, então? – perguntou Henry, um pouco surpreso.

– Não! Eu me refiro a coisas que já li. Sempre me vem à mente a região que Emily e seu pai percorreram, em *Os mistérios de Udolpho*. Mas ouso dizer que o senhor nunca lê romances.

– Por quê?

– Porque eles não são inteligentes o bastante para o senhor. Cavalheiros preferem leituras melhores.

– A pessoa que não sente prazer com um bom romance, seja cavalheiro ou dama, só pode ser intoleravelmente estúpida. Li todas as obras da sra. Radcliffe, e a maioria delas com grande prazer. *Os mistérios de Udolpho*, uma vez que o comecei, não pude mais deixá-lo de lado. Lembro que o terminei em dois dias... com os cabelos em pé o tempo todo.

– Sim – acrescentou a srta. Tilney –, e lembro que você se comprometeu a ler o livro em voz alta para mim e, quando tive de sair por apenas cinco minutos para responder um bilhete, em vez de esperar por mim você levou o livro para o passeio do eremitério, e fui obrigada a esperar até que você o terminasse.

– Obrigado, Eleanor, pelo testemunho enobrecedor. Perceba, srta. Morland, o quanto suas suspeitas são injustas. Ali estava eu, em minha avidez por seguir em frente, sequer admitindo esperar cinco minutos por minha irmã, desfazendo minha promessa de ler o livro em voz alta e mantendo sua curiosidade em suspenso, num trecho interessantíssimo, ao cometer o crime de fugir com o volume, o qual, observe bem, pertencia a ela, exclusivamente a ela. Sinto orgulho ao pensar no caso, e creio que a senhorita terá uma opinião mais favorável a meu respeito.

– Fico muito feliz ao saber disso, e agora jamais sentirei vergonha por gostar pessoalmente de *Udolpho*. Mas sempre pensei, de fato, que os rapazes desprezassem estupendamente os romances.

– *Estupendamente*, sim, é sem dúvida *estupendo* esse desprezo, porque eles leem quase tantos romances quanto as mulheres. Eu mesmo já li centenas e centenas. Não pense que pode competir comigo em conhecimento sobre Julias e Louisas. Se avançássemos para pormenores e levássemos adiante as intermináveis inquirições do tipo "Já leu este?", "Já leu aquele?", eu logo a deixaria para trás tanto quanto... como posso dizer... quero uma comparação apropriada... tanto quanto sua amiga Emily, ela mesma, quando partiu com a tia para a Itália, deixando para trás o pobre Valancourt. Considere quantos anos eu tenho de vantagem. Quando iniciei meus estudos em Oxford, a senhorita não passava de uma boa menininha confeccionando seus primeiros bordados!

– Não tão boa assim, eu receio. Mas, realmente, o senhor não concorda que *Udolpho* é o livro mais perfeito do mundo?

– Perfeito? Suponho que a senhorita quis dizer "bem-acabado". Isso dependerá da encadernação.

– Henry – disse a srta. Tilney –, você é muito impertinente. Srta. Morland, ele trata a própria irmã com procedimento idêntico. Está sempre me censurando por alguma incorreção de linguagem, e agora toma a mesma liberdade em relação à senhorita. A palavra "perfeito", empregada como foi, não pareceu conveniente a ele, e seria melhor escolher outra assim que possível, ou seremos esmagadas com Johnson e Blair durante todo o caminho.

– Estou certa – exclamou Catherine – de que não quis dizer nada de errado, mas *é* um livro perfeito, e por qual motivo eu não deveria usar a palavra?

– A senhorita tem toda a razão – disse Henry –, e o dia está perfeito, e estamos fazendo um passeio perfeito, e vocês duas são moças perfeitas. Ah! É uma palavra perfeita, de fato! Serve para tudo. Originalmente, talvez, ela fosse utilizada apenas para expressar exatidão, plenitude, acabamento, correção. As pessoas compravam um traje perfeitamente acabado, ou eram perfeitas em suas resoluções. Agora, porém, essa única palavra abrange qualquer tipo de louvor em qualquer assunto.

– Na verdade – exclamou sua irmã –, ela deveria ser aplicada apenas a você, sem qualquer espécie de louvor. Você se comporta com muita perfeição e pouca sabedoria. Srta. Morland, deixemos que ele medite o quanto quiser sobre os nossos indesculpáveis deslizes nas normas da fala e enalteçamos *Udolpho* com os termos que forem do nosso agrado. É uma obra interessantíssima. A senhorita gosta desse tipo de leitura?

– Para dizer a verdade, não gosto muito de nenhum outro tipo.

– Não diga!

– Bem, às vezes leio poesia, drama, coisas assemelhadas, e também não tenho aversão por relatos de viagens. Mas por história, pela história real e solene, não consigo me interessar. A senhorita consegue?

– Sim, tenho muito apreço por história.

– Gostaria de poder dizer o mesmo. Leio um pouco por dever, mas os textos não me dizem nada que não seja cansativo ou irritante. As rixas de papas e reis, com guerras ou pestilências em todas as páginas; os homens sempre tão imprestáveis, e praticamente nenhuma mulher... é ao extremo enfadonho. Mas muitas vezes me parece estranho que a história seja tão insípida, porque grande parte só pode ser invenção. As palavras que são colocadas na boca dos heróis, seus pensamentos e projetos... a maior parte disso tudo só pode ser invenção, e a invenção é o que me encanta nos outros livros.

– Historiadores, a senhorita crê – disse Eleanor –, não são felizes em seus voos imaginativos. Criam fantasias sem despertar interesse. Tenho apreço por história e fico satisfeita o bastante se o falso vem acompanhado pelo verdadeiro. Nos fatos mais importantes, eles dispõem de fontes de informação em histórias e registros anteriores, que podem ser tão confiáveis, suponho, quanto qualquer coisa que não tenha sido de fato testemunhada pessoalmente; e quanto aos pequenos embelezamentos de que a senhorita fala, são embelezamentos, e gosto deles como tais. Se um discurso é bem-composto, eu o leio com prazer, pouco importando quem seja seu autor; e o prazer é provavelmente muito maior quando se trata de uma criação do sr. Hume ou do sr. Robertson, em vez das palavras genuínas de Carataco, Agrícola ou Alfredo, o Grande.

– A senhorita gosta de história! O sr. Allen e o meu pai também gostam; e tenho dois irmãos que se interessam pelo tema. É notável que existam tantos casos em meu pequeno círculo de amigos! Pensando bem, não voltarei a ter pena dos historiadores. Se as pessoas gostam de ler seus livros, tudo se justifica, mas passar tanto trabalho compondo enormes volumes, os quais, eu costumava pensar, ninguém jamais abriria de vontade própria, e labutar apenas em nome do tormento de meninos e meninas, isso sempre me pareceu ser um destino cruel; e embora saiba que é tudo muito correto e necessário, já refleti muitas vezes sobre a coragem da pessoa que é capaz de tal dedicação.

– Que meninos e meninas precisam ser atormentados – disse Henry – é algo que não pode ser negado por ninguém que tenha uma mínima familiaridade com a natureza humana em estado civilizado. Em nome de nossos mais ilustres historiadores, porém, devo observar que eles poderão muito bem se sentir ofendidos com a suposição de que não possuem objetivo mais elevado; por método e por estilo, são perfeitamente qualificados para atormentar leitores de raciocínio muito mais avançado, do mais maduro período da vida. Utilizo o verbo "atormentar" em vez de "instruir", assim como faz a senhorita, segundo observei, supondo que os dois possam ser admitidos, agora, como sinônimos.

– O senhor me toma por tola porque considero instrução e tormento a mesma coisa. Entretanto, se estivesse acostumado, como eu, a ouvir pobres criancinhas primeiro aprendendo o alfabeto e então aprendendo a soletrar, se alguma vez tivesse visto como elas podem ficar entorpecidas durante uma manhã inteira, e o quanto minha mãe fica cansada no final, como costumo ver quase todos os dias de minha vida em casa, o senhor admitiria que as palavras "atormentar" e "instruir" podem ser usadas, às vezes, como sinônimas.

– Muito provavelmente. Mas os historiadores não são responsáveis pela dificuldade de aprender a ler, e até mesmo a senhorita, que não parece ser particularmente afeita a um devotamento muito severo, muito intenso, talvez possa ser levada a reconhecer que é muitíssimo vantajoso sermos atormentados por dois ou três anos de nossa vida quando a recompensa é sermos capazes de ler pela vida inteira. Considere: se a leitura não fosse ensinada, a sra. Radcliffe teria escrito em vão, ou talvez nem tivesse chegado a escrever.

Catherine concordou – e um caloroso panegírico seu, sobre os méritos daquela dama, encerrou o assunto. Os Tilney logo se engajaram em outro, sobre o qual ela nada tinha a dizer. Eles admiravam os arredores com os olhos de pessoas acostumadas ao desenho e avaliavam, com toda a vivacidade do bom gosto, o quanto o cenário merecia ser retratado. Aqui, Catherine se viu um tanto perdida. Ela não sabia nada sobre desenho – nada sobre bom gosto; e ouvia aquela conversa com uma atenção que lhe trazia pouco benefício, pois eles empregavam argumentos que mal lhe transmitiam alguma ideia. O pouco que pôde compreender, no entanto, pareceu contradizer as pouquíssimas noções que ela tinha sobre o tema. Aparentemente, o topo de uma colina alta já não proporcionava um bom panorama, e um céu claro e azul já não era prova de que o dia estava bonito. Catherine sentiu profunda vergonha de sua ignorância. Uma vergonha equivocada. Quando as pessoas desejam se aproximar de outras, deveriam sempre se manter ignorantes. Exibir uma mente bem-informada é exibir uma incapacidade de administrar a vaidade dos outros, algo que uma pessoa sensata desejaria evitar a todo custo. Uma mulher, especialmente, se tiver a infelicidade de saber alguma coisa, deveria esconder tal fato tão bem quanto possível.

As vantagens da tolice natural em uma bela garota já foram estabelecidas pela pena superior de uma autora irmã, e ao tratamento que ela dispensa ao assunto acrescentarei apenas, para fazer justiça aos homens, que, embora aos olhos da maioria frívola do sexo a imbecilidade seja um grande realce para os encantos pessoais femininos, existem alguns que são eles mesmos racionais e bem-informados demais para que desejem mais do que ignorância em uma mulher. Mas Catherine não era ciente de suas próprias vantagens – não era ciente de que uma garota de boa aparência, com um coração afetuoso e uma mente muito ignorante, jamais deixará de atrair um jovem inteligente, a menos que as circunstâncias sejam particularmente desfavoráveis. No caso presente, ela confessou e lamentou sua carência de conhecimento, declarou que daria qualquer coisa no mundo para ser capaz de desenhar. Seguiu-se imediatamente uma aula sobre o pitoresco, na qual as instruções do sr. Tilney eram tão claras que Catherine logo começou a enxergar beleza em tudo o que era admirado por ele, e sua atenção era tão intensa que Tilney ficou perfeitamente satisfeito ao constatar que ela dispunha de uma grande dose de bom gosto natural. Henry falou sobre primeiros planos, distâncias e segundas distâncias, cantos de tela e perspectivas, luzes e sombras, e Catherine era uma aluna tão promissora que, quando eles ganharam o topo de Beechen Cliff, ela voluntariamente rejeitou toda a cidade de Bath, considerando-a indigna de fazer parte de uma paisagem. Deleitado com o progresso da garota e temendo que pudesse enfastiá-la de uma só vez com sabedoria excessiva, Henry foi se afastando aos poucos do assunto e, numa suave transição, partindo de um fragmento rochoso e de um carvalho sem vida que ele situara no alto de seu panorama, passando para carvalhos em geral, para florestas, cercamento de florestas, terras improdutivas, terras da coroa e o governo, chegou em breve à política; da política, foi fácil passar para o silêncio. A pausa total que sucedeu sua curta especulação sobre o estado da nação foi interrompida por Catherine, que, num tom de voz um tanto solene, pronunciou as seguintes palavras:

– Ouvi dizer que algo realmente muito assombroso vai aparecer em Londres dentro de pouco tempo.

A srta. Tilney, para quem fora principalmente dirigida tal afirmação, sobressaltou-se e retrucou no mesmo instante:

– Não diga! E de que natureza?

– Isso eu não sei dizer, e tampouco sei quem é o autor. Ouvi dizer apenas que será mais horrível do que qualquer coisa que já tenhamos visto.

– Deus do céu! Onde ouviu dizer uma coisa dessas?

– Uma amiga minha soube do caso por uma carta que chegou de Londres ontem. Espera-se que seja excepcionalmente terrível. Prevejo assassinatos e coisas do tipo.

– A senhorita fala com uma serenidade espantosa! Mas espero que as informações de sua amiga tenham sido exageradas; e se um projeto como esse é conhecido de antemão, medidas adequadas serão tomadas pelo governo, sem dúvida, para impedir que ele seja levado a efeito.

– O governo – disse Henry, fazendo esforço para não sorrir – não deseja e tampouco ousa interferir em tais questões. Assassinatos são necessários; o governo não quer saber se são muitos ou poucos.

As damas o encaravam. Ele riu e continuou:

– Ora, devo fazer com que vocês duas se entendam? Ou será melhor que tentem descobrir alguma explicação? Não, serei generoso. Vou provar que sou homem, não menos pela generosidade de minha alma do que pela clareza de minha mente. Não tenho paciência com os integrantes do meu sexo que desdenham se rebaixar, por vezes, ao mundo da compreensão feminina. Talvez as habilidades das mulheres não sejam nem razoáveis e nem aguçadas; nem vigorosas e nem penetrantes. Talvez lhes falte observação, discernimento, bom-senso, fogo, gênio e sagacidade.

– Srta. Morland, não preste atenção ao que ele diz, mas tenha a bondade de me esclarecer esse terrível distúrbio.

– Distúrbio? Que distúrbio?

– Minha querida Eleanor, o distúrbio só existe na sua cabeça. Trata-se de uma confusão escandalosa. O acontecimento terrível a que se refere a srta. Morland é apenas uma nova publicação que sairá em breve, com três volumes em formato duodécimo e 276 páginas em cada um, e no frontispício do primeiro duas lápides e uma lanterna, entendeu? Srta. Morland: minha estúpida irmã interpretou mal suas claríssimas expressões. A senhorita falou sobre horrores iminentes em Londres; e em vez de concluir no mesmo instante, como qualquer criatura racional teria feito, que tais palavras só poderiam dizer respeito a uma nova coleção de livros, imediatamente ela imaginou uma turba com três mil homens reunidos em St. George's Fields, o banco atacado, a torre ameaçada, as ruas de Londres transbordando de sangue, um destacamento dos Twelfth Light Dragoons (a esperança da nação) convocado a vir de Northampton para subjugar os insurgentes e o galante capitão Frederick Tilney, arremetendo à frente de sua tropa, derrubado de seu cavalo ao ser atingido por um fragmento de tijolo que foi lançado de uma janela alta. Perdoe tanta estupidez. Os temores da irmã se somaram à fraqueza da mulher, mas ela não é, de modo algum, uma simplória rematada.

Catherine exibia uma expressão séria.

– E agora, Henry – disse a srta. Tilney –, proporcionado o nosso entendimento mútuo, será muito bom se você mesmo puder ser entendido pela srta. Morland; a menos que você queira que ela o veja como alguém que trata a própria irmã com intolerável grosseria e que tem pelas mulheres em geral um desprezo bruto. A srta. Morland não está habituada aos seus modos extravagantes.

– Será uma grande felicidade, para mim, fazer com que ela conheça melhor os meus modos.

– Não duvido, mas isso não serve como explicação no momento.

– Devo fazer o quê?

– Você sabe o que deveria fazer. Diante dela, com delicadeza, apresente o seu verdadeiro caráter. Diga que você tem o mais alto respeito pela inteligência das mulheres.

– Srta. Morland, tenho o mais alto respeito pela inteligência de todas as mulheres do mundo, especialmente no caso daquelas, quem quer que sejam, que por acaso me façam companhia.

– Isso não basta. Fale com mais seriedade.

– Srta. Morland, ninguém tem mais respeito do que eu pela inteligência das mulheres. Em minha opinião, a natureza lhes deu tanto que elas nunca julgam necessário usar mais do que a metade.

– Será impossível ouvir algo mais sério no momento, srta. Morland. Meu irmão não está com disposição para a sobriedade. Mas garanto-lhe que ele jamais estará falando a verdade se disser algo injusto sobre qualquer mulher ou se falar comigo de modo indelicado.

Não foi difícil, para Catherine, acreditar que Henry Tilney fosse incapaz de cometer incorreções. O comportamento dele era por vezes espantoso, mas a intenção devia ser sempre justa; e ela acabava por admirar o que não compreendia quase tanto quanto o resto. O passeio inteiro foi magnífico; embora tenha terminado cedo demais, seu fim foi também magnífico: Catherine entrou em casa acompanhada pelos amigos, e a srta. Tilney, antes da despedida, dirigindo-se de maneira respeitosa tanto à sra. Allen quanto à srta. Morland, manifestou seu desejo de que a jovem lhe desse o prazer de jantar com ela dentro de dois dias. A sra. Allen não opôs nenhuma dificuldade; quanto a Catherine, teve dificuldade apenas em dissimular o excesso de alegria.

A manhã decorrera de forma encantadora para ela, a ponto de extinguir sua antiga amizade e sua natural afeição, pois durante a caminhada não lhe ocorrera nenhum pensamento sobre Isabella ou James. Quando os Tilney se foram, ela voltou a ter consideração pelos dois; tal consideração, entretanto, de nada valeu por algum tempo: a sra. Allen não dispunha de notícias que pudessem suavizar sua inquietação, não ouvira nada a respeito deles. Contudo, mais para o fim da manhã, Catherine, tendo ocasião de sair em busca de uma indispensável jarda de fita que precisava ser comprada com a maior urgência, caminhou até a cidade, e em Bond Street topou com a segunda srta. Thorpe, que se arrastava na direção de Edgar's Buildings, ladeada por duas das mais queridas garotas do mundo, as quais lhe tinham feito adorável companhia por toda a manhã. Por ela, Catherine logo soube que ocorrera de fato a excursão para Clifton.

– Eles partiram hoje às oito – disse a srta. Anne –, e estou certa de que não os invejo pelo passeio. Creio que eu e a senhorita temos muita sorte por estarmos livres desse embaraço. Deve ser a coisa mais enfadonha do mundo, porque não há uma única alma em Clifton nesta época do ano. Belle acompanhou o seu irmão, e John levou Maria.

Catherine declarou que ficava muito satisfeita por saber que o arranjo se dera dessa maneira.

– Sim! – retrucou a outra. – Maria foi com eles. Estava ávida por ir. Pensou que seria algo excelente. Não posso dizer que admiro as preferências dela; e de minha parte, decidi desde o começo que não iria, se chegassem a me pressionar muito.

Catherine, duvidando um pouco disso, não pôde deixar de responder:

– Queria que a senhorita pudesse ter ido. É uma pena que vocês todas não tenham ido.

– Obrigada, mas o assunto é um tanto indiferente para mim. Na verdade, eu não teria ido em hipótese alguma. Era o que eu estava dizendo para Emily e Sophia quando a senhorita nos alcançou.

Catherine ainda não estava convencida; feliz, porém, com o fato de que Anne tivesse como consolo a amizade de Emily e Sophia, despediu-se dela sem maiores incômodos. Voltou para casa satisfeita porque a excursão não fora frustrada por sua recusa em participar e desejando com todas as forças que tudo se passasse muito agradavelmente, de modo que nem James e nem Isabella pudessem continuar se ressentindo de sua resistência.

# Capítulo 15

Cedo no dia seguinte, um bilhete de Isabella, exprimindo paz e ternura em cada linha e solicitando a imediata presença de sua amiga em função de um assunto da mais extrema importância, arrebatou Catherine, num felicíssimo ânimo de confiança e curiosidade, na direção de Edgar's Buildings. As duas Thorpe mais novas estavam sozinhas na sala de estar; quando Anne saiu para chamar sua irmã, Catherine aproveitou a oportunidade para pedir à outra alguns detalhes da excursão do dia anterior. Maria não poderia desejar prazer maior do que falar a respeito; e Catherine logo soube que se tratara sem dúvida da coisa mais deliciosa do mundo, que ninguém poderia imaginar o quão encantador havia sido o passeio e que tudo se passara de modo inconcebivelmente delicioso. Tais foram as informações dos primeiros cinco minutos; os cinco seguintes revelaram pormenores: que eles seguiram diretamente para o York Hotel, tomaram sopa e encomendaram um jantar antecipado, caminharam até o Salão da Fonte, provaram da água e gastaram alguns xelins em quinquilharias e pedrinhas ornamentais, depois foram tomar sorvete numa confeitaria; correndo de volta para o hotel, engoliram apressadamente o jantar para evitar que voltassem no escuro, e então fizeram um retorno delicioso, no entanto a lua não apareceu e choveu um pouco, e o cavalo do sr. Morland estava tão cansado que mal tinha condições de andar.

Catherine ouvia com franca satisfação. Parecia que o Castelo de Blaize não fora sequer considerado. Quanto a todo o resto, não havia nada que a fizesse se arrepender por um instante sequer. O relato de Maria terminou com uma terna efusão de piedade por sua irmã Anne, a quem descreveu como insuportavelmente ressentida por ter sido excluída do grupo.

– Ela nunca me perdoará, estou certa disso; mas a senhorita certamente me entende, eu não podia evitar. John me obrigou a ir, ele jurou que não a levaria porque ela tem tornozelos grossos. Ouso dizer que ela não estará de bom humor novamente por um mês, mas estou determinada a não ficar aborrecida; não vou perder a serenidade por causa de uma insignificância.

E naquele momento Isabella entrou na sala a passos ávidos, com um semblante feliz e superior que atraiu todas as atenções de sua amiga. Maria foi dispensada sem grande cerimônia, e Isabella, abraçando Catherine, disse o seguinte:

– Sim, minha querida Catherine, é isso mesmo; sua perspicácia não a enganou. Ah, esses seus olhos maliciosos! Eles enxergam através de tudo.

Catherine respondeu apenas com um olhar de ignorância perplexa.

– Não, minha amada, queridíssima amiga – continuou a outra –, componha-se. Estou incrivelmente agitada, como você pode perceber muito bem. Vamos nos sentar e conversar confortavelmente. Bem, então você adivinhou tudo no mesmo instante em que leu meu bilhete? Que criatura astuta! Ah, minha querida Catherine, só você, que conhece o meu coração, pode avaliar minha felicidade neste momento. Seu irmão é o mais encantador de todos os homens. Eu gostaria apenas de ser mais merecedora dele. Mas o que dirão os seus excelentes pai e mãe? Ah, céus! Só de pensar neles fico tão agitada!

Catherine começou a compreender tudo: uma noção da verdade logo surgiu no interior de sua mente; e com o rubor natural de uma emoção tão nova, exclamou:

– Deus do céu! Minha querida Isabella, o que você quer dizer? É possível? É possível que você esteja realmente apaixonada por James?

Essa ousada premissa, porém, ela logo soube, compreendia apenas metade do fato. A ansiosa afeição que ela foi acusada de ter continuamente observado em cada olhar e em cada ação de Isabella tinha, no decorrer da excursão do dia anterior, recebido a deliciosa confissão de um amor recíproco. Seu coração e sua lealdade estavam igualmente devotados a James. Catherine jamais ouvira algo com tanto interesse, deslumbramento e alegria. Seu irmão e sua amiga, noivos! Tais circunstâncias eram inéditas: o acontecimento parecia ser indescritivelmente grandioso, e ela o contemplava como um daqueles grandes eventos dos quais o curso ordinário da vida mal pode proporcionar um retorno. A força de seus sentimentos não podia ser expressada em palavras; a natureza deles, porém, contentou sua amiga. A felicidade de ter uma irmã como aquela foi a primeira das efusões, e as duas belas damas se uniram em abraços e lágrimas de alegria.

Por mais que Catherine se deleitasse sinceramente com a perspectiva daquela união, deve-se reconhecer, todavia, que Isabella foi muito mais longe em suas ternas expectativas.

– Você será infinitamente mais querida para mim, minha Catherine, do que Anne ou Maria: sinto que vou me afeiçoar muito mais à minha querida família Morland do que à minha própria.

Esse era um grau de amizade que escapava à compreensão de Catherine.

– Você é tão parecida com o seu querido irmão – continuou Isabella – que eu acabei me apaixonando por você no primeiro momento em que a vi. Mas é sempre assim comigo; o primeiro momento determina tudo. No primeiro dia em que Morland nos visitou, no Natal, no primeiro momento em que o vi, meu coração estava irrecuperavelmente fisgado. Lembro que usava meu vestido amarelo, com meu cabelo trançado; e quando cheguei à sala de estar e John me apresentou a ele, pensei que jamais tinha visto alguém tão bonito antes.

Aqui, Catherine reconheceu secretamente o poder do amor, pois, embora adorasse muitíssimo seu irmão e fosse parcial a todos os seus encantos, nunca em sua vida o julgara bonito.

– Também me lembro que a srta. Andrews tomou chá conosco naquela noite, usando seu vestido castanho-avermelhado de seda fina, e ela parecia tão divina que pensei que seu irmão com absoluta certeza se apaixonaria por ela. Não fui capaz de dormir direito nem por um segundo, de tanto pensar nisso. Ah, Catherine, as muitas noites insones que enfrentei por causa do seu irmão! Não queria que você sofresse metade do que sofri! Fiquei miseravelmente magra, eu sei. Mas não vou incomodá-la descrevendo minha ansiedade; você já viu mais do que o suficiente. Sinto que eu me traía continuamente, tão imprudente ao falar de minha parcialidade pela igreja! Mas sempre estive certa de que o meu segredo estaria sempre muito bem guardado com *você*.

Catherine considerou que nada poderia ter estado mais seguro; no entanto, envergonhada por causa de uma ignorância um tanto imprevista, não ousou contestar a questão e tampouco recusar que tivesse demonstrado, segundo julgava Isabella, profunda perspicácia e afetuosa simpatia. Seu irmão, ela descobriu, estava se preparando para partir em máxima velocidade para Fullerton a fim de comunicar sua situação e solicitar consentimento; e aqui havia, de certa forma, uma agitação real nos pensamentos de Isabella. Catherine tentou convencê-la, já que ela mesma estava convencida disso, de que seu pai e sua mãe jamais se oporiam aos desejos de James.

– É impossível – ela disse – que existam pais mais bondosos ou que desejem mais felicidade para seus filhos; não tenho dúvida de que consentirão imediatamente.

– Morland diz exatamente a mesma coisa – retrucou Isabella. – E no entanto não ouso esperar por isso. Meu dote será tão pequeno, eles nunca consentirão. E justamente o seu irmão, que poderia se casar com quem quisesse!

Aqui, Catherine discerniu novamente a força do amor.

– Isabella, você é sem dúvida muito humilde. A diferença de dotes não deveria ter a mínima importância.

– Ah, minha doce Catherine, em *seu* generoso coração sei que isso não teria a mínima importância, mas não encontraremos esse mesmo desinteresse em muitas pessoas. Quanto a mim mesma, posso afirmar com certeza que queria apenas que as nossas situações fossem invertidas. Tivesse eu milhões a meu dispor, fosse eu a dona do mundo inteiro, e o seu irmão seria minha única escolha.

Esse sentimento encantador, recomendado tanto pelo sentimento quanto pela novidade, brindou Catherine com uma lembrança muito agradável de todas as heroínas que conhecia; e ela julgou que sua amiga nunca se mostrara mais amável do que no momento em que proferiu aquela grandiosa ideia. "Estou certa de que consentirão" era a sua declaração frequente; "Estou certa de que ficarão maravilhados com você."

– De minha própria parte – disse Isabella –, meus desejos são tão moderados que a menor renda possível seria suficiente para mim. Quando as pessoas são realmente unidas, a pobreza, em si, é uma riqueza; e detesto a grandeza; não moraria em Londres por nada no universo. Um chalé em algum vilarejo remoto seria, para mim, um êxtase. E existem algumas casas de campo encantadoras perto de Richmond.

– Richmond! – exclamou Catherine. – Você precisa morar perto de Fullerton. Você deveria ficar perto de nós.

– Estou certa de que serei muito infeliz se não ficarmos. Se puder ficar perto de *você*, estarei satisfeita. Mas nós estamos discutindo à toa! Não me permitirei pensar em tais coisas até que recebamos a resposta do seu pai. Segundo Morland, se o envio for feito hoje à noite para Salisbury, poderemos tê-la amanhã. Amanhã? Sei que jamais terei coragem para abrir a carta. Sei que morrerei se fizer isso.

Um devaneio sucedeu essa convicção e, quando Isabella falou novamente, foi para especular sobre a qualidade de seu vestido de casamento.

A conversa foi encerrada pelo ansioso namorado em pessoa, que veio dar seu suspiro de despedida antes de partir para Wiltshire. Catherine quis felicitá-lo, mas não soube o que dizer, e sua eloquência se restringiu a seus olhos. Neles, porém, as oito partes do discurso brilharam com muita expressividade, e James pôde facilmente juntá-las. Impaciente pela realização de seus desejos em casa, seu adeus não foi longo, e até seria ainda mais breve, caso ele não fosse constantemente detido pelos urgentes pedidos de sua donzela para que partisse. Duas vezes ele foi chamado, quase da porta, pela ânsia de Isabella por vê-lo partir.

– Sim, Morland, preciso obrigá-lo a sair. Considere a distância que você terá de percorrer. Não suporto vê-lo se demorando tanto. Pelo amor de Deus, não perca mais tempo. Pronto, vá, vá, eu insisto.

As duas amigas, com os corações agora mais unidos do que nunca, não se separaram durante todo o dia, e as horas voaram em projetos de felicidade fraterna. A sra. Thorpe e seu filho, que sabiam de tudo e que pareciam apenas esperar pelo consentimento do sr. Morland, considerando que o noivado de Isabella era a circunstância mais afortunada que se poderia imaginar para a família deles, tiveram permissão de contribuir com seus conselhos e de acrescentar sua cota de olhares significativos e expressões misteriosas, para intensificar a curiosidade que era despertada entre as irmãs mais novas e menos privilegiadas. Catherine, com seus sentimentos puros, julgou que aquela estranha discrição não parecia ser nem bondosa e nem consistente; e ela não teria deixado de apontar o que havia de injusto naquilo se a inconsistência não fosse tão acentuada. Mas Anne e Maria logo tranquilizaram seu coração com a sagacidade de seus "já sei o que é", e a noite se passou numa espécie de guerra de inteligência, numa exibição da engenhosidade da família: de um lado, em torno do mistério de um segredo afetado; de outro, em torno de uma descoberta indefinida; e todas as intuições eram perspicazes.

Catherine estava novamente ao lado de sua amiga no dia seguinte, tentando fortalecer suas esperanças e preencher as muitas horas de tédio que viriam antes da entrega das cartas – um esforço necessário: enquanto se aproximava o horário da mais razoável expectativa, Isabella ia ficando mais e mais desanimada, e, enquanto a carta não chegou, debateu-se num estado de verdadeira perturbação. Quando a carta por fim chegou, no entanto, onde estava a perturbação? "Não tive nenhuma dificuldade em ganhar o consentimento de meus bons pais e obtive a promessa de que farão tudo em seu poder para proporcionar minha felicidade" eram as três linhas iniciais; de um momento para o outro, tudo era segurança e felicidade. O mais radiante brilho espalhou-se instantaneamente pelas feições de Isabella, e já parecia não haver aflição ou ansiedade, seu ânimo quase lhe fugiu ao controle de tão efusivo, e ela disse, sem hesitação, que era agora a mais feliz das mortais.

A sra. Thorpe, com lágrimas de alegria, abraçou sua filha, seu filho, sua visitante, e poderia ter abraçado metade dos habitantes de Bath com grande satisfação. Seu coração transbordava de ternura. Ela pronunciava um "querido John" e um "querida Catherine" a todo instante; "a querida Anne e a querida Maria" deveriam compartilhar de imediato daquela felicidade, e um duplo "querida" precedeu o nome de Isabella, na justa medida do enorme merecimento daquela amada filha. O próprio John não se acovardou em sua manifestação de alegria. Ele não apenas dedicou ao sr. Morland a alta recomendação de ser um dos melhores sujeitos do mundo, como ainda praguejou muitas outras sentenças de louvor a ele.

A carta da qual nascera toda essa felicidade era breve, contendo pouco mais do que aquela declaração de sucesso, e todos os pormenores foram adiados até que James pudesse escrever novamente. Pelos pormenores, porém, Isabella poderia muito bem esperar. O mais necessário estava contido na promessa do sr. Morland. Ele assumira como questão de honra que facilitaria tudo. Quanto aos meios para constituir a renda do casal, se alguma propriedade de terra seria transferida, se alguma reserva de dinheiro lhes seria estendida, essas eram questões que não diziam respeito ao espírito desinteressado da jovem. Ela sabia o suficiente para estar segura de que ocorreria um arranjo honroso e veloz, e sua imaginação alçou um ligeiro voo sobre as felicidades iminentes. Ela se via, ao fim de poucas semanas, sendo observada e admirada por todos os novos conhecidos em Fullerton, sendo invejada por todas as antigas e estimáveis amigas em Putney, com uma carruagem a seu dispor, um novo nome em seus cartões e uma brilhante exibição de anéis em seu dedo.

Quando o conteúdo da carta já estava devidamente averiguado, John Thorpe, que estivera apenas esperando pelas notícias de James para iniciar sua viagem a Londres, preparou-se para partir.

– Bem, srta. Morland – ele disse, ao encontrá-la sozinha na sala de estar –, vim me despedir.

Catherine desejou-lhe uma boa viagem. Aparentando não tê-la ouvido, ele caminhou até a janela, mexeu aqui e ali, cantarolou uma melodia e pareceu estar totalmente absorto.

– O senhor não vai chegar atrasado em Devizes? – perguntou Catherine.

Ele não respondeu; depois de um minuto de silêncio, no entanto, irrompeu assim:

– Uma coisa ótima, essa história de casamento, juro por minha alma! Uma bela ideia por parte de Morland e Belle. Qual é a sua opinião a respeito, srta. Morland? *Eu* digo que não é um mau plano.

– Tenho certeza de que é um plano muito bom.

– É o que pensa? Que franqueza, céus! De todo modo, fico feliz por saber que a senhorita não é inimiga do matrimônio. A senhorita alguma vez ouviu aquela velha canção "Quem vai ao casamento acaba se casando"? Quero dizer, a senhorita vai comparecer ao casamento de Belle, eu espero.

– Sim, prometi à sua irmã que estaria ao lado dela, se possível.

– Então a senhorita sabe – (retorcendo o corpo e forçando um riso tolo) –, quero dizer, a senhorita sabe, poderemos testar a veracidade dessa mesma velha canção.

– Poderemos? Mas eu jamais canto. Bem, desejo uma boa viagem ao senhor. Vou jantar com a srta. Tilney hoje, e preciso voltar para casa.

– Ora, mas que pressa abominável! Quem sabe quando poderemos estar juntos outra vez? A questão é que só estarei de volta daqui a duas semanas, e serão duas semanas longas e infernais para mim.

– Se é assim, por que se ausentar por tanto tempo? – replicou Catherine, constatando que ele aguardava uma resposta.

– É muito gentil de sua parte... gentil e bondoso. Não me esquecerei disso tão cedo. Mas a senhorita tem mais bondade, e tudo mais, do que qualquer pessoa na face da Terra, creio eu. Uma quantidade monstruosa de bondade, e não apenas bondade, mas a senhorita tem tanto, tem um pouco de tudo, e também a senhorita é tão... juro por minha alma, não conheço ninguém como a senhorita.

– Ora essa, existem inúmeras pessoas como eu, ouso dizer, e elas são muitíssimo melhores. Bom dia para o senhor.

– Mas ouça, srta. Morland, farei uma visita em Fullerton o quanto antes, se não for desagradável.

– Pois faça a sua visita, por favor. Meu pai e minha mãe ficarão muito felizes em vê-lo.

– E eu espero... espero que *a senhorita* não lamente me ver.

– Ora essa, de modo algum. Existem pouquíssimas pessoas que eu lamentaria ver. Ter companhia é sempre um prazer.

– É exatamente assim que eu penso. Se eu tiver alguma companhia prazerosa, se apenas puder ter a companhia das pessoas que amo, se puder apenas estar onde quiser e com quem quiser, o resto que vá para o diabo, é o que eu digo. E fico sinceramente feliz ao ouvir o mesmo da senhorita. Mas tenho a impressão, srta. Morland, de que nós dois pensamos de modo muito semelhante na maioria dos assuntos.

– É possível; mas nunca cheguei a pensar tanto a respeito. E quanto à *maioria dos assuntos*, para dizer a verdade, não há muitos sobre os quais eu saiba bem o que pensar.

– Por Deus, comigo ocorre o mesmo. Não é do meu feitio quebrar a cabeça com problemas que não me dizem respeito. Minha noção das coisas é bastante simples. Se eu puder ter a garota da qual gosto, com uma casa confortável sobre a minha cabeça, pouco me importa todo o resto. Riqueza não é nada. Estou certo de que terei uma boa renda; e se ela não tiver nem um pêni, tanto melhor.

– Eis uma verdade. Nesse ponto, eu penso como o senhor. Se existe uma riqueza de um lado, não há necessidade de mais uma do outro. Não importa quem a tenha, desde que seja suficiente. Detesto a ideia de uma grande riqueza procurando por outra. E casar por dinheiro, em minha opinião, é a coisa mais perversa que pode existir. Bom dia. Ficaremos muito felizes recebendo o senhor em Fullerton, quando lhe for conveniente.

E Catherine foi embora. Detê-la por mais tempo já não estava ao alcance de todas as seduções de John Thorpe. Com as notícias que Catherine tinha para comunicar, e com a visita para a qual devia se preparar, sua partida não podia ser atrasada por nenhuma insistência que ocorresse ao rapaz; e ela afastou-se às pressas, deixando Thorpe sozinho na inabalável certeza de seu próprio discurso venturoso e de um explícito encorajamento por parte dela.

A agitação que ela experimentara, ao tomar conhecimento do noivado de seu irmão, a fez imaginar que o sr. e a sra. Allen sentiriam uma emoção igualmente considerável quando soubessem do maravilhoso acontecimento. Como foi grande a sua frustração! O importante enlace, introduzido por muitas palavras de preparação, já era previsto por eles desde a chegada do irmão dela; e tudo o que sentiram, na ocasião, foi expressado num desejo pela felicidade dos dois jovens, com uma observação, por parte do cavalheiro, em louvor à beleza de Isabella, e outra, por parte da dama, sobre a grande sorte da garota. Tratou-se, para Catherine, da mais surpreendente insensibilidade. Causou alguma emoção na sra. Allen, porém, a revelação do grande segredo de que James partira para Fullerton no dia anterior. Ela não foi capaz de ouvir aquilo com perfeita calma e repetidamente lamentou a necessidade de que a informação tivesse sido escondida;

desejou que pudesse ter sido avisada da intenção do rapaz e que pudesse tê-lo visto antes de sua partida, já que certamente o teria importunado com atenciosas saudações para seu pai e sua mãe, e com gentis cumprimentos para toda a família Skinner.

# Capítulo 16

Catherine esperou que sua visita em Milsom Street fosse lhe proporcionar um prazer desmedido, de modo que uma frustração era inevitável. Consequentemente, embora o general Tilney a tivesse recebido de forma muito amável, embora a filha dele tivesse lhe dedicado muita gentileza, embora Henry estivesse em casa e não houvesse ninguém mais do grupo deles, ela considerou, ao retornar para casa, sem perder muitas horas no exame de seus sentimentos, que se dirigira ao compromisso preparando-se para uma felicidade que não encontrara. Em vez de descobrir uma intimidade mais aprofundada com a srta. Tilney em relação ao intercurso do dia, pareceu-lhe que essa intimidade seguia sendo praticamente a mesma; em vez de encontrar Henry em condições mais vantajosas do que nunca, na tranquilidade do ambiente familiar, ocorreu que ele nunca falara tão pouco nem fora tão pouco agradável; e apesar das grandes amabilidades do general – apesar dos agradecimentos, convites e cumprimentos –, Catherine sentira-se aliviada ao se ver longe dele. A explicação para tudo isso era um mistério. A culpa não podia ser do general. Não se podia duvidar de que ele era perfeitamente agradável e bondoso, um homem absolutamente encantador, pois era alto e bonito, e pai de Henry. *Ele* não podia ser responsabilizado pela apatia dos filhos ou pelo fato de sua companhia não a deixar muito à vontade. Catherine esperava que a primeira questão fosse acidental, e a segunda ela só podia atribuir à sua própria estupidez. Isabella, ao tomar conhecimento dos pormenores da visita, deu uma explicação diferente: "Foi tudo por orgulho, orgulho, uma altivez e um orgulho insuportáveis!". Ela havia muito suspeitava de que se tratava de uma família arrogante, e agora estava tudo provado. Nunca em sua vida ela tinha ouvido falar de uma insolência como a da srta. Tilney! Não fazer as honras da casa com um mínimo de boa educação! Tratar sua convidada com tamanha soberba, mal falando com ela!

– Mas não foi tão ruim assim, Isabella. Não houve soberba, ela foi muito gentil.

– Ah, não a defenda! E o irmão, então, que parecia gostar tanto de você! Deus do céu! Bem, os sentimentos de certas pessoas são incompreensíveis. E então ele mal olhou para você durante todo o dia?

– Eu não diria isso, mas ele não parecia estar muito animado.

– Que desprezível! De todas as coisas no mundo, tenho aversão pela inconstância. Imploro que nunca mais pense nele, minha querida Catherine, pois ele é sem dúvida indigno de você.

– Indigno? Não me parece que ele sequer chegue a pensar em mim.

– É precisamente isso o que estou dizendo: ele jamais pensou em você. Quanta volubilidade! Ah! Que diferença em relação ao seu irmão e ao meu! Eu realmente acredito que John tenha um coração mais constante.

– Mas quanto ao general Tilney, eu lhe asseguro que era impossível que qualquer pessoa me tratasse com mais cortesia e atenção. Parecia que seu único cuidado era me divertir e me fazer feliz.

– Ah, até onde sei, ele não é má pessoa; não creio que seja orgulhoso. Acredito que seja um perfeito cavalheiro. John tem muita consideração por ele, e a opinião de John...

– Bem, verei como se portam comigo esta noite; vamos certamente encontrá-los nos salões.

– E eu devo ir?

– Você não pretende ir? Pensei que isso já estivesse decidido.

– Ora, já que é tão importante para você, não posso lhe recusar nada. Mas não me obrigue a ser muito agradável, porque o meu coração, você sabe, estará quarenta milhas distante. E quanto a dançar, nem fale nisso, eu imploro, está *fora* de questão. Charles Hodges vai me aborrecer até a morte, ouso dizer, mas vou cortar suas garras o quanto antes. Há uma chance de dez contra um de que ele adivinhe o motivo, e é precisamente isso o que eu quero evitar, de forma que farei o possível para que ele guarde suas conjecturas para si mesmo.

A opinião de Isabella sobre os Tilney não influenciou sua amiga. Ela estava convencida de que não houvera insolência nos modos do irmão ou da irmã e não acreditava que houvesse qualquer orgulho em seus corações. A noite recompensou sua confiança; a irmã tratou-a com a mesma gentileza de sempre, e o irmão com a mesma atenção: a srta. Tilney se esforçou para ficar ao lado dela, e Henry convidou-a para dançar.

Tendo ouvido no dia anterior, em Milsom Street, que o irmão mais velho deles, o capitão Tilney, era esperado para chegar a qualquer momento, Catherine estava certa de que aquele nome só podia pertencer a um rapaz muito elegante e bonito que ela nunca vira, e que agora, evidentemente, fazia parte do grupo deles. Ela o observou com grande admiração e pensou até mesmo que algumas pessoas o pudessem considerar mais bonito que o irmão, embora, aos olhos dela, o seu aspecto fosse mais presunçoso, e as feições, menos cativantes. Seus gostos e suas maneiras eram sem sombra de dúvida inferiores, pois, ao alcance dos ouvidos de Catherine, ele não apenas rechaçou qualquer hipótese de que fosse dançar, como também riu de Henry, que julgou que a possibilidade existia. Por esta última circunstância se pode presumir que, qualquer que fosse a opinião de nossa heroína a respeito do cavalheiro, a admiração dele por ela não era de natureza muito perigosa, nada que pudesse gerar animosidade entre os irmãos ou perseguições à dama. *Ele* não pode ser o instigador dos três vilões em casacos de cocheiro pelos quais ela será forçada a entrar numa carruagem de quatro cavalos que partirá com velocidade inacreditável.

Catherine, enquanto isso, intocada pelos pressentimentos de tamanha desgraça, ou de qualquer desgraça que não fosse a duração muito breve de uma dança, desfrutou de sua habitual felicidade com Henry Tilney, ouvindo com olhos reluzentes tudo o que ele dizia. Julgando Tilney irresistível, julgou que ela mesma o era também.

Ao fim da primeira dança, o capitão Tilney se aproximou deles outra vez e, para grande insatisfação de Catherine, puxou o irmão consigo e se afastou. Os dois se retiraram sussurrando; e embora sua delicada sensibilidade não tenha se alarmado logo, tomando como fato que o capitão Tilney devia ter ouvido alguma malévola falsidade a respeito dela, algo que agora ele se apressava em comunicar ao irmão com a esperança de separá-los para sempre, ela não podia ter Henry longe de vista sem experimentar sensações muito desconfortáveis. Seu suspense teve uma duração de cinco minutos completos, mas ela já estava pensando que um longo quarto de hora havia passado quando ambos retornaram, e então surgiu uma explicação: Henry lhe perguntou se julgava que sua amiga, a srta. Thorpe, tinha alguma objeção em dançar, visto que o irmão dele teria muito prazer em ser apresentado à garota. Catherine, sem hesitação, respondeu que tinha certeza absoluta de que a srta. Thorpe não aceitaria dançar. A cruel resposta foi repassada ao outro, que foi embora imediatamente.

– O seu irmão não se importará, eu sei – disse ela –, porque o ouvi dizendo, faz pouco, que detestava dançar. Mas foi muito bondoso, da parte dele, ter pensado nisso. Suponho que viu Isabella sentada e imaginou que minha amiga pudesse precisar de um par; mas ele está um tanto enganado, porque ela não dançaria por nada no mundo.

Henry sorriu e disse:

– Como é possível que a senhorita se esforce tão pouco para compreender os motivos das ações dos outros?

– Por quê? O que o senhor está querendo dizer?

– Com a senhorita não é "Como determinada pessoa poderá ser influenciada?" ou "Qual é a persuasão que mais provavelmente vai agir sobre os sentimentos de uma pessoa em sua idade e situação, levados em consideração seus presumíveis hábitos na vida?", e sim "Como serei *eu* influenciada?", "De que modo *eu* seria persuadida a agir assim e assim?"

– Não compreendo.

– Então estamos em termos muitos desiguais, porque eu a compreendo perfeitamente bem.

– A mim? Sim, pois não sei falar suficientemente bem a ponto de me tornar ininteligível.

– Bravo! Uma excelente sátira da linguagem moderna.

– Mas, por favor, explique-me o que o senhor quer dizer.

– Devo fazê-lo? Deseja mesmo isso? Mas a senhorita não está ciente das consequências. Isso lhe trará um embaraço muito cruel, e certamente haverá um desentendimento entre nós.

– Não, não; não será uma coisa nem outra; não estou com medo.

– Pois bem, eu só quis dizer que o fato de a senhorita ter atribuído o desejo do meu irmão de dançar com a srta. Thorpe a uma mera bondade me convenceu de que a senhorita é superior, em bondade, a todo o resto do mundo.

Catherine corou e fez objeção, e as suposições do cavalheiro foram confirmadas. Alguma coisa nas palavras dele, porém, amenizou a dor da confusão; e isso ocupou sua mente de tal modo que ela se manteve alheia por algum tempo, esquecendo-se de responder e de ouvir, quase esquecendo onde estava. Então foi acordada pela voz de Isabella, ergueu o olhar e a viu com o capitão Tilney, preparando-se para lhe dar as mãos.

Isabella encolheu os ombros e sorriu, a única explicação que podia ser dada, naquele momento, para uma mudança tão extraordinária. No entanto, como aquilo não era suficiente para que ela fosse compreendida, Catherine revelou seu assombro para seu parceiro, em termos muito claros:

– Não sei como isso pode ter acontecido! Isabella estava tão determinada a não dançar.

– E Isabella nunca mudou de ideia antes?

– Oh! Porque... E o seu irmão! Se o senhor contou a ele o que eu disse, como ele se atreveu a convidá-la?

– Não posso me surpreender por causa dele. A senhorita espera que eu me surpreenda com o procedimento de sua amiga, e já estou surpreendido. Quanto ao meu irmão, por outro lado, devo admitir que sua conduta nesse caso, não é diferente do que acredito que ele seja perfeitamente capaz de fazer. A beleza de sua amiga era uma atração incontornável, e a firmeza dela, veja bem, só poderia ser compreendida pela senhorita.

– O senhor está rindo; mas asseguro-lhe que Isabella é muito firme, em geral.

– Pode-se dizer o mesmo de qualquer outra pessoa. Ser sempre firme significa muitas vezes ter persistência. O verdadeiro teste é saber quando se pode relaxar de modo apropriado; e sem me referir ao meu irmão, realmente acredito que a srta. Thorpe não fez mal escolhendo o presente momento.

As duas amigas não tiveram condições de se reunir para uma conversa mais confidencial antes que a dança estivesse terminada. Então, enquanto caminhavam pelo salão de braços dados, Isabella se explicou da seguinte maneira:

– Não me admiro com o seu espanto, e de fato estou morta de cansaço. Ele simplesmente não para de falar! Seria até bastante divertido, se minha mente não estivesse em outro lugar; mas eu teria feito qualquer coisa para poder apenas sentar quieta.

– Então por que não sentou?

– Ah! Minha querida! Teria chamado tanta atenção; e você sabe o quanto eu detesto que algo assim aconteça. Recusei até onde me foi possível, mas ele não aceitava respostas negativas. Você não faz ideia de como ele insistiu. Pedi a ele que me desculpasse e que fosse arranjar outra parceira; mas não, ele não, pois uma vez que minha mão era a escolhida, ele não conseguia pensar em mais ninguém em todo o salão; e ele não queria apenas dançar, queria ficar *comigo*. Ah! Quanta tolice! Eu afirmei que ele havia lançado mão de um método muito ineficaz para me convencer, porque não há nada no mundo que eu deteste mais do que belas palavras e elogios, e então... então constatei que eu não teria paz se não me levantasse. Além disso, pensei que a sra. Hughes, que o apresentou para mim, poderia se ressentir se não o fizesse; e o seu querido irmão, Catherine, tenho certeza de que não gostaria que eu ficasse a noite inteira sentada. Estou tão feliz que a dança tenha terminado! Fiquei um tanto esgotada ouvindo as tolices dele; além disso, sendo ele um sujeito tão elegante, vi que todos os olhares estavam sobre nós.

– Ele é de fato muito bonito.

– Bonito? Sim, suponho que seja. Ouso dizer que as pessoas em geral provavelmente o admiram, mas ele não se encaixa de maneira nenhuma em meu modelo de beleza. Detesto compleição rosada e olhos escuros num homem. Entretanto, ele não se sai nada mal. Estupendamente presunçoso, tenho certeza. Eu o coloquei em seu devido lugar várias vezes, você sabe, a meu modo.

Quando as jovens damas voltaram a se encontrar, tinham um assunto bem mais importante para discutir. Fora então recebida a segunda carta de James Morland; as boas intenções de seu pai ganharam explicação completa. Um benefício eclesiástico anual de cerca de quatrocentas libras, do qual o sr. Morland era ele mesmo patrocinador e beneficiado, seria repassado ao filho assim que ele tivesse idade suficiente para recebê-lo; não se tratava de uma redução insignificante dos rendimentos da família, não era uma doação avara para um entre dez filhos. Uma propriedade de valor semelhante, além disso, foi assegurada como herança futura para o rapaz.

James expressou-se na ocasião com adequada gratidão; e a necessidade de esperar mais dois ou três anos antes que pudessem se casar, apesar de indesejada, não era mais do que algo já esperado, e foi tolerada por ele sem descontentamento. Catherine, cujas expectativas tinham sido tão indefinidas quanto suas ideias sobre os rendimentos do pai e cujo discernimento era agora inteiramente induzido por seu irmão, sentiu-se igualmente satisfeita e sinceramente congratulou Isabella, na medida em que tudo se encontrava tão bem arranjado.

– É magnífico, sem dúvida – disse Isabella, com expressão séria.

– O sr. Morland se comportou maravilhosamente bem, sem dúvida – disse a gentil sra. Thorpe, olhando com ansiedade para a filha. – Eu apenas gostaria de poder fazer o mesmo! Não se pode esperar mais dele, não é? Se mais tarde ele considerar que *pode* fazer mais, ouso dizer que fará, pois estou certa de que ele deve ser um homem de excelente coração. Quatrocentas libras é de fato uma renda pequena para se começar, mas os seus desejos são tão moderados, minha querida Isabella, que você nem leva em consideração o quão pouco deseja.

– Não é por minha causa que desejo mais. Mas não posso suportar que isso seja motivo de dor para o meu querido Morland, que ele tenha de lidar com uma renda que dificilmente corresponde às necessidades comuns da vida. Para mim mesma, isso não quer dizer nada; jamais penso em mim mesma.

– Eu sei que não pensa, minha querida; e você sempre encontrará recompensa na afeição que, por isso, todos sentem por você. Nunca houve uma garota que fosse tão amada, como você é, por todos que a conhecem; e ouso dizer que quando o sr. Morland a conhecer, minha querida filha... Mas não aborreçamos a nossa querida Catherine falando de tais coisas. O sr. Morland se comportou de maneira tão maravilhosa, não é mesmo? Sempre ouvi dizer que ele era um homem excelente; e você sabe, minha querida, não devemos ficar fazendo suposições, mas, se você tivesse um dote razoável, ele acabaria oferecendo um tanto mais, pois estou certa de que ele é um homem muito generoso.

– Ninguém tem mais consideração pelo sr. Morland do que eu, tenho certeza. Mas todas as pessoas têm suas falhas, não é mesmo, e todos têm o direito de fazer o que quiserem com seu próprio dinheiro.

Catherine sentiu-se magoada com as insinuações.

– Tenho absoluta certeza – disse ela – de que o meu pai prometeu fazer o máximo a seu alcance.

Isabella reconsiderou:

– Quanto a isso, minha doce Catherine, não pode haver dúvida, e você me conhece bem o bastante para saber que eu ficaria satisfeita até mesmo com uma renda bem menor. Não é a vontade de ter mais dinheiro o que me deixa um pouco abatida no momento; detesto dinheiro; e se a nossa união pudesse ser realizada agora com apenas cinquenta libras ao ano, todos os meus desejos seriam correspondidos. Ah, minha Catherine, você leu minha alma. Eis o que me machuca. Os longos, longos, intermináveis dois anos e meio que deverão se passar até que o seu irmão possa dispor da renda.

– Sim, sim, minha amada Isabella – disse a sra. Thorpe –, enxergamos perfeitamente o que se passa no seu coração. Você não consegue disfarçar. Entendemos bem qual é a perturbação; e todos sentirão ainda mais amor por você, por essa afeição tão honesta e nobre.

Os sentimentos desconfortáveis de Catherine começaram a se amenizar. Ela tentou acreditar que a demora do casamento era o único motivo para o pesar de Isabella; e quando a viu no encontro seguinte, alegre e cordial como sempre, tentou esquecer que havia por um minuto pensado de outro modo. James chegou não muito depois de sua carta, e foi recebido com a mais gratificante amabilidade.

# Capítulo 17

Os Allen haviam entrado agora em sua sexta semana de permanência em Bath. Eles discutiram por algum tempo se deveria ser a última, um impasse ao qual Catherine prestou atenção com coração palpitante. Ter sua amizade com os Tilney encerrada tão cedo era um malefício que nada poderia compensar. Toda a sua felicidade parecia estar a perigo enquanto o assunto se manteve em suspense, e sua segurança foi restabelecida quando se determinou que os aposentos seriam alugados por mais duas semanas. O que esses quinze dias adicionais poderiam vir a lhe proporcionar, além do prazer de ver às vezes Henry Tilney, correspondia a não mais do que uma pequena parte das especulações de Catherine. Uma ou duas vezes, de fato, quando o noivado de James lhe mostrou o que *podia* acontecer, ela chegou até mesmo a se deixar levar por um secreto "talvez". Em geral, porém, a felicidade de estar com ele limitava, no momento, suas perspectivas: o presente significava agora três semanas a mais, e sua felicidade estava assegurada por todo esse período, o restante de sua vida estando a tal distância que despertava muito pouco interesse. No decorrer da manhã na qual foi decidido esse arranjo, Catherine visitou a srta. Tilney e falou impetuosamente de seus jubilosos sentimentos. Aquele dia estava condenado a ser um dia de provação. Ela tinha acabado de manifestar o deleite que lhe causava a permanência estendida do sr. Allen quando a srta. Tilney lhe disse que o general acabara de se decidir por deixar Bath ao fim de mais uma semana. Um golpe duro! O suspense experimentado na manhã se mostrava moderado e suave se comparado à frustração que surgia agora. O rosto de Catherine se fechou e, com uma voz que exprimia a mais sincera aflição, ela repetiu as palavras finais da srta. Tilney: "Ao fim de mais uma semana!".

– Sim, meu pai resiste em dar às águas o que, a meu ver, seria uma justa avaliação. Ele ficou desapontado porque alguns dos amigos que esperava encontrar não puderam vir e, como está muito bem agora, está com pressa de voltar para casa.

– Lamento muito – disse Catherine, com desânimo. – Se eu soubesse disso antes...

– Talvez – disse a srta. Tilney, de uma maneira um tanto constrangida – a senhorita queira ser muito boa comigo, e me faria tão feliz se...

A entrada de seu pai interrompeu a amabilidade pela qual Catherine esperava, na qual deveria ser manifestado o desejo de que as duas se correspondessem. Depois de se dirigir a ela com sua polidez habitual, ele se voltou para a filha e disse:

– Bem, Eleanor, posso felicitá-la por ter obtido êxito no pedido que fez à sua bela amiga?

– Eu estava começando a fazer o pedido quando o senhor entrou.

– Bem, siga em frente, por favor. Sei o quanto seu coração o deseja. Minha filha, srta. Morland – ele continuou, sem permitir que sua filha tivesse tempo para falar –, vem considerando um desejo muito ousado. Deixaremos Bath, como provavelmente ela já tenha dito à senhorita, daqui a sete noites. Uma carta de meu administrador afirma que minha presença é solicitada em casa e, como tive frustradas as minhas esperanças de que pudesse encontrar aqui o marquês de Longtown e o general Courteney, que são dois velhos amigos meus, não há nada que possa me deter por mais tempo em Bath. E se conseguirmos convencê-la com nossa proposta egoísta, poderemos partir sem um único lamento. A senhorita consideraria, em suma, ir embora deste cenário de triunfo público e satisfazer sua amiga Eleanor com sua companhia em Gloucestershire? Fico quase envergonhado ao fazer este pedido, mesmo que a presunção contida nele certamente pudesse vir a parecer maior para qualquer criatura em Bath que não fosse a senhorita. Uma modéstia como a sua... Mas por nada no mundo eu a incomodaria com elogios embaraçosos. Se a senhorita puder nos honrar com uma visita, nos fará mais felizes do que quaisquer palavras poderão exprimir. É verdade, não podemos lhe oferecer nada que se assemelhe às folias deste agitado lugar; não podemos tentá-la com diversões nem com esplendor, porque o nosso modo de vida, como a senhorita vê, é simples e despretensioso. No entanto, não pouparemos esforços para fazer com que a Abadia de Northanger não seja totalmente desagradável.

A Abadia de Northanger! Aquelas eram palavras excitantes, e os sentimentos de Catherine foram tomados pelo mais poderoso êxtase. Seu coração agradecido e gratificado mal conseguia restringir suas expressões numa linguagem toleravelmente calma. Receber um convite tão lisonjeiro! Ser requisitada como companhia tão calorosamente! A proposta encerrava em si tudo o que havia de mais digno e deleitável, todas as fruições imediatas, todas as esperanças futuras; e tendo apenas o consentimento de papai e mamãe como cláusula de ressalva, Catherine prontamente respondeu que aceitava.

– Vou escrever para casa agora mesmo – disse ela. – Se eles não fizerem objeção, e ouso dizer que não o farão...

O general Tilney não se mostrou menos confiante, tendo já visitado seus excelentes amigos em Pulteney Street e obtido deles a sanção de seu desejo.

– Visto que os dois admitem separar-se da senhorita – disse ele –, podemos esperar uma reação serena por parte de todos.

A srta. Tilney foi fervorosa em suas cortesias subsequentes, mas de um modo gentil, e em poucos minutos a questão já estava praticamente decidida, na medida em que a necessária consulta a Fullerton permitisse.

As circunstâncias da manhã tinham conduzido os sentimentos de Catherine por variações de suspense, segurança e frustração; agora, porém, eles estavam alojados, a salvo, em perfeita bem-aventurança; e com o espírito exultante de euforia, com Henry em seu coração e a Abadia de Northanger em seus lábios, ela correu para casa a fim de escrever sua carta. O sr. e a sra. Morland, confiando na sabedoria dos amigos a cujos cuidados entregaram sua filha, não tiveram dúvidas a respeito da decência de uma amizade que se formara sob os olhos deles, e enviaram no retorno do correio, portanto, sua pronta aprovação à visita de Catherine a Gloucestershire. Tal indulgência, embora não fosse mais do que o desenlace pelo qual Catherine esperava, fortaleceu sua convicção de que estava sendo mais favorecida do que toda e qualquer criatura humana, em amigos e sorte, circunstância e acaso. Tudo parecia cooperar a seu favor. Graças à benevolência de seus primeiros amigos, os Allen, ela conhecera cenários nos quais vieram a seu encontro prazeres de todos os tipos. Suas emoções e suas preferências foram todas premiadas pela felicidade de uma retribuição. Onde quer que tenha experimentado alguma ligação afetiva, ela fora capaz de criá-la. A afeição de Isabella lhe seria assegurada na existência de uma nova irmã. E os Tilney, pelos quais, acima de todos, Catherine desejava ser vista com bons olhos, superaram suas mais altas esperanças nas condições promissoras em que seria levada adiante a intimidade com ela. Catherine seria a visitante escolhida por eles, passaria semanas sob o mesmo teto com a pessoa cuja companhia ela mais prezava – e como remate para todo o resto, esse teto seria o teto de uma abadia! Sua paixão por edifícios só era menos intensa do que sua paixão por Henry Tilney – e castelos e abadias costumavam configurar o fascínio dos devaneios que não fossem dominados pela imagem dele. Poder ver e explorar os baluartes e a torre central de um, ou os claustros de outra, vinha sendo por muitas semanas um desejo dileto; uma visita que se estendesse por mais de uma hora, contudo, parecia ser um anseio praticamente impossível. E isso, no entanto, se tornaria realidade. Com todas as chances contra Catherine de que fosse casa, mansão, palácio, casa de campo ou chalé, Northanger calhou ser uma abadia, e ela viria a ser sua habitante. Os corredores compridos e úmidos, as celas estreitas e a capela arruinada estariam diariamente a seu alcance, e ela não foi capaz de subjugar por completo a esperança de entrar em contato com certas lendas tradicionais, certos memoriais escabrosos de uma freira ferida e desafortunada.

Era espantoso que seus amigos parecessem tão pouco enlevados pela posse de uma residência como essa, que a consciência de tal fato fosse ostentada com tamanha humildade. Somente a força do hábito precoce podia servir de explicação. Uma distinção em meio à qual haviam nascido não era motivo de orgulho. A superioridade em domicílio, para eles, não era mais do que a superioridade pessoal de que dispunham.

Muitas eram as perguntas que Catherine ansiava por fazer à srta. Tilney; seus pensamentos eram tão irrequietos, porém, que tais perguntas foram respondidas e ela mal pôde ter certeza de que a Abadia de Northanger havia sido um convento ricamente dotado no tempo da Reforma, de que caíra nas mãos de um antepassado dos Tilney no período da Dissolução, de que uma grande parte do antigo edifício integrava ainda a residência atual, embora o resto estivesse deteriorado, ou de que o prédio se erguia no fundo de um vale, resguardado ao norte e ao leste por altas matas de carvalho.

# Capítulo 18

Assim, com a mente repleta de felicidade, Catherine mal tinha noção de que dois ou três dias haviam passado sem que tivesse visto Isabella por mais do que uns poucos minutos ao todo. Começou a sentir falta da amiga e a suspirar por uma conversa com ela, enquanto caminhava pelo Salão da Fonte certa manhã ao lado da sra. Allen, sem ter nada para dizer ou para ouvir. Esse desejo ardente por alguma intimidade não durou nem mesmo cinco minutos até o momento em que o objeto do desejo apareceu e, convidando Catherine para uma conferência secreta, abriu caminho até um assento.

– Este é o meu lugar favorito – Isabella disse, enquanto as duas sentavam-se num banco entre as portas, o qual fornecia uma razoável visão de todos que entrassem por qualquer uma das passagens. – Fica tão afastado do movimento.

Catherine, percebendo que os olhares de Isabella alternavam-se continuamente entre uma porta e outra, como que obedecendo a uma enorme expectativa, e recordando as muitas vezes em que ela mesma fora falsamente acusada de agir com malícia, considerou que aquele instante lhe oferecia uma bela oportunidade para agir assim. Portanto disse, com jovialidade:

– Você não precisa ficar inquieta, Isabella, James logo estará conosco.

– Pff! Minha amada criatura – ela retrucou –, não pense que eu seja tão simplória a ponto de querer que ele esteja sempre pendurado em meu cotovelo. Seria horrível se ficássemos juntos o tempo inteiro, seríamos a pilhéria da cidade. E então você está indo para Northanger! Isso me deixa estupendamente feliz. Aquele velho lugar é um dos mais bonitos de toda a Inglaterra, pelo que sei. Aguardarei com ansiedade por uma descrição detalhadíssima.

– Farei tudo o que estiver em meu poder para atender ao seu pedido. Mas quem você está procurando? Suas irmãs virão?

– Não estou procurando ninguém. Os olhos de uma pessoa estão sempre em algum ponto, e você conhece minha tola mania de fixar os meus quando meus pensamentos estão a cem milhas de distância. Estou estupendamente distraída, creio que sou a criatura mais distraída do mundo. Tilney diz que esse é sempre o caso com mentes de certa estirpe.

– Mas eu pensei, Isabella, que você tinha algo em particular para me contar.

– Ah! Sim, e como tenho. Mas eis aqui uma prova do que eu estava dizendo. Minha pobre cabeça, eu tinha quase esquecido. Bem, a questão é a seguinte: acabei de receber uma carta de John; você deve imaginar o conteúdo.

– Não, não imagino.

– Meu grande amor, não seja tão abominavelmente dissimulada. Qual será o tema de uma carta dele, senão você? Você sabe que ele está perdidamente apaixonado por você.

– Por *mim*! Querida Isabella!

– Ora, minha adorada Catherine, isso está ficando um tanto absurdo! Agir com modéstia, e assim por diante, é uma coisa muito boa, mas uma dose de simples honestidade pode ser igualmente recomendável, às vezes. Não entendo a necessidade de resistir tanto! Você está querendo pescar elogios. As atenções de John eram tão evidentes que até uma criança teria percebido. E foi precisamente meia hora antes do momento em que ele deixou Bath que você lhe deu o mais positivo encorajamento. Ele diz isso em sua carta, diz que por muito pouco não a pediu em casamento, e que você recebeu os avanços dele do modo mais amável; e agora ele quer que eu favoreça suas intenções, e que eu diga todas as coisas mais lindas para você. Sendo assim, fingir ignorância é inútil.

Catherine, com todo o ardor da verdade, manifestou a perplexidade que sentia diante de tal acusação, protestando sua inocência em ter sequer uma mínima ideia de que o sr. Thorpe estivesse apaixonado por ela, e a consequente impossibilidade de que ela jamais tivesse tencionado encorajá-lo.

– Quanto a quaisquer atenções de parte dele, eu declaro, por minha honra, que nunca as reconheci, nem por um momento, com a exceção do convite que ele me fez para o baile, no dia em que chegou. E quanto ao pedido de casamento, ou qualquer coisa semelhante, só pode haver um engano inexplicável. Eu não poderia ter interpretado mal uma coisa desse tipo, não é mesmo? E como quero muito que você acredite em mim, protesto solenemente que não foi trocada entre nós sequer uma sílaba a respeito do assunto. A última meia hora antes da viagem! Só pode ser o mais completo e perfeito engano, pois não vi John em nenhum momento em toda aquela manhã.

– Não pode haver dúvida de que o *viu*, porque você passou toda a manhã em Edgar's Buildings (foi o dia no qual chegou o consentimento do seu pai), e tenho absoluta certeza de que John e você ficaram sozinhos na sala de estar pouco antes de você ir embora.

– Tem certeza? Bem, se você diz, foi mesmo assim, ouso dizer; mas juro por minha vida, não consigo me recordar. *Estou* lembrando agora que estive com você, e que vi John e também as outras... mas só ficamos sozinhos por cinco minutos. Entretanto, não vale a pena discutir, não importa o que se passa na cabeça dele. Você precisa se convencer, pelo fato de que eu não tenho qualquer recordação, de que jamais considerei ou esperei ou desejei qualquer coisa desse tipo por parte dele. É extremamente aflitivo que ele tenha alguma estima por mim, mas de fato não tive qualquer intenção, jamais tive a menor ideia. Esclareça tudo com John, por favor, e lhe diga que peço perdão, ou melhor, não sei o que eu deveria dizer, mas faça com que ele compreenda o que quero dizer, da maneira mais apropriada. Eu jamais falaria desrespeitosamente de um irmão seu, Isabella, estou certa disso, mas você sabe muito bem que se eu fosse gostar mais de um homem do que de outro... *ele* não seria esse homem.

Isabella permaneceu em silêncio.

– Minha querida amiga, você não pode ficar zangada comigo. Não posso imaginar que o seu irmão se importe tanto assim comigo. E, você sabe, nós sempre seremos irmãs.

– Sim, sim – (ruborizando-se) –, se não formos irmãs por algum motivo, seremos por outro. Mas estou me perdendo em devaneios. Bem, minha querida Catherine, o caso parece indicar que você se posiciona firmemente contra o pobre John, não é isso?

– Eu certamente não posso retribuir a afeição que ele tem por mim, e com certeza jamais pretendi encorajá-la.

– Se é esse o caso, garanto que não vou mais importuná-la. John pediu que eu conversasse com você a respeito do assunto, e foi o que fiz. Mas devo confessar: no instante em que li a carta dele, julguei que se tratava de uma ideia muito imprudente e tola, algo que não teria condições de promover o bem de ambas as partes, pois vocês viveriam com o quê, supondo que se unissem? Ambos têm alguma coisa, não resta dúvida, mas não é uma ninharia o que vai amparar uma família hoje em dia; e por mais que os romancistas possam dizer o contrário, não há como passar bem sem dinheiro. Só não entendo o que fez com que John tenha acalentado tal ideia; ele não teria o meu apoio final.

– *Estou* absolvida, então, de qualquer coisa errada? Você se convenceu de que jamais pretendi enganar seu irmão, de que jamais suspeitei, até este momento, que ele gostasse de mim?

– Ah! Quanto a isso – respondeu Isabella, rindo –, não é minha intenção adivinhar quais possam ter sido, no passado, seus pensamentos e planos. Só você mesma poderá saber. Um certo galanteio inofensivo sempre ocorre, e a pessoa muitas vezes acaba concedendo algum encorajamento, mais do que gostaria. Mas fique segura de que eu seria a última pessoa no mundo a julgá-la com severidade. Todas essas coisas deveriam ser atribuídas à juventude e ao entusiasmo. Pensamos de certa maneira num determinado dia, você sabe, e no dia seguinte já podemos pensar de modo diferente. As circunstâncias mudam, as opiniões se alteram.

– Mas minha opinião sobre o seu irmão jamais se alterou, foi sempre a mesma. Você está descrevendo algo que nunca aconteceu.

– Minha adorada Catherine – continuou a outra, sem ter ouvido uma palavra do que Catherine dissera –, por nada no mundo eu tentaria lhe forçar um noivado antes que você soubesse o que pretende fazer. Creio que eu não teria nenhuma justificativa em desejar que você sacrificasse toda a sua felicidade para meramente favorecer meu irmão, apenas por ele ser meu irmão, pois talvez, afinal, ele pudesse ser feliz da mesma maneira sem você, porque as pessoas raramente sabem o que querem, em especial os rapazes, que são tão inconstantes e volúveis. O que estou dizendo é: a felicidade de um irmão precisa ser mais importante, para mim, do que a felicidade de uma amiga? Você sabe que eu tenho uma consideração bastante elevada pela amizade. Mas acima de tudo, minha querida Catherine, não tenha tanta pressa. Ouça bem o meu conselho: se você tiver muita pressa, certamente acabará se arrependendo. De acordo com Tilney, não há nada que engane mais as pessoas do que a intensidade de suas próprias afeições, e creio que ele tem toda a razão. Ah! Ali vem ele; fique tranquila, ele não vai nos enxergar, tenho certeza.

Catherine, levantando os olhos, viu o capitão Tilney; Isabella, fixando o olhar nele com grande determinação enquanto falava, foi logo percebida. Ele se aproximou imediatamente, e tomou o assento para o qual foi atraído pelos acenos da garota. Sua primeira afirmação sobressaltou Catherine. Embora fossem palavras ditas em voz baixa, ela pôde distinguir:

– O quê? Sempre vigiada, em pessoa ou por representante!

– Pff, tolice! – foi a resposta de Isabella, no mesmo tom de meio sussurro. – Por que o senhor fica colocando essas coisas na minha cabeça? Se eu pudesse acreditar... meu espírito, saiba o senhor, é bastante independente.

– Quem me dera se o seu coração fosse independente. Isso seria o suficiente para mim.

– Meu coração, ora essa! Que interesse o senhor pode ter por corações? Vocês, homens, não têm nada que se assemelhe a um coração.

– Se não temos coração, temos olhos; e eles já nos atormentam o suficiente.

– Atormentam? Sinto muito por isso; lamento que eles vejam em mim algo tão desagradável. Vou olhar para o outro lado. Espero que o senhor fique satisfeito assim – (dando as costas para ele) –, espero que os seus olhos não estejam atormentados agora.

– Estão, mais do que nunca, porque o contorno esbelto de uma face ainda pode ser visto; é muito e é pouco ao mesmo tempo.

Catherine escutou tudo isso e, um tanto aborrecida, não quis ouvir mais nada. Incapaz de compreender como Isabella podia suportar aquilo, e ciosa por seu irmão, ela se levantou, disse que precisava encontrar a sra. Allen e propôs que se fossem juntas. Isabella, porém, não demonstrou a menor inclinação para tanto. Ela estava tão cansada, e era tão detestável ficar desfilando pelo Salão da Fonte; e caso se afastasse de seu assento ela perderia a chegada de suas irmãs, que chegariam a qualquer momento; de forma que sua amada Catherine devia desculpá-la, devia sentar-se outra vez e ter calma. Mas Catherine também sabia ser teimosa; naquele mesmo instante a sra. Allen veio até ela, a fim de propor que retornassem para casa, e ela concordou e foi embora, deixando Isabella ainda sentada com o capitão Tilney. Foi com muito desconforto que os deixou em tal circunstância. Ela tinha a impressão de que o capitão Tilney estava se apaixonando por Isabella, e de que Isabella o encorajava inconscientemente; só podia ser algo inconsciente, porque seu compromisso com James era tão certo e reconhecido quanto seu noivado. Duvidar de sua honestidade ou de suas boas intenções era impossível; e no entanto ela se comportara de maneira estranha durante todo o tempo em que as duas conversaram. Catherine desejou que Isabella tivesse falado mais sobre seus assuntos rotineiros, e não tanto sobre dinheiro, e que não tivesse manifestado tanto agrado ao ver o capitão Tilney. Como era estranho que ela não percebesse a admiração dele! Catherine ansiava por fazer alguma alusão, por pedir a ela que tomasse cuidado e por prevenir toda a dor que o comportamento muito vívido da amiga pudesse vir a causar, tanto para o capitão quanto para seu irmão.

A lisonja da afeição de John Thorpe não compensava essa negligência de sua irmã. Acreditar que o sentimento de John era sincero era quase tão difícil, para Catherine, quanto desejar que o fosse, pois ela não esquecera que ele habitualmente se enganava, e a segurança dele a respeito da proposta e de um encorajamento a convenceu de que seus enganos podiam ser, por vezes, clamorosos. Em vaidade, portanto, ela pouco ganhou; seu maior proveito foi a perplexidade. Que ele julgasse que valia a pena imaginar-se apaixonado por ela era matéria para o mais vívido assombro. Isabella falara sobre as atenções do irmão; *ela* jamais notara coisa alguma; mas Isabella dissera muitas coisas com precipitação, coisas que nunca seriam ditas novamente. Com esse pensamento, Catherine deu o assunto por encerrado, e tratou de se contentar com seu sossego e seu bem-estar.

# Capítulo 19

ALGUNS DIAS SE PASSARAM, e Catherine, embora não se permitisse suspeitar de sua amiga, não pôde deixar de vigiá-la com cuidado. O resultado de suas observações não foi agradável. Isabella parecia ser outra pessoa. Quando Catherine a via cercada apenas por seus amigos mais íntimos em Edgar's Buildings ou Pulteney Street, a mudança em seu modo de agir era tão insignificante que, não tivesse passado disso, teria passado despercebida. Uma espécie de lânguida indiferença, ou aquela alardeada distração da qual Catherine nunca ouvira falar antes, tomava conta de Isabella ocasionalmente; não tivesse aparecido algo pior, porém, *esse* comportamento poderia ter apenas conferido a ela um novo encanto, um interesse mais vivo. Mas quando Catherine a viu em público, aceitando as atenções do capitão Tilney no mesmo instante em que elas eram oferecidas e dedicando a ele olhares e sorrisos numa quantidade que quase se equiparava ao quinhão recebido por James, a transformação se tornou tão patente que não podia ser ignorada. O verdadeiro significado de uma conduta tão instável e as possíveis intenções da amiga eram enigmas que estavam além de sua compreensão. Não era possível que Isabella tivesse consciência da dor que estava infligindo, mas havia naquilo uma dose de negligência intencional que causava em Catherine um desgosto inevitável. A vítima era James. Ela o percebia sério e inquieto; e por mais que o bem-estar dele pudesse estar sendo menosprezado pela mulher que lhe entregara o coração, para *ela* isso era sempre motivo de interesse. E ela também temia pelo pobre capitão Tilney. Embora não lhe agradasse a aparência do cavalheiro, o nome dele era um salvo-conduto de aprovação, e Catherine pensava, com sincera compaixão, no desapontamento que ele sofreria em breve; pois apesar do que acreditava ter ouvido no Salão da Fonte, o comportamento do capitão era de tal forma incompatível com um conhecimento do noivado de Isabella que ela não concebia, refletindo a respeito, que ele pudesse estar ciente do fato. Podia ser que ele invejasse seu irmão na condição de rival; se algo mais ficara insinuado, a culpa devia ser de um mal-entendido por parte dela. Catherine desejava, por meio de uma gentil censura, fazer com que Isabella se apercebesse de sua situação e tomasse conhecimento da dupla crueldade. Entretanto, na aplicação da censura, porém, tanto a oportunidade quanto a compreensão se colocavam sempre contra ela: quando Catherine conseguia sugerir alguma coisa, Isabella era incapaz de compreendê-la. Em meio a tanta angústia, a partida prevista da família Tilney se tornou sua maior consolação, pois a viagem para Gloucestershire seria realizada dentro de poucos dias, e a saída do capitão Tilney acabaria, no mínimo, por restaurar a paz em todos os corações que não o dele. Mas o capitão Tilney não tinha nenhuma intenção de deixar Bath naquele momento; não tomaria parte no grupo que seguiria para Northanger, e permaneceria em Bath. Quando Catherine soube disso, tomou prontamente uma decisão: falou com Henry Tilney a respeito do assunto, lastimando a evidente predileção do irmão dele pela srta. Thorpe e pedindo-lhe que o fizesse tomar conhecimento do compromisso anterior da moça.

– Meu irmão tem conhecimento disso – foi a resposta de Henry.

– Ele tem? E vai permanecer aqui por quê?

Henry não respondeu, e começou a falar sobre outro tema. Mas ela continuou, com sofreguidão:

– Por que o senhor não o convence a viajar? Quanto mais tempo o seu irmão permanecer, pior será para ele no final. Por favor, pelo bem dele, e pelo bem de todos, aconselhe o capitão a deixar Bath imediatamente. O afastamento vai lhe restituir o sossego com o tempo; aqui, no entanto, não existe esperança para ele, e ficar é optar pela infelicidade.

Henry sorriu e disse:

– Estou certo de que meu irmão não faria essa escolha.

– O senhor vai persuadi-lo a partir, então?

– A persuasão não poderá ser empregada, mas me perdoe se não posso sequer tentar persuadi-lo. Eu mesmo disse a ele que a srta. Thorpe está comprometida. Ele sabe o que está fazendo e deve responder por suas próprias ações.

– Não, ele não sabe o que está fazendo! – exclamou Catherine. – Ele não tem ideia da dor que está causando ao meu irmão. Não que James tenha falado comigo a respeito, mas estou certa de que a situação é muito desconfortável para ele.

– E a senhorita tem certeza de que o responsável é o meu irmão?

– Sim, tenho certeza absoluta.

– O que provoca a dor são as atenções que a srta. Thorpe ganha do meu irmão ou o fato de que a srta. Thorpe as aceita?

– Não é a mesma coisa?

– Creio que o sr. Morland reconheceria que existe uma diferença. Nenhum homem se ofende quando outro homem admira a mulher que ele ama; somente a mulher pode fazer disso um tormento.

Catherine corou por sua amiga e disse:

– Isabella está agindo mal. Mas estou certa de que atormentar não é sua intenção, pois ela é muito afeiçoada ao meu irmão. Ela se apaixonou por James assim que o conheceu e, enquanto era incerto o consentimento de meu pai, afligiu-se de um modo quase febril. O senhor sabe que Isabella só pode ser muito afeiçoada a ele.

– Estou entendendo: ela está apaixonada por James e flerta com Frederick.

– Ora! Não, não flerta. Uma mulher apaixonada por um homem não pode flertar com outro.

– É provável que não vá nem amar tão bem e nem flertar tão bem, já que não pode fazer exclusivamente uma ou outra coisa. Cada um dos cavalheiros deve ceder um pouco.

Depois de uma breve pausa, Catherine prosseguiu:

– O senhor não acredita, então, que Isabella goste tanto assim do meu irmão?

– Não posso emitir opinião sobre esse assunto.

– Mas quais serão as intenções do seu irmão? Se tem conhecimento do noivado de Isabella, qual será sua intenção com tal comportamento?

– A senhorita é uma interrogadora muito exigente.

– Sou? Só pergunto o que quero que me respondam.

– Mas a senhorita só pergunta o que espera que eu possa responder?

– Sim, creio que sim; porque o senhor certamente conhece o coração do seu irmão.

– O coração do meu irmão, para usar suas palavras, é um assunto a respeito do qual, eu lhe garanto, posso fazer apenas suposições, no presente momento.

– Pois bem?

– Pois bem! Ora, se vamos fazer suposições, cada um que faça a sua. Seria lamentável que nos deixássemos levar por conjecturas de segunda mão. As premissas estão diante da senhorita. Meu irmão é um jovem muito animado, por vezes imprudente, talvez; ele foi apresentado à sua amiga cerca de uma semana atrás, e conhece o noivado dela quase tão bem quanto conhece a própria Isabella.

– Bem – disse Catherine, depois de alguns instantes de consideração –, *o senhor* pode ser capaz de supor quais são as intenções de seu irmão a partir de tudo isso; eu, porém, tenho certeza de que não consigo. Mas seu pai não fica incomodado? Ele não quer que o capitão Tilney viaje? Se o seu pai conversasse com ele, certamente ele iria.

– Minha querida – disse Henry –, a senhorita não poderá estar um pouco enganada em toda essa amável solicitude pelo bem-estar do seu irmão? Será que ele ficaria agradecido à senhorita, em nome dele mesmo ou no da srta. Thorpe, pela suposição de que o afeto dela, ou ao menos seu bom comportamento, só estará assegurado se ela não tiver o capitão Tilney por perto? Ele só terá segurança se estiver sozinho? Ou será que o coração de Isabella só pode lhe ser fiel enquanto não for solicitado por mais ninguém? Não é possível que James pense assim, e tenha certeza de que não seria do agrado dele que a senhorita pensasse assim. Não direi "Não se aflija", porque sei que a senhorita está aflita no momento, mas tente se afligir o menos que puder. A senhorita não tem nenhuma dúvida sobre a afeição mútua entre seu irmão e sua amiga. Confie, portanto, que o verdadeiro ciúme jamais poderá existir entre eles e confie que nenhum desentendimento entre eles poderá durar. Seus corações estão abertos um para o outro, e não se abrirão para a senhorita na mesma medida; eles sabem exatamente quais são os requisitos e o que pode ser tolerado; e a senhorita pode estar certa de que os dois jamais vão importunar um ao outro além dos limites do agradável.

Percebendo que Catherine tinha ainda uma expressão hesitante e séria, ele acrescentou:

– Embora Frederick não vá sair de Bath conosco, ele provavelmente permanecerá por muito pouco tempo, talvez fique apenas mais alguns dias depois de nossa partida. Seu período de licença vai logo se expirar, e ele precisará retornar para seu regimento. E qual será, a partir de então, a convivência deles? O refeitório vai beber à saúde de Isabella por quinze dias, e ela e James vão rir por um mês da paixão do pobre Tilney.

Catherine desistiu de lutar contra sua paz de espírito. Ela resistira aos ataques durante todo o decorrer de um discurso, mas fora capturada afinal. Henry Tilney devia saber do que estava falando. Ela culpou a si mesma pela extensão de seus temores e resolveu que nunca mais pensaria seriamente no assunto.

Sua resolução foi amparada pelo comportamento de Isabella na ocasião em que as duas se despediram. Os Thorpe passaram em Pulteney Street a última noite da estadia de Catherine, e nada ocorreu entre os namorados que avivasse seu desconforto ou que a tivesse deixado apreensiva ao fim do encontro. James revelou excelente ânimo, e a srta. Thorpe se mostrou plácida e cativante. A ternura de Isabella pela amiga parecia ser até mesmo o maior sentimento de seu coração;

mas isso era admissível naquela circunstância; e houve um momento em que ela contradisse abertamente o namorado, e outro em que evitou que sua mão fosse tocada por ele; mas Catherine se lembrou das instruções de Henry e atribuiu tudo a um afeto judicioso. Podem ser imaginados os abraços, as lágrimas e as promessas das belas damas na despedida.

# Capítulo 20

O sr. e a sra. Allen lamentaram perder sua jovem amiga, que se fizera uma valiosa companheira com seu bom humor e sua jovialidade, e que lhes proporcionara diversão na mesma medida em que ela própria pudera se divertir. A felicidade advinda da viagem com a srta. Tilney, no entanto, os impediu de desejar que Catherine ficasse; e como eles mesmo permaneceriam em Bath por mais uma semana apenas, a separação, naquele momento, não seria sentida por tanto tempo. O sr. Allen acompanhou Catherine até Milsom Street, onde ela tomaria o desjejum, e a viu sentada, com a mais amável recepção, entre seus novos amigos; mas foi tão grande a inquietação que ela sofreu ao se ver integrada à família, e tão intenso o seu temor de que não fosse fazer exatamente o que era correto, de que não fosse capaz de preservar a boa opinião que tinham dela, que, no embaraço dos primeiros minutos, esteve a ponto de desejar que tivesse retornado com ele para Pulteney Street.

Os modos da srta. Tilney e o sorriso de Henry logo eliminaram, em parte, alguns de seus pensamentos desagradáveis, mas ela ainda estava longe de ficar tranquila; e tampouco as incessantes atenções do próprio general lhe forneciam total segurança. Ora, por mais que parecesse impróprio, ela imaginou se não teria se sentido melhor caso tivesse sido tratada com menos atenção. O zelo do general por seu conforto, suas contínuas solicitações para que ela comesse e seus receios frequentemente manifestados de que ela não visse nada que fosse de seu agrado – embora jamais em sua vida ela tivesse contemplado nem metade daquela abundância numa mesa de desjejum – faziam com que fosse impossível, para ela, esquecer sequer por um momento que era uma visitante. Ela sentia que absolutamente não merecia tamanha consideração, e não sabia como responder a ela. Sua tranquilidade também não foi favorecida pela impaciência do general de que aparecesse logo seu filho mais velho, e tampouco pelo desprazer que ele expressou, em função do atraso, quando o capitão Tilney finalmente desceu. Catherine sentiu-se um tanto abalada pela severidade da repreensão do general, que parecia ser desproporcional à ofensa; e sua perturbação aumentou ainda mais quando descobriu ser ela mesma a causa principal da reprimenda, e que o desleixo dele era lamentado principalmente porque era desrespeitoso para com ela. Isso a colocou numa situação bastante desconfortável, e ela sentiu grande compaixão pelo capitão Tilney, sem que fosse capaz de esperar dele alguma benevolência.

O capitão escutou seu pai em silêncio e não esboçou nenhuma tentativa de defesa, o que confirmou o temor de Catherine de que pensamentos inquietos, por causa de Isabella, poderiam, com uma insônia prolongada, ter sido o verdadeiro motivo que o fizera levantar tarde. Era a primeira ocasião em que Catherine estava de fato em companhia dele, e ela esperava agora ter condições para formar uma opinião a seu respeito. Entretanto, mal pôde ouvir sua voz enquanto o pai dele permaneceu no recinto, e mesmo depois (de tal maneira o capitão se mostrava abatido) ela não pôde distinguir senão as seguintes palavras, num sussurro dirigido a Eleanor:

– Como ficarei feliz quando todos vocês já tiverem viajado.

O alvoroço da partida não foi agradável. O relógio bateu dez horas enquanto os baús eram carregados para baixo, e o general determinara que eles já deveriam ter deixado Milsom Street naquele horário. Seu sobretudo, em vez de ter sido trazido para que ele pudesse vesti-lo ali mesmo, foi jogado no coche em que ele acompanharia seu filho. Na carruagem, o assento do meio não foi baixado, embora três pessoas fossem viajar no veículo, e a criada da srta. Tilney o enchera de embrulhos a tal ponto que Catherine não teria espaço para se sentar. O general se consternou tanto com esse problema, quando a ajudou a entrar, que ela teve certa dificuldade em evitar que sua nova escrivaninha fosse arremessada na rua. Finalmente, a porta foi fechada com as três mulheres acomodadas, e eles partiram no ritmo sóbrio com o qual os belos e muito bem alimentados quatro cavalos de um cavalheiro geralmente percorrem uma jornada de trinta milhas: era essa a distância de Bath até Northanger, um trajeto que seria dividido em dois períodos com a mesma duração. O espírito de Catherine reanimou-se enquanto eles se afastavam do portão, porque com a srta. Tilney ela não se sentia coibida. Interessada por uma estrada que era-lhe completamente nova, tendo uma abadia diante de si e um coche na retaguarda, ela viu Bath pela última vez, à distância, sem qualquer arrependimento, e deparava-se com os marcos da estrada quando menos esperava. O tédio de uma parada de duas horas para alimentar os animais em Petty-France, onde não havia nada para se fazer exceto comer sem estar com fome e gastar tempo sem que houvesse nada para ver, veio a seguir; e Catherine admirou a sofisticação com que viajavam, a elegante carruagem de quatro cavalos – postilhões uniformizados com elegância que se elevavam regularmente em seus estribos, e numerosos batedores montados de forma apropriada, observados com menos interesse devido àquela consequente inconveniência. Fosse o grupo deles realmente agradável, o atraso teria sido uma coisa insignificante, mas o general Tilney, embora fosse um homem tão encantador, parecia ser sempre um estorvo no estado de espírito de seus filhos, e ele era quase o único a falar. A observação de tal circunstância, com o descontentamento do general a respeito de tudo o que a estalagem proporcionava e sua nervosa impaciência com os funcionários, fez com que Catherine ficasse cada vez mais estupefata diante de suas atitudes, e pareceu transformar as duas horas em quatro. Por fim, no entanto, foi dada a ordem de partida; e Catherine ficou muito surpresa, então, com a proposta do general de que ela tomasse o lugar dele no coche do filho durante o resto da viagem: o dia estava bonito, e ele fazia questão de que Catherine visse o campo tanto quanto possível.

A lembrança da opinião da sra. Allen quanto a carruagens abertas com rapazes fez com que ela corasse diante da menção de tal plano, e seu primeiro pensamento foi o de declinar dele; o segundo, contudo, foi de maior deferência ao discernimento do general Tilney, pois não era possível que ele fosse propor algo impróprio para ela; e dentro de alguns minutos ela se viu ao lado de Henry no coche, feliz como nenhuma outra criatura. Um brevíssimo exame a convenceu de que aquele coche era o mais belo veículo do mundo; a carruagem de quatro cavalos rodava com certo esplendor, não havia dúvida, mas era pesada e incômoda, e ela não podia perdoar facilmente o fato de que tivera de ficar parada por duas horas em Petty-France. Metade do tempo teria sido suficiente para o coche, e os leves cavalos se dispunham a correr com tanta agilidade que, não tivesse o próprio general determinado que sua própria carruagem liderasse o caminho, o teriam ultrapassado com facilidade em meio minuto. Mas o mérito do coche não pertencia de todo aos cavalos: Henry o conduzia tão bem – tão calmamente –, sem causar qualquer perturbação, sem se pavonear para ela ou vociferar contra os animais; tão diferente do único cavalheiro-cocheiro com o qual ela tinha condições de compará-lo! E além disso seu chapéu se assentava tão bem, e as inúmeras capas de seu sobretudo tinham um ar tão adequado e eminente! Ser conduzida por ele, depois de ter dançado com ele, era certamente a maior felicidade do mundo. Em acréscimo a todos os outros deleites, Catherine tinha agora o prazer de ouvir elogios; de receber agradecimentos, ao menos em nome da irmã dele, por sua bondade em ter aceitado visitar Northanger; de ouvir que tal amizade era tida como verdadeira, e de ser descrita como motivadora de real gratidão. Sua irmã, segundo ele, encontrava-se em circunstância desconfortável – ela não dispunha de nenhuma companhia feminina –, e, na frequente ausência de seu pai, ficava às vezes sem companhia alguma.

– Mas como isso é possível? – perguntou Catherine. – O senhor não fica com ela?

– Northanger é meu lar apenas na metade do tempo. Tenho minha residência em Woodston, que fica a quase vinte milhas de distância da casa de meu pai, e parte do meu tempo eu necessariamente passo lá.

– O senhor deve ficar tão triste com isso!

– Sempre fico triste por ter de deixar Eleanor.

– Sim, mas além de sua afeição por ela, o senhor deve gostar tanto da abadia! Quando a pessoa está acostumada a viver num lar como a abadia, uma residência paroquial comum deve ser muito desagradável.

Ele sorriu e disse:

– A senhorita criou para si uma imagem muito favorável da abadia.

– Por certo que sim. Não é um desses belos lugares antigos, exatamente igual àqueles sobre os quais lemos nos livros?

– E a senhorita está preparada para encontrar todos os horrores que poderão surgir num edifício igual "àqueles sobre os quais lemos nos livros"? A senhorita tem um coração forte? Nervos capazes de enfrentar estantes e tapeçarias que escondem passagens?

– Sim! Não creio que ficarei assustada com tanta facilidade, porque teremos tantas pessoas na casa. Além do mais, ela nunca esteve desabitada e abandonada por anos, para que de repente a família voltasse sem desconfiar de nada, sem dar aviso algum, como geralmente acontece.

– Não, claro que não. Não precisaremos explorar nosso caminho por um corredor mal iluminado pelas brasas moribundas de uma fogueira, nem seremos obrigados a preparar nossas camas no chão de um aposento sem janelas, portas ou mobília. Mas a senhorita deve ter em mente que, quando uma jovem dama é introduzida (quaisquer que sejam os meios) em uma habitação desse tipo, seu alojamento é sempre separado do restante da família. Enquanto eles se retiram confortavelmente para seu próprio recanto da casa, ela é formalmente conduzida por Dorothy, a antiga governanta, por uma escadaria diferente e ao longo de muitas passagens sombrias até o interior de um quarto jamais usado desde que algum primo ou parente morreu nele cerca de vinte anos antes. A senhorita consegue suportar uma cerimônia assim? Sua mente não vai ser tomada pelo pavor quando a senhorita estiver no interior desse quarto escuro, muito alto e amplo para apenas uma pessoa, dispondo apenas dos débeis raios de uma única lamparina para que possa estimar seu tamanho, suas paredes cobertas por tapeçarias que exibem vultos humanos em tamanho real, e a cama, com estofamento verde-escuro ou de veludo púrpura, apresentando uma aparência até mesmo fúnebre? Seu coração não vai parar no peito?

– Ah! Mas isso não acontecerá comigo, estou certa.

– Com que temores a senhorita vai examinar a mobília de seu quarto! E encontrará o quê? Nada de mesas, toaletes, guarda-roupas ou gavetas; num canto, talvez, a senhorita verá os restos de um alaúde quebrado, em outro um pesado baú que esforço nenhum consegue abrir, e sobre a lareira o retrato de algum belo guerreiro, cujas feições vão espantá-la de uma maneira tão incompreensível que a senhorita não será capaz de tirar dele os olhos. Dorothy, enquanto isso, não menos espantada com a sua aparência, a observa em grande agitação, e deixa escapar algumas poucas sugestões ininteligíveis. A fim de elevar o seu ânimo, além disso, ela lhe dá razões para supor que a parte da abadia que a senhorita habita é indubitavelmente assombrada e informa que a senhorita não terá um único criado ao alcance da voz. Com essa estimulante despedida ela faz uma mesura e se vai (a senhorita escuta o som dos passos que se afastam até que o último eco a alcance), e quando, com espírito enfraquecido, a senhorita tenta trancar a porta, descobre, com alarme cada vez maior, que ela não tem fechadura.

– Ah, sr. Tilney, que horrível! É exatamente como um livro! Mas isso não acontecerá comigo de verdade. Estou certa de que, na verdade, a sua governanta não se chama Dorothy. Bem, e então?

– Nada que possa causar mais alarme ocorrerá, talvez, na primeira noite. Depois de superar o *indescritível* horror que sente pela cama, a senhorita vai se entregar ao repouso e obter algumas poucas horas de sono inquieto. Entretanto, na segunda, ou quando muito na *terceira* noite após sua chegada, a senhorita enfrentará provavelmente uma violenta tempestade. Estrondos de trovão tão altos que parecem estremecer até as fundações do edifício rolarão pelas montanhas vizinhas, e, durante as tenebrosas rajadas de vento que os acompanham, a senhorita provavelmente pensará ter visto (pois sua lamparina não se apagou ainda) que uma parte dos reposteiros se agitou mais do que o resto. Incapaz, é claro, de reprimir sua curiosidade num momento que tanto favorece o estímulo dela, a senhorita se levantará imediatamente e, colocando às pressas seu vestido, tratará de investigar o mistério. Depois de um brevíssimo exame, descobrirá uma divisão na tapeçaria, engenhosamente arranjada para confundir a mais minuciosa inspeção. Pela abertura, uma porta aparecerá imediatamente (uma porta que, vedada apenas por barras maciças e um cadeado, a senhorita conseguirá abrir com algum esforço), e, com sua lamparina na mão, passará por ela e entrará num pequeno aposento abobadado.

– Não, de maneira nenhuma; eu estaria assustada demais para fazer algo assim.

– Ora! Não, porque Dorothy lhe deu a entender que existe uma secreta comunicação subterrânea entre o seu quarto e a capela de St. Anthony, apenas duas milhas distante dali. Seria possível que a senhorita recuasse diante de uma aventura tão simples? Não, não, a senhorita entrará nesse pequeno aposento abobadado, e depois desse passará por vários outros, sem perceber nada de extraordinário em qualquer um deles. Num deles talvez encontre um punhal, em outro algumas gotas de sangue e num terceiro os restos de algum instrumento de tortura. No entanto, visto que nada disso representa uma grande anormalidade, e sua lamparina estando quase apagada, a senhorita retornará ao seu próprio quarto. Passando outra vez pelo pequeno aposento abobadado, porém, seus olhos serão atraídos na direção de um enorme e antiquado armário de ébano e ouro, pelo qual, mesmo que tenha antes examinado minuciosamente a mobília, a senhorita passara sem dar atenção. Impelida por um pressentimento irresistível, a senhorita avançará até ele avidamente, destrancará suas portas de dobradiça e examinará todas as gavetas, mas sem descobrir, por algum tempo, nada de muito importante, talvez nada além de um considerável mealheiro de diamantes. Afinal, contudo, ao tocar uma mola secreta, um compartimento interno se abre; um rolo de papel aparece; a senhorita o toma nas mãos; ele contém muitas folhas de um manuscrito; a senhorita corre para o seu quarto levando consigo o precioso tesouro, mas mal conseguiu decifrar "Oh! Tu... quem quer que sejas tu, em cujas mãos porventura caíram estas memórias da desditosa Matilda" quando sua lamparina subitamente se apaga no receptáculo, e a deixa imersa em total escuridão.

– Ah! Não, não... não diga isso. Bem, continue.

Mas Henry estava deleitado demais com o interesse que instigara para que quisesse levar adiante a história. Já não era capaz de exprimir solenidade, fosse no assunto ou no tom de voz, e lhe restou pedir a ela que usasse sua própria imaginação no exame atento das aflições de Matilda. Catherine, recompondo-se, ficou envergonhada por sua curiosidade impetuosa e tratou de garantir ao sr. Tilney, com seriedade, que sua atenção se prendera ao relato sem que ela tivesse o menor receio de que fosse realmente passar pelas situações que ele descreveu. A srta. Tilney, ela tinha certeza, jamais a instalaria num quarto naquelas condições! Ela não estava com medo de modo algum.

Enquanto se aproximava o fim da viagem, sua impaciência por enxergar ao longe a abadia – interrompida, durante algum tempo, pela conversa de Henry acerca de temas muito diferentes – retornou com total força, e ela aguardava, com solene reverência, que cada curva da estrada pudesse fornecer um vislumbre de suas sólidas paredes de pedra cinzenta, erguendo-se em meio a um bosque de carvalhos centenários, com os últimos raios do sol brincando, em belíssimo esplendor, nas altas janelas góticas. O prédio era tão baixo, no entanto, que ela se viu passando pelos grandes portões da propriedade e entrando de fato no terreno de Northanger sem ter enxergado nem mesmo uma antiga chaminé.

Catherine não sabia se tinha o direito de ficar surpresa, mas havia uma coisa, na facilidade com que chegaram ao local, que ela certamente não tinha previsto. Passar por residências de aparência moderna, adentrar com tamanha tranquilidade os arredores da abadia e avançar tão rapidamente ao longo de uma estrada macia e plana, coberta com bom cascalho, sem obstáculo, susto ou solenidade de qualquer espécie, era algo que parecia estranho e inconsistente. Ela não dispôs de muito tempo, entretanto, para tais considerações. Uma precipitação súbita de chuva, que lhe vinha diretamente ao rosto, tornou impossível qualquer observação adicional. Catherine fixou todos os seus pensamentos na integridade de seu novo gorro de palha. E ela estava realmente diante das paredes da abadia, estava saltando da carruagem com assistência de Henry, estava sob o telhado do velho alpendre e tinha até mesmo ingressado no saguão, onde sua amiga e o general a esperavam para saudá-la, e não sentira um único presságio de futura desgraça para si mesma, não suspeitara nem por um momento que alguma cena de horror pudesse ter se desenrolado, no passado, no interior do solene edifício. O vento não dera impressão de soprar para Catherine os suspiros da pessoa assassinada; o que ele soprou de mais horrível foi um chuvisco compacto. Tendo dado uma boa sacudida em suas roupas, ela estava pronta para ser introduzida na sala de visitas comum, e já era capaz de avaliar onde estava.

Uma abadia! Sim, estar de fato em uma abadia era magnífico! Mas Catherine duvidava, ao passar os olhos pelo aposento, que qualquer coisa em seu campo de observação pudesse lhe proporcionar tal consciência. A mobília revelava uma exuberância e um requinte dignos do gosto moderno. A lareira, na qual ela nutrira expectativa de encontrar uma enorme largura e os ponderosos entalhes de tempos passados, tinha em seu lugar um pequeno modelo Rumford, e tinha também lajes de um mármore simples mas bonito que exibiam lindas porcelanas inglesas. As janelas, para as quais Catherine dirigiu seu olhar com peculiar confiança por ter ouvido o general afirmar que as preservara em sua forma gótica com reverente cuidado, frustraram ainda mais suas prévias fantasias. Não havia dúvida de que as arcarias terminando em ponta haviam sido preservadas – a forma era gótica – elas podiam até mesmo ser batentes –, mas todas as vidraças eram tão grandes, tão claras, tão iluminadas! Para uma imaginação que ansiara por compartimentos minúsculos e pela mais pesada cantaria, por vidros pintados, sujeira e teias de aranha, a diferença era bastante penosa.

O general, identificando o percurso dos olhos de Catherine, começou a falar sobre a pequenez do aposento e sobre a simplicidade da mobília, sendo que tudo, prestando-se ao uso diário, visava apenas ao conforto etc. Gabou-se, entretanto, de que existiam alguns quartos, na abadia, que talvez fossem dignos da atenção de Catherine – e estava mencionando a preciosa douradura de um deles em particular quando, tirando seu relógio do bolso, interrompeu-se para pronunciar, com surpresa, que faltavam vinte minutos para as cinco! Parecia ser um sinal de que nada mais podia ser dito, e Catherine se viu levada às pressas pela srta. Tilney, convencendo-se de que seria esperada, em Northanger, a mais estrita pontualidade em relação aos horários da família.

Retornando pelo amplo e elevado saguão, elas subiram por uma larga escadaria de carvalho brilhante, a qual, após muitos degraus e muitas plataformas, levou as duas até um corredor longo e espaçoso. Num dos lados do corredor havia uma sequência de portas, e o outro lado era iluminado por janelas; Catherine teve tempo apenas para descobrir que elas davam vista para um pátio quadrangular. A srta. Tilney a fez segui-la para dentro de um quarto de dormir e, permanecendo apenas o suficiente para desejar que ela o considerasse confortável, foi embora deixando-lhe o ansioso pedido de que fizesse tão poucas alterações quanto possível em seu vestido.

# Capítulo 21

Um breve relance bastou para que Catherine tivesse certeza de que seu quarto não era nada semelhante àquele com cuja descrição Henry tentara assustá-la. Ele não era de maneira alguma exageradamente grande e não continha tapeçarias nem veludo. As paredes eram cobertas com papel, e o piso era carpetado; as janelas não eram menos perfeitas e tampouco mais opacas do que as janelas da sala de visitas abaixo; a mobília, embora não pertencesse à moda mais recente, era bonita e confortável, e o aposento possuía uma atmosfera que estava muito longe de ser tristonha. Tendo o coração instantaneamente tranquilizado nesse tópico, ela decidiu não perder tempo em examinações específicas, já que tinha um grande temor de que pudesse desagradar o general com algum atraso. Portanto, seu traje foi tirado com a maior pressa possível, e ela estava se preparando para abrir seu pacote de linho, depositado sobre a espreguiçadeira para sua imediata acomodação, quando seus olhos descobriram uma grande arca elevada, recuada num profundo recesso ao lado da lareira. A visão de tal objeto a sobressaltou; esquecendo todo o resto, Catherine ficou olhando para ele num pasmo imóvel, enquanto os seguintes pensamentos lhe ocorreram: "Isso é realmente estranho! Eu não esperava uma visão como esta! Uma imensa e pesada arca! O que haverá dentro dela? Por que deveria estar aqui? Empurrada para trás também, como se precisasse ficar fora de vista! Vou olhar o que há dentro dela... Custe o que custar, vou olhar o que há dentro dela... e imediatamente, à luz do dia. Se eu esperar até a noite, minha vela poderá se apagar".

Ela se aproximou e a examinou de perto: a arca era de cedro, curiosamente incrustada com alguma madeira mais escura, e estava suspensa, a mais ou menos um pé do chão, por um suporte entalhado do mesmo material. A fechadura era de prata, embora estivesse manchada devido ao tempo; em cada extremidade podiam ser vistos os restos imperfeitos de alças, também de prata, talvez quebradas prematuramente por alguma violência estranha; e no centro do tampo havia uma cifra misteriosa, no mesmo metal. Catherine inclinou-se sobre ela atentamente, mas não foi capaz de distinguir nada com clareza. Não importando a direção a partir da qual olhasse, não podia acreditar que a última letra fosse um *T*; no entanto, a probabilidade de que fosse qualquer outra letra, naquela casa, era uma circunstância que despertava um espanto bastante incomum. Se a arca não pertencia a eles originalmente, por quais estranhos eventos teria caído nas mãos da família Tilney? Sua temerosa curiosidade ficava maior a cada momento. Segurando com mãos trêmulas o ferrolho da fechadura, ela decidiu, contra todos os perigos, descobrir qual era o conteúdo. Com dificuldade, porque alguma coisa parecia resistir aos seus esforços, ergueu o tampo algumas polegadas; naquele mesmo instante, porém, um bater súbito na porta do quarto a sobressaltou e a fez soltar o ferrolho, e o tampo se fechou com alarmante violência. A inoportuna intrusa era a criada da srta. Tilney, enviada por sua patroa para ser útil à srta. Morland. Embora Catherine a tenha dispensado imediatamente, o incidente lhe devolveu a consciência do que deveria estar fazendo e a forçou, apesar do ávido desejo por penetrar naquele mistério, a continuar vestindo-se sem mais atraso. Ela prosseguiu sem grande rapidez, porque seus pensamentos e seu olhar se dirigiam ainda para aquele objeto, tão bem situado para causar interesse e surpresa; e mesmo que não ousasse despender um só momento numa segunda tentativa, não conseguia manter-se a muitos passos da arca. Passado algum tempo, entretanto, tendo deslizado um braço para dentro do vestido, sua toalete parecia estar praticamente pronta, de maneira que sua curiosidade impaciente poderia ser saciada com segurança. Alguns instantes poderiam ser despendidos, sem dúvida; e tão desesperado seria o emprego de sua força que, a menos que estivesse preso por meios sobrenaturais, o tampo seria escancarado de uma só vez. Com essa disposição de espírito Catherine se lançou para a frente, e sua confiança não a decepcionou. Seu resoluto esforço abriu o tampo e ofereceu a seus olhos atônitos a visão de uma colcha branca de algodão, adequadamente dobrada, repousando num canto da arca, inquestionavelmente disponível para quem quisesse fazer uso dela!

Catherine olhava para a colcha com o primeiro rubor da surpresa quando a srta. Tilney entrou no quarto, ansiosa por ver pronta sua amiga; à crescente vergonha de ter acalentado por alguns minutos uma expectativa absurda somou-se, então, a vergonha de ter sido apanhada numa investigação tão ociosa.

– É curiosa essa velha arca, não é? – disse a srta. Tilney, enquanto Catherine a fechava apressadamente e se dirigia para a janela. – É impossível dizer há quantas gerações ela está aqui. Como ela veio dar neste quarto pela primeira vez eu não sei, mas pedi que não a mudassem de lugar, pois pensei que poderia ser útil, às vezes, para guardar chapéus e gorros. O problema é que seu peso a torna difícil de abrir. Naquele canto, porém, ao menos ela fica fora do caminho.

Catherine não tinha condições de falar, porque ao mesmo tempo corava, amarrava o laço do vestido e formulava sábias decisões com a mais violenta presteza. A srta. Tilney deu a entender, com gentileza, seu temor de que estivessem atrasadas, e em meio minuto elas correram juntas escada abaixo, numa inquietação não totalmente infundada, porque o general Tilney caminhava de um lado ao outro pela sala de visitas, com o relógio na mão. Tendo tocado a sineta com violência no mesmo instante em que elas entraram, ele ordenou:

– Jantar na mesa, *imediatamente*!

Catherine tremeu diante da ênfase com que ele deu a ordem e sentou-se, pálida e sem fôlego, adotando a mais humilde postura, aflita pelos filhos dele e detestando todas as velhas arcas; e o general, retomando sua polidez ao olhar para ela, passou o resto de seu tempo repreendendo sua filha por ter apressado de modo tão tolo sua bela amiga, que estava absolutamente ofegante por causa daquela afobação, quando não havia nenhum motivo no mundo para que se apressassem, mas Catherine não conseguiu, de modo algum, superar a dupla perturbação de ter submetido sua filha a uma repreensão e de ter sido ela mesma uma grande simplória, até que todos estivessem alegremente sentados à mesa de jantar, quando os sorrisos complacentes do general e o bom apetite que ela teve restauraram sua paz de espírito. O salão de jantar era um aposento nobre, servindo, em suas dimensões, para uma sala de visitas bem maior do que aquela de que se fazia uso comum, e decorado num estilo luxuoso e dispendioso que quase não foi percebido pelos olhos inexperientes de Catherine, que não viam quase nada além da amplidão e do número de criados. Quanto ao primeiro aspecto, ela manifestou em voz alta sua admiração; e o general, com um semblante muito gracioso, reconheceu que aquele não era, de modo nenhum, um aposento de tamanho inadequado, e foi adiante e confessou que, embora fosse tão descuidado em tais assuntos quanto a maioria das pessoas, ele de fato tinha para si que uma sala de jantar razoavelmente grande era uma das necessidades da vida; ele supunha, entretanto, "que Catherine devia estar acostumada com cômodos de tamanho muito mais apropriado, na casa do sr. Allen." "Não, pelo contrário", foi a sincera afirmação de Catherine; "a sala de jantar do sr. Allen não chegava nem à metade do tamanho daquela", e ela jamais vira em sua vida um aposento tão grande. O bom humor do general aumentou. Ora, *dispondo* de tais aposentos, ele considerava que seria mais simples não fazer uso deles; no entanto, palavra de honra, ele acreditava que aposentos até duas vezes menores poderiam ser mais confortáveis. A casa do sr. Allen, ele tinha certeza, certamente tinha o tamanho exato para uma felicidade racional.

A noite prosseguiu sem perturbações adicionais e, na ausência ocasional do general Tilney, com uma jovialidade acentuada. Era apenas na presença dele que Catherine sentia um mínimo de fadiga em função da viagem; e mesmo então, mesmo em momentos de langor ou contenção, preponderava uma sensação geral de felicidade, e ela podia pensar em seus amigos em Bath sem ter nenhum desejo de estar com eles.

A noite estava tempestuosa; o vento ganhara força aos poucos, ao longo de toda a tarde; e quando todos já tinham se retirado, ventava e chovia violentamente. Atravessando o saguão, Catherine ouviu a tempestade com uma sensação de pavor; quando escutou seus estrondos de fúria num canto do antigo edifício, com o súbito bater de uma porta distante, sentiu pela primeira vez que estava, de fato, em uma abadia. Sim, aqueles eram sons característicos; eles lhe traziam à lembrança uma incontável variedade de situações tenebrosas que construções como aquela haviam testemunhado e que tempestades como aquela propiciavam; e no fundo de seu coração ela regozijou-se com as felizes circunstâncias que acompanhavam seu ingresso num ambiente tão solene. *Ela* não tinha nada a temer quanto a assassinos da meia-noite ou sedutores embriagados. Henry certamente apenas zombara dela com o relato que lhe fizera naquela manhã. Numa casa tão provida e tão segura não havia nada para explorar e nenhum motivo de angústia, e ela poderia ir para a cama tranquilamente, como se estivesse em seu próprio quarto, em Fullerton. Assim, apaziguando sua mente com grande sensatez enquanto subia as escadas, ela teve condições, e ainda mais ao constatar que a srta. Tilney dormia a apenas duas portas de distância, de entrar em seu quarto com um coração toleravelmente destemido; e sua disposição de espírito foi logo amparada pelo alegre fulgor de um fogo aceso.

– É tão melhor assim – disse ela, caminhando em direção à lareira –, é tão melhor encontrar um fogo já aceso, em vez de ter de esperar, tremendo de frio, até que toda a família esteja na cama, como tantas pobres garotas tiveram de fazer, e então ter um velho e fiel criado que nos assusta entrando de súbito, trazendo um feixe de lenha! Como fico feliz por Northanger ser o que é! Se fosse como alguns outros lugares, não sei se eu teria coragem suficiente para enfrentar uma noite como esta, mas agora, estou certa disso, não há nada que possa me assustar.

Ela passou os olhos ao redor do quarto. As cortinas da janela pareciam estar se movendo. Aquilo não devia ser nada mais do que a violência do vento penetrando pelas divisões das venezianas, e ela avançou bravamente, cantarolando uma melodia com indiferença, para se assegurar de que a explicação era aquela mesma. Espiou corajosamente por baixo de cada cortina, nada viu que a assustasse em nenhum dos parapeitos baixos e, colocando a mão de encontro à veneziana, teve a mais enérgica confirmação da força do vento. Um olhar de relance à velha arca, enquanto ela retornava desse exame, não foi de todo inútil. Catherine desdenhou dos infundados temores de uma imaginação ociosa e começou, com a mais alegre indiferença, a se preparar para deitar. Ela dispunha de muito tempo; não precisava se apressar; pouco se importaria se fosse a última pessoa acordada na casa. Mas não reforçaria seu fogo; *isso* seria demonstração de covardia, como se ela desejasse ter a proteção da luz depois que estivesse na cama. O fogo foi se apagando, portanto, e Catherine, tendo empregado quase uma hora inteira em seus preparativos, já começava a pensar em se acomodar na cama quando, ao dar uma olhadela de despedida em volta do quarto, foi surpreendida pela aparição de um alto e antiquado armário negro, o qual, embora estivesse posicionado de modo bastante conspícuo, ainda não havia chamado sua atenção. As palavras de Henry, sua descrição do armário de ébano que escaparia da observação dela a princípio, assaltaram sua mente no mesmo instante; e embora não pudesse realmente haver algo de anormal nele, havia uma certa característica extravagante. Era certamente uma coincidência espantosa! Catherine pegou sua vela e observou atentamente o armário. Ele não era, de modo algum, feito de ébano e ouro, mas era recoberto de verniz japonês, um verniz amarelo-escuro do mais belo tom. Enquanto ela segurava no alto sua vela, o amarelo produzia um efeito que se assemelhava muito ao ouro. A chave estava na porta, e ela sentiu uma estranha necessidade de olhar o que havia dentro dele; não tinha, contudo, a mínima expectativa de que fosse encontrar algo, mas aquilo era muito esquisito, levando-se em conta o que Henry dissera. Para resumir, Catherine não conseguiria dormir antes que tivesse examinado o armário. Assim, firmando a vela com grande cuidado em uma cadeira, ela agarrou a chave com uma mão muito trêmula e tentou girá-la, mas a chave resistiu a seus maiores esforços. Desconcertada, mas sem perder sua confiança, tentou novamente de outra maneira; uma lingueta se deslocou, e ela acreditou que triunfara. Mas aquilo era muito estranho e misterioso! A porta permanecia imóvel. Catherine parou por um momento, sem fôlego, atônita. O vento rugia por dentro da chaminé, a chuva fustigava as janelas em torrentes, e era como se tudo exprimisse a atrocidade de sua situação. Ir para a cama, no entanto, de tal forma insatisfeita, seria inútil, já que dormir era impossível com a percepção de que havia, em proximidade imediata, um armário tão misteriosamente fechado. Mais uma vez, portanto, ela empenhou-se com a chave. Depois de girá-la de todas as maneiras possíveis, com a celeridade resoluta dos derradeiros esforços da esperança, a porta cedeu em sua mão; seu coração quase explodiu, jubiloso, diante de tal vitória; ela escancarou as duas portas de dobradiça, sendo que a segunda era retida apenas por linguetas que não tinham a complexidade primorosa da fechadura – neste lado, porém, seus olhos não distinguiram nenhuma anormalidade –, e apareceram dois conjuntos de pequenas gavetas e algumas gavetas maiores acima e abaixo; no centro, uma pequena porta, também trancada com fechadura e chave, escondia muito provavelmente um compartimento de grande importância.

O coração de Catherine batia com rapidez, mas sua coragem não lhe faltou. Com as faces inflamadas pela esperança e os olhos estreitados pela curiosidade, seus dedos agarraram a alça de uma gaveta e a puxaram. Estava totalmente vazia. Com menos temor e maior avidez ela abriu uma segunda, uma terceira, uma quarta; todas estavam igualmente vazias. Uma por uma, foram todas esquadrinhadas, e ela nada encontrou em nenhuma. Bem versada na arte de esconder tesouros, não se esqueceu da possibilidade de que existissem revestimentos falsos nas gavetas, e tateou cada uma delas com ansioso zelo, em vão. Somente o compartimento do meio restava inexplorado agora; e embora ela jamais tivesse acalentado, desde o começo, a menor expectativa de que pudesse encontrar alguma coisa em qualquer parte do armário, e não estivesse nem um pouco desapontada com seu insucesso até então, seria tolice não examiná-lo por inteiro, faltando tão pouco. Passou-se algum tempo, contudo, até que ela conseguisse destrancar a pequena porta, com a fechadura interna oferecendo tanta dificuldade de manejo quanto a externa. Mas a porta se abriu afinal, e esse último esquadrinhamento não se revelou vão como os anteriores: os vivos olhos de Catherine descobriram de imediato um rolo de papel, depositado no fundo da cavidade aparentemente para que ficasse oculto, e seus sentimentos, naquele momento, eram indescritíveis. Seu coração palpitava, seus joelhos tremiam, sua face ficou pálida. Ela pegou com mão vacilante o precioso manuscrito, porque era nitidamente perceptível que ele continha caracteres escritos; e ao mesmo tempo que reconhecia, com medonhas sensações, a impressionante exemplificação do que Henry prenunciara, decidiu imediatamente que leria tudo, linha por linha, antes de tentar dormir.

A luz fraca que sua vela emitia a fez virar-se para trás, alarmada, mas não havia o perigo de uma extinção súbita; a vela queimaria ainda por algumas horas. Quanto à possibilidade de que fosse enfrentar, para decifrar a escrita, grandes dificuldades além das eventuais obscuridades de um texto antigo, ela se apressou em espevitar a vela. Ai dela! No ato de espevitar, Catherine extinguiu a chama. Uma lamparina não teria se apagado com tão medonho efeito. Ela permaneceu inerte por alguns momentos, tomada de horror. O infortúnio era completo; não restava um único vestígio de luz no pavio, nada que desse esperança ao sopro renovador. Uma escuridão impenetrável e definitiva tomou conta do quarto. Uma violenta rajada de vento, surgindo com súbita fúria, acrescentou à cena um novo terror. Catherine tremia dos pés à cabeça. Na pausa que se sucedeu, seus ouvidos aterrorizados captaram um som que lembrava passos retrocedentes e o bater de uma porta distante. Nenhum ser humano suportaria aquilo por mais tempo. Um suor frio brotara em sua fronte, o manuscrito caiu de suas mãos. Tateando seu caminho, ela pulou rapidamente na cama e procurou atenuar seu sofrimento arrastando-se o mais que podia por baixo das cobertas. Estava inteiramente fora de questão, Catherine sentia, fechar os olhos para dormir naquela noite. Com uma curiosidade despertada tão recentemente, com seus sentimentos alvoroçados de todas as maneiras, o repouso era absolutamente impossível. A tempestade era feroz, terrível! Ela não costumava se assustar com o vento; agora, contudo, cada rajada parecia estar carregada de anúncios tenebrosos. O manuscrito encontrado tão fantasticamente, confirmando tão fantasticamente o presságio da manhã, como isso podia ser explicado? Qual seria o conteúdo? A quem pertenceria? De que modo ele pôde permanecer escondido por tanto tempo? E como era peculiarmente estranho que coubesse a ela descobri-lo! Até que tivesse lido tudo, no entanto, não teria nem descanso e nem paz de espírito. Tomou a resolução de que o leria com os primeiros raios do sol. Mas muitas eram as horas tediosas que ainda teriam de se passar. Catherine tinha calafrios, remexia-se na cama e invejava cada um dos silenciosos adormecidos. A tempestade rugia ainda, e muitos eram os ruídos, mais terríveis até mesmo do que o vento, que chegavam de tempos em tempos a seus ouvidos assustados. As cortinas de sua cama pareceram se agitar a certa altura, e em outro momento a fechadura da porta se mexeu, como se alguém quisesse entrar. Murmúrios abafados pareciam se arrastar pelo corredor, e mais de uma vez seu sangue gelou com o som de gemidos distantes. Horas e horas se passaram, e Catherine, exausta, ouviu todos os relógios da casa proclamarem três horas, e só então a tempestade amainou, ou ela mesma, sem perceber, caiu rapidamente no sono.

## Capítulo 22

O RUÍDO QUE PRIMEIRO despertou Catherine, às oito da manhã no dia seguinte, foi o som da criada abrindo as venezianas. Ela abriu os olhos, espantada com o fato de que eles pudessem ter se fechado, e ficou alegre com o que viu: seu fogo já estava ardendo, e uma manhã luminosa sucedera a tempestade da noite. Com a percepção da existência, retornou imediatamente a recordação do manuscrito; pulando da cama no exato instante em que a criada saiu do quarto, Catherine recolheu avidamente todas as folhas dispersas que haviam se soltado do rolo quando ele caíra no chão, e voou até a cama para fruir, em seu travesseiro, o luxo de uma leitura meticulosa. Ela via com clareza, agora, que não podia esperar por um manuscrito de extensão considerável, que se assemelhasse aos textos que a faziam estremecer nos livros, porque o rolo, parecendo consistir inteiramente de pequenas folhas desconjuntadas, tinha um tamanho quase insignificante, sendo muito menor do que ela supusera a princípio.

Seus olhos vorazes passaram rapidamente por uma página. O conteúdo a sobressaltou. Seria possível? Ou seus sentidos a ludibriavam? Catherine tinha diante de si, aparentemente, em caracteres vulgares e modernos, um inventário de roupa branca e nada mais! Se a evidência da visão era digna de confiança, ela tinha nas mãos uma listagem de lavanderia. Pegou outra folha e viu os mesmos itens, com pouca variação; uma terceira, uma quarta e uma quinta não exibiram nada de novo. Camisas, meias, gravatas e coletes se apresentavam em cada uma. Duas outras, escritas pela mesma mão, registravam uma despesa – não menos destituída de interesse – com cartas, pó de cabelo, cadarços de sapato e sabão para manchas. E a maior das folhas, aquela que envolvera as demais, parecia ser, segundo a mal traçada linha inicial, "Aplicar cataplasma na égua castanha", um bilhete de ferrador! Era essa a coleção de papéis (talvez esquecida no lugar de onde a tirara devido à negligência de um criado, como ela podia supor agora) que a enchera de expectativa e alarme, e que roubara dela metade de sua noite de sono! Sentiu-se humilhada no mais alto grau. A aventura da arca não poderia ter lhe conferido alguma sabedoria? Uma quina da arca, surgindo na visão de Catherine enquanto ela se mantinha deitada, pareceu assumir uma postura de reprovação. Nada poderia ser mais claro, agora, do que o caráter absurdo de suas recentes fantasias. Presumir que um manuscrito produzido muitas gerações antes pudesse ter permanecido oculto num aposento como aquele, tão moderno, tão habitável! Ou que lhe coubesse ser a primeira a ter aptidão para destrancar um armário cuja chave estava disponível para qualquer pessoa!

Como ela podia ter enganado tanto a si mesma? Deus queira que Henry Tilney jamais tome conhecimento de seu desatino! E a culpa era em grande medida do próprio Henry, pois, não tivesse o armário aparecido tão exatamente de acordo com a descrição de aventuras que ele fizera, Catherine jamais teria sentido a menor curiosidade em torno do assunto. Esse era o único consolo que lhe ocorria. Impaciente para se ver livre das detestáveis evidências de seu desatino, dos detestáveis papéis que estavam dispersos por sobre a cama, ela se levantou imediatamente e, dobrando-os na medida do possível até obter o formato original, devolveu-os ao mesmo lugar dentro do armário, com o mais ardoroso desejo de que nenhum acidente adverso jamais os trouxesse à luz novamente e a desgraçasse inclusive consigo mesma.

A enorme dificuldade que tivera para abrir as fechaduras era ainda uma questão intrigante, porque agora conseguia manejá-las com perfeita naturalidade. Nesse ponto havia alguma coisa misteriosa, por certo, e Catherine admitiu a sedutora hipótese por meio minuto, até despontar em sua mente, custando-lhe mais um rubor, a possibilidade de que a porta estivesse a princípio destrancada, e de que ela mesma a tivesse chaveado.

Catherine saiu assim que pôde de um quarto no qual sua conduta acabara por ocasionar reflexões tão desagradáveis e tratou de seguir em máxima velocidade até a sala de desjejum, de acordo com as orientações que a srta. Tilney lhe passara na noite anterior. Henry estava sozinho na sala; ele manifestou imediatamente, de modo bastante perturbador, seu desejo de que a tempestade não a tivesse incomodado, com uma referência maliciosa aos atributos do prédio que eles habitavam. Por nada no mundo ela permitiria que surgisse qualquer suspeita de sua fraqueza; e no entanto, incapaz de expressar falsidades absolutas, sentiu-se compelida a reconhecer que o vento a mantivera acordada por algum tempo.

– Mas temos uma manhã encantadora depois de tudo – ela acrescentou, desejando se ver livre do assunto. – E as tempestades e a falta de sono não são nada quando acabam. Que lindos jacintos! Aprendi a amar os jacintos há bem pouco tempo.

– E de que modo a senhorita aprende? Por acidente ou por convencimento?

– Sua irmã me ensinou; não sei dizer como. A sra. Allen costumava fazer grandes esforços, ano após ano, para que eu passasse a gostar deles, mas nunca consegui, até que os vi em Milsom Street outro dia. Sou indiferente por natureza em relação às flores.

– Mas agora a senhorita adora um jacinto. Tanto melhor. A senhorita ganhou uma nova fonte de divertimento, e é bom que tenhamos a maior quantidade possível de caminhos para a felicidade. Além disso, o gosto pelas flores é sempre desejável no seu sexo, como um pretexto que a leve a sair de casa, que a provoque a fazer exercício com mais frequência do que faria de outra maneira. E embora o amor por um jacinto possa ser um tanto inofensivo, nunca se sabe. Uma vez que o sentimento foi despertado, a senhorita talvez poderá, com o tempo, aprender a amar uma rosa.

– Mas não quero que essa espécie de ocupação me faça sair de casa. O prazer de caminhar e respirar ar fresco é suficiente para mim, e quando o dia está bom fico fora de casa na maior parte do meu tempo. Mamãe diz que nunca estou em casa.

– De qualquer forma, porém, fico satisfeito ao ver que a senhorita aprendeu a amar um jacinto. O mero costume de aprender a amar é a questão, e a disposição para aprender, numa jovem dama, é uma grande bênção. É agradável o método de instrução da minha irmã?

Ela foi poupada do embaraço de esboçar uma resposta pela chegada do general, cujas sorridentes saudações anunciaram um alegre estado de espírito, mas cuja polida alusão ao fato de que Catherine simpaticamente se levantara cedo não assegurou a serenidade dela.

A elegância da louça do desjejum avultou aos olhos de Catherine quando sentaram à mesa; e se tratava claramente de uma escolha do general. Ele ficou encantado ao ter seu bom gosto aprovado por ela, confessou que era um conjunto bom e simples, considerava que era correto promover as manufaturas de seu país; e de sua parte, segundo seu paladar acrítico, a argila de Staffordshire dava tanto sabor ao chá quanto as de Dresden ou Sèvres. Aquele, porém, era um conjunto bastante antigo, comprado dois anos antes. A fabricação se desenvolvera muito de lá para cá; ele vira alguns exemplares belíssimos na última vez em que estivera na cidade; não fosse o fato de que era um homem completamente desprovido desse tipo de vaidade, poderia ter cedido à tentação de encomendar outro conjunto. Ele acreditava, no entanto, que em breve haveria de surgir a oportunidade de comprar um novo. Catherine foi provavelmente a única na mesa que não o compreendeu.

Logo após o desjejum, Henry os deixou e partiu para Woodston, onde negócios exigiam sua presença e sua permanência por dois ou três dias. Todos compareceram ao saguão para vê-lo montar seu cavalo. Quando retornaram à sala de desjejum, Catherine prontamente encaminhou-se até uma janela, na esperança de obter um derradeiro vislumbre de sua figura.

– É uma provação um tanto dura para o desprendimento de seu irmão – observou para Eleanor o general. – Woodston terá um aspecto quase lúgubre no dia de hoje.

– É um lugar bonito? – perguntou Catherine.

– O que diz você, Eleanor? Exprima sua opinião, porque somente as damas conhecem bem o gosto das damas, tanto a respeito de lugares quanto a respeito de homens. Creio que até o mais imparcial dos observadores reconhecerá que Woodston tem muitos atributos. A casa fica situada entre belas campinas, de frente para o sudeste, e dispõe de uma horta excelente, com o mesmo aspecto; os muros que a cercam eu mesmo os construí e cultivei cerca de dez anos atrás, em proveito de meu filho. É um benefício eclesiástico da família, srta. Morland; e como a propriedade pertence principalmente a mim, a senhorita pode bem imaginar que tomo todos os cuidados para que não perca seu valor. Se os rendimentos de Henry dependessem unicamente dessa propriedade, ele não estaria mal provido. Talvez pareça estranho que eu, tendo apenas dois filhos mais jovens, possa pensar que uma profissão é necessária para ele, e certamente existem momentos nos quais todos nós gostaríamos de vê-lo desimpedido de qualquer ligação com os negócios. Mas mesmo que eu não consiga converter jovens damas como vocês, estou certo de que o seu pai, srta. Morland, concordaria comigo na crença de que é recomendável dar a todos os rapazes alguma ocupação. O dinheiro não é nada, não entra em questão; a ocupação, porém, é fundamental. Veja, até mesmo Frederick, meu filho mais velho, que vai herdar uma extensão de terra tão considerável quanto as maiores propriedades privadas do condado, tem sua profissão.

O efeito imponente desse último argumento correspondeu aos desejos do general. O silêncio da dama provou que a questão era incontestável.

Houvera um comentário, na noite anterior, de que Catherine deveria ser apresentada a todos os pontos da casa, e o general se oferecia, agora, como seu condutor; e embora Catherine tivesse nutrido a esperança de que fosse explorá-la acompanhada unicamente pela filha dele, aquela era uma proposta que em qualquer circunstância continha em si grande felicidade, e só lhe restou aceitar alegremente, pois ela se encontrava na abadia havia já dezoito horas e vira bem poucos aposentos. A caixa de costura, que ela acabara de acomodar no colo, foi fechada com jovial presteza, e no instante seguinte ela estava pronta para acompanhá-lo. E quando eles tivessem percorrido toda a casa, ele teria o prazer adicional de acompanhá-la pelos arbustos e no jardim. Catherine fez uma mesura aquiescente. Mas talvez lhe fosse mais agradável se a levassem primeiro até o jardim. O tempo era favorável no momento e, naquela época do ano, havia muito pouca certeza de que seguiria assim. Qual era a preferência dela? Ele estava à disposição de Catherine. Na opinião de sua filha, qual das opções estaria mais de acordo com os interesses de sua bela amiga? Ele julgava, porém, que podia discernir. Sim, ele certamente lia nos olhos da srta. Morland o judicioso desejo de fazer uso do momentâneo céu sorridente. E acaso ela faria uma escolha errônea? A abadia se manteria sempre segura e seca. Ele se submetia implicitamente, e buscaria seu chapéu e as acompanharia num instante. O general saiu da sala, e Catherine, com um semblante desapontado e ansioso, começou a dizer que lhe desagradava que ele as levasse para fora de casa contrariando suas próprias inclinações, sob uma falsa ideia de que a deixaria satisfeita; mas foi interrompida pela srta. Tilney, que disse, de modo um tanto confuso:

– Creio que será mais prudente aproveitar a manhã, enquanto durar o tempo bom. E não se incomode em função de meu pai, ele sempre sai para caminhar nesta hora do dia.

Catherine não entendeu muito bem como aquilo deveria ser interpretado. Qual era o motivo do embaraço da srta. Tilney? Poderia existir má vontade, por parte do general, em conduzi-la pela abadia? A proposta partira dele mesmo. E não era estranho que ele saísse para caminhar *sempre* tão cedo? Nem seu pai e tampouco o sr. Allen o faziam. Aquilo era sem dúvida exasperante. Catherine era toda impaciência por ver a casa, e mal tinha curiosidade por conhecer os terrenos. Se Henry estivesse com eles, sim! Agora, porém, ela não saberia sequer dizer se algo que via era pitoresco. Tais eram seus pensamentos, mas ela os guardou para si, e colocou seu gorro com paciente desgosto.

Em detrimento de suas expectativas, no entanto, ela ficou impressionada com a magnificência da abadia, vendo-a do gramado pela primeira vez. O prédio inteiro circundava um grande pátio; e dois lados do quadrângulo se mostravam, admiráveis, ricos em ornamentos góticos. O restante ficava encoberto por cômoros de velhas árvores ou plantações luxuriantes, e as íngremes colinas arborizadas que assomavam por trás, servindo de abrigo, eram belas até mesmo no desfolhado mês de março. Catherine nunca vira nada que se comparasse àquilo. Seu deleitamento era tão intenso que ela irrompeu em atrevidos louvores, maravilhada, sem esperar por pareceres mais autorizados. O general a ouviu com gratidão condescendente, e parecia que sua própria estima por Northanger se mantivera incerta até a chegada daquele momento.

A horta era o local a ser admirado em seguida, e o general indicou o caminho por um pequeno trecho do parque.

A quantidade de acres que o jardim continha era tal que Catherine não pôde ouvi-la sem assombro, tendo ele mais que o dobro da extensão dos jardins do sr. Allen ou de seu pai, incluídos o pátio e o pomar. Os muros eram aparentemente incontáveis em número, intermináveis em comprimento. Um vilarejo de estufas parecia surgir entre eles, e era como se uma paróquia inteira trabalhasse no interior do cercamento. O general envaideceu-se com os olhares surpresos de Catherine, os quais, sendo quase tão literais quanto as palavras que ele logo extraiu dela à força, revelaram que ela jamais vira antes um jardim que sequer se assemelhasse àquele; e ele então confessou, modestamente, que sem qualquer ambição do tipo por parte dele – sem qualquer solicitude a respeito –, de fato acreditava que seu jardim não tinha rival em todo o reino. Podia-se afirmar que *aquele* era o seu brinquedo favorito. Ele adorava jardins. Embora fosse um tanto descuidado, quase sempre, em matéria de comida, ele adorava uma boa fruta – quando não gostava, seus amigos e filhos gostavam. Tomar conta de um jardim tão vasto implicava, no entanto, grandes aborrecimentos. Muitas vezes, a máxima dedicação não assegurava uma abundância de frutas. A estufa de abacaxis produzira somente cem frutos no ano anterior. O sr. Allen, ele supunha, certamente sofria, tanto quanto ele, com tais inconveniências.

Não, de modo algum. O sr. Allen não dava nenhuma importância ao jardim, e nem mesmo o frequentava.

Exibindo um sorriso triunfante, satisfeito consigo mesmo, o general afirmou que gostaria de poder fazer o mesmo, pois ele nunca passeava pelo seu sem se aborrecer de um modo ou de outro, já que suas expectativas se frustravam.

Como eram mantidas as estufas de sucessão do sr. Allen? (descrevendo as condições de suas próprias estufas, enquanto entravam nelas).

O sr. Allen possuía não mais do que uma estufa pequena, que a sra. Allen utilizava para suas plantas no inverno, e vez por outra havia uma fogueira dentro dela.

– Ele é um homem feliz! – disse o general, com um desprezo felicíssimo no olhar.

Tendo conduzido Catherine por todos os recantos, e depois de lhe mostrar todos os interiores, a tal ponto que ela ficara exausta de tanto ver e admirar, o general permitiu às garotas que fizessem uso de uma porta externa. Então, exprimindo seu desejo de examinar o efeito de certas alterações realizadas recentemente na casa de chá, propôs, como uma extensão nada desagradável da caminhada, que fossem até lá, se a srta. Morland não estivesse cansada.

– Mas aonde vai você, Eleanor? Por que escolher esse caminho frio, úmido? A srta. Morland acabará se molhando. Faremos melhor atravessando o parque.

– Gosto tanto de passear por ali – disse a srta. Tilney – que sempre o considero como sendo o melhor caminho, e o mais curto. Mas talvez esteja úmido.

Tratava-se de um caminho estreito e sinuoso, que avançava por um denso bosque de pinheiros-da-escócia, e Catherine, impressionada pelo aspecto sombrio daquela via e ávida por entrar no bosque, não pôde deixar de avançar, mesmo que enfrentasse a desaprovação do general. Ele notou a inclinação da jovem e, tendo mais uma vez empregado, em vão, o pretexto da saúde, teve a delicadeza de não seguir objetando. Escusou-se, contudo, de acompanhá-las: os raios do sol não eram muito animadores, e ele as encontraria por outra rota. O general se foi, e Catherine chocou-se ao constatar o alívio que sentiu no espírito com a separação. O choque, no entanto, foi menos real do que o alívio e não acarretou desconforto. Ela então começou a falar, com serena alegria, sobre a deliciosa melancolia que um bosque como aquele inspirava.

– Tenho imensa estima por este lugar – disse sua companheira, suspirando. – Era o passeio favorito de minha mãe.

Catherine jamais ouvira alguém da família mencionando a sra. Tilney, e o interesse estimulado por aquela recordação se mostrou no mesmo instante em seu semblante alterado, e na pausa atenta com a qual quis saber mais.

– Eu e ela costumávamos caminhar aqui com tanta frequência! – acrescentou Eleanor. – Naquele tempo, porém, meu amor por este trajeto não era tão grande quanto passou a ser depois. Eu encarava com estranhamento aquela preferência por ele, na verdade. Mas a memória dela me faz estimá-lo agora.

"E não deveria ocorrer o mesmo", refletiu Catherine, "na estima do marido? O general se recusa, no entanto, a seguir por este caminho." Como a srta. Tilney permaneceu em silêncio, ela se arriscou a dizer:

– A morte dela deve ter sido uma terrível aflição!

– Uma aflição terrível e cada vez maior – retrucou a outra, em voz baixa. – Eu tinha apenas treze anos quando aconteceu e, embora tenha sentido a perda tanto quanto qualquer pessoa teria sentido nessa idade, não compreendi, não pude compreender, na época, o que aquela perda significava.

Ela parou por um momento e então acrescentou, com grande firmeza:

– Veja, não tenho irmã... e embora Henry... embora meus irmãos sejam muito afetuosos e Henry fique aqui grande parte do tempo (sou muito grata por isso), é impossível que eu não me sinta muitas vezes solitária.

– Sem dúvida, a senhorita deve sentir muito a falta dele.

– Uma mãe teria estado sempre presente. Uma mãe teria sido uma amiga constante; sua influência teria superado a de qualquer outra pessoa.

"Ela era uma mulher distinta? Era bonita? Existia algum retrato dela na abadia? E por que motivo ela gostava tanto daquele bosque? Por causa de um temperamento melancólico?" – tais perguntas jorraram sofregamente. As três primeiras receberam pronta confirmação, as outras duas foram desconsideradas; e o interesse de Catherine pela falecida aumentava a cada pergunta, houvesse ou não uma resposta. Ela estava convencida de que a sra. Tilney tivera um casamento infeliz. O general certamente havia sido um marido insensível. Ele não amava o passeio favorito da esposa: poderia ter amado a ela, então? E além disso, mesmo que fosse um homem bonito, alguma coisa em suas feições denunciava que ele não a tratara bem.

– O retrato dela, suponho – (corando com o consumado ardil de sua própria pergunta) –, está pendurado no quarto do seu pai?

– Não. O destino original era a sala de visitas, mas meu pai não ficou satisfeito com a pintura, e durante algum tempo não houve lugar para o quadro. Logo depois da morte dela eu o retive para mim e o pendurei no meu quarto de dormir, onde terei muito prazer em mostrá-lo à senhorita; o retrato é muito fiel.

Surgia aqui mais uma prova. Um retrato – muito fiel – de uma esposa falecida, desprezado pelo marido! Ele decerto havia sido terrivelmente cruel com ela!

Catherine já não tentava esconder de si mesma o teor dos sentimentos que o general despertara nela previamente, apesar de todas as gentilezas; e o que antes fora medo e desagrado era agora absoluta aversão. Sim, aversão! A crueldade com que ele tratara uma mulher tão encantadora o fazia odioso a seus olhos. Catherine já encontrara muitos personagens assim nos livros, personagens que o sr. Allen costumava classificar como artificiais e exagerados; aqui, porém, havia uma prova inquestionável no sentido contrário.

Ela acabara de concluir tal pensamento quando o fim do caminho as defrontou com o general. Apesar de toda a sua indignação virtuosa, Catherine viu-se mais uma vez obrigada a caminhar com ele, a ouvi-lo e até mesmo a sorrir quando ele sorria. Por já não ser capaz, entretanto, de contemplar com prazer os objetos em volta, ela logo começou a caminhar com lassidão. O general o percebeu e, receoso pela saúde da srta. Morland, o que parecia desacreditar a opinião que ela formara dele, pediu com veemência que as duas voltassem para casa. Ele as encontraria dentro de um quarto de hora. Houve uma nova separação – mas Eleanor foi chamada pelo pai, em meio minuto, e recebeu ordem estrita de que não deveria, até o retorno dele, conduzir sua amiga pelo interior da abadia. Era a segunda ocasião em que o general demonstrava um anseio por protelar o que ela tanto desejava fazer. Catherine ficou muito impressionada.

# Capítulo 23

Até que o general entrasse em casa passou-se uma hora, que foi empregada, por parte de sua hóspede, em considerações não muito favoráveis em torno de seu caráter. Essa ausência prolongada e essa perambulação solitária não eram indícios de uma mente tranquila ou de uma consciência isenta de vergonhas. Por fim, o general apareceu; e por mais taciturnas que fossem suas meditações, ele podia ainda sorrir com *elas*. A srta. Tilney, compreendendo, em parte, a curiosidade que sua amiga tinha por ver a casa, logo retomou o assunto; e seu pai, que já não dispunha, contrariando a expectativa de Catherine, de qualquer pretexto para maiores protelações, exceto o de despender cinco minutos ordenando que refrescos estivessem à disposição quando regressassem, pôde afinal acompanhá-las.

O percurso teve início com postura majestosa e com passos elegantes, sinais que eram perceptíveis mas não abalavam as suspeitas de Catherine, que era leitora experiente, o general as conduziu pelo saguão, pela sala de visitas de uso comum e por uma inútil antecâmara até o interior de um grande aposento, esplêndido tanto por seu tamanho quanto por sua mobília – a verdadeira sala de visitas, utilizada apenas com pessoas muito importantes. Era uma sala sublime, formidável, encantadora! Isso foi tudo o que Catherine teve para dizer, porque seus olhos indiscriminados mal discerniam a cor do cetim; e todos os louvores minuciosos, todos os louvores mais significativos foram fornecidos pelo general: o preço elevado ou o requinte da decoração de um aposento não significavam nada para Catherine; ela desconsiderava qualquer mobília que pertencesse a uma data posterior ao século XV. Quando o general terminou de satisfazer sua própria curiosidade, num rigoroso exame de todos os bem conhecidos ornamentos, os três seguiram para a biblioteca, um aposento que exibia, a seu modo, igual magnificência, com uma coleção de livros que qualquer homem modesto teria contemplado com orgulho. Catherine ouviu, admirou e se maravilhou com um sentimento que era agora mais genuíno – coletou o que pôde daquele depósito de conhecimento, passando os olhos pelos títulos da metade de uma estante, e então seguiu em frente. Mas aquela sequência de aposentos não correspondia aos seus desejos. Por maior que fosse o prédio, Catherine já visitara a maior parte dele. Mesmo assim, informada de que, com a inclusão da cozinha, os seis ou sete compartimentos que ela acabara de ver abrangiam três lados do pátio, quase não quis acreditar ou se desfazer da suspeita de que existiam muitos quartos secretos. Oferecia um certo alívio, no entanto, o fato de que eles voltariam para as salas de uso comum passando por alguns aposentos menos importantes, com vista para o pátio, os quais, por meio de passagens ocasionais, não pouco intrincadas, conectavam os diferentes lados. Catherine se acalmou ainda mais, em seu avanço, ao ser informada de que pisava, naquele momento, o que fora um dia o chão de um claustro; ao observar vestígios de celas que lhe foram apontados; ao perceber várias portas que não foram abertas, sobre as quais nada foi explicado para ela; ao encontrar-se sucessivamente em uma sala de jogos e no aposento privado do general sem entender a conexão entre as peças, ou sem que fosse capaz de se localizar saindo delas; e por último ao passar por um pequeno quarto escuro, pertencente a Henry e abarrotado com sua desordenada profusão de livros, armas e sobretudos.

Da sala de jantar, cuja dimensão, embora se tratasse de uma peça conhecida, que podia ser vista às cinco horas todos os dias, o general não se furtou ao prazer de medir com passos, para melhor instruir a srta. Morland – uma dimensão de que ela não duvidava e à qual não dava nenhuma importância –, eles seguiram por uma curta comunicação até a cozinha, a antiga cozinha do convento, solene em suas paredes maciças e nas fumaças do passado, bem como nos fornos e nos armários quentes do presente. A mão aperfeiçoadora do general não perdera tempo aqui: todas as modernas invenções que facilitavam o trabalho das cozinheiras haviam sido adotadas neste espaçoso palco da culinária e, onde o gênio alheio falhara, a mão dele produzira a perfeição requerida. As dádivas que ele concedera apenas àquela cozinha o teriam situado, em qualquer momento, entre os mais pródigos benfeitores do convento.

Nas paredes da cozinha chegava ao fim toda a antiguidade da abadia; o quarto lado do quadrângulo fora removido pelo pai do general, em função de seu estado decrépito, e a construção atual tomara o seu lugar. A atmosfera venerável cessava aqui. O novo edifício não era apenas novo, mas declarava-se como tal; destinado unicamente aos serviços de manutenção da casa e sucedido por estábulos na parte de trás, não apresentava, intencionalmente, nenhuma uniformidade arquitetônica. Catherine teria decerto vociferado contra a mão que arrasara, por mero propósito de economia doméstica, um prédio que talvez tivesse mais valor do que todo o resto; e teria prontamente evitado a mortificação de um passeio por um cenário tão decadente, caso contasse com a permissão do general; se havia uma vaidade nele, porém, ela consistia na organização das dependências de manutenção da casa; e como ele estava convencido de que, para uma mente como a da srta. Morland, seria sempre gratificante uma inspeção das acomodações e dos confortos que suavizavam o trabalho dos subalternos, não apresentou nenhuma desculpa para levá-la até lá. Eles empreenderam uma rápida vistoria de tudo, e Catherine impressionou-se, além de sua expectativa, com a multiplicidade e com a comodidade das instalações. Os propósitos para os quais bastavam, em Fullerton, algumas despensas disformes e uma desconfortável copa ganhavam aqui divisões apropriadas, espaçosas e cômodas. Os inúmeros criados que continuamente apareciam não lhe chamaram menos atenção do que suas inúmeras ocupações. Aonde quer que os três fossem, alguma garota em tamancos parava e fazia reverência, ou algum criado em trajes comuns fugia de vista. E se tratava, no entanto, de uma abadia! Eram inexprimivelmente diversos, aqueles arranjos domésticos, dos serviços sobre os quais ela tanto lera – das abadias e dos castelos nos quais, embora os prédios fossem certamente maiores do que Northanger, todo o trabalho sujo da casa era feito por, no máximo, dois pares de mãos femininas. A sra. Allen muitas vezes intrigara-se com o fato de que essas mãos conseguissem dar conta de tudo; quando Catherine viu o que era necessário fazer ali, ela própria começou a ficar intrigada.

Eles retornaram ao saguão para que pudessem subir a escadaria principal a fim de saudar a beleza de sua madeira e os ornamentos de magnífico entalhe. Tendo chegado ao topo, tomaram caminho oposto em relação à passagem na qual ficava o quarto de Catherine, e logo em seguida, no mesmo nível, entraram em outro corredor, maior em comprimento e largura. Ela foi introduzida sucessivamente a três enormes quartos de dormir, cada qual com seu toucador, decorados por completo, belíssimos. Em conforto e elegância, tais quartos dispunham de tudo o que podiam fazer por eles o dinheiro e o bom gosto; e como haviam sido mobiliados nos últimos cinco anos, eram perfeitos em tudo o que costuma ser agradável e deficientes em tudo o que satisfazia Catherine. Enquanto eles inspecionavam o último, o general, depois de nomear modestamente algumas das distintas personalidades com cujas presenças a casa se vira por vezes honrada, voltou-se para Catherine, com semblante sorridente, e aventurou-se a desejar que, dali por diante, entre os primeiros visitantes da abadia estivessem "os nossos amigos de Fullerton". Ela foi sensível àquela inesperada cortesia e lamentou profundamente a impossibilidade de ver com bons olhos um homem que era tão gentil com ela e que se referia com tanta civilidade a toda a sua família.

O corredor terminava em portas de dobradiça, que a srta. Tilney, avançando, abrira e atravessara. Ela parecia estar prestes a fazer o mesmo na primeira porta à esquerda, na direção de mais uma longa passagem, quando o general, aproximando-se, chamou-a de volta bruscamente e, com certa agressividade (segundo pareceu a Catherine), perguntou para onde ela estava indo. O que mais havia para ver, ali? A srta. Morland já não vira tudo o que era digno de sua atenção? E ela não supunha que sua amiga poderia desejar um refresco, depois de tanto exercício?

A srta. Tilney logo recuou, e as pesadas portas se fecharam por trás da mortificada Catherine, que, tendo visto adiante, num vislumbre momentâneo, uma passagem mais estreita, aberturas mais numerosas e indícios de uma escada em espiral, acreditou que tinha a seu alcance, afinal, algo que era digno de sua atenção. Ela sentiu, retornando a contragosto pelo corredor, que gostaria muito mais de ter autorização para examinar aquela extremidade do que de ver todos os vistosos ornamentos do restante da casa. O evidente desejo do general de impedir tal exame era um estímulo adicional. Certamente existia alguma coisa escondida; a imaginação de Catherine, mesmo que a tivesse logrado uma ou duas vezes recentemente, não podia iludi-la aqui; e uma breve frase da srta. Tilney pareceu revelar o que era essa coisa oculta, enquanto elas desciam as escadas um pouco atrás do general:

– Eu queria mostrar à senhorita o quarto que foi de minha mãe... o quarto em que ela morreu...

Tais foram todas as suas palavras; por poucas que fossem, transmitiram páginas de informação para Catherine. Não era de se admirar que o general retrocedesse diante dos objetos que aquele quarto devia conter; um quarto no qual muito possivelmente ele jamais ingressara desde que ocorrera a terrível cena que libertou sua moribunda mulher e o entregou aos suplícios da consciência.

Ela arriscou-se, quando ficou sozinha outra vez com Eleanor, a manifestar seu desejo de que lhe fosse permitido ver o quarto, assim como todo o resto daquele lado da casa; e Eleanor prometeu que a levaria até lá logo que surgisse oportunidade. Catherine a compreendeu: teriam de ver o general saindo de casa para que pudessem entrar naquele aposento.

– O quarto não foi modificado, eu suponho – disse ela, num tom compassivo.

– Não, de modo algum.

– E quanto tempo atrás sua mãe faleceu?

– Já se passaram nove anos desde que ela morreu.

E nove anos, Catherine sabia, era um tempo irrisório se comparado ao período que geralmente se passava, depois da morte de uma esposa maltratada, até que seu quarto fosse colocado em ordem.

– A senhorita esteve com ela, eu suponho, até o último instante?

– Não – disse a srta. Tilney, suspirando. – Eu não estava em casa, infelizmente. A doença foi súbita e breve; quando cheguei, já estava tudo acabado.

O sangue de Catherine gelou com as pavorosas sugestões que emanaram naturalmente de tais palavras. Seria possível? Poderia o pai de Henry...? E contudo eram tantos os exemplos que justificavam até mesmo as mais negras suspeitas! E naquela mesma noite, enquanto trabalhava com sua amiga, quando o viu lentamente caminhando de um lado ao outro pela sala de visitas, ao longo de uma hora inteira, em silenciosa meditação, com os olhos no chão e fronte enrugada, teve certeza absoluta de que a interpretação que fizera não podia estar errada. Ele tinha a aparência e a atitude de um Montoni! Nada poderia expor com mais clareza as soturnas maquinações de uma mente na qual não morrera totalmente um senso de humanidade e que recordava, amedrontada, cenas de um passado criminoso. Miserável homem! Com grande ansiedade em seu espírito, Catherine olhava para ele tão repetidamente que chamou a atenção da srta. Tilney.

– Meu pai – ela sussurrou – costuma andar assim pela sala, não é nada incomum.

"Tanto pior!", pensou Catherine; aquele exercício fora de hora assemelhava-se ao estranho despropósito de suas caminhadas matinais e não prenunciava nada de bom.

Depois de uma noite fastidiosa e aparentemente interminável, que a fez constatar, acima de tudo, o quanto era importante a presença de Henry, ela ficou mais do que satisfeita ao ser dispensada. Com um olhar discreto, que não deveria ter sido notado pela hóspede, o general mandou sua filha soar a sineta. Quando o mordomo quis acender a vela de seu patrão, no entanto, não teve permissão. O general não iria se recolher.

– Tenho muitos panfletos por terminar – ele disse para Catherine – antes que possa fechar meus olhos, e talvez ainda rumine por horas sobre questões nacionais enquanto a senhorita já estiver dormindo. Haverá uma ocupação mais apropriada para nós dois? *Meus* olhos ficarão quase cegos pelo bem dos outros, e o *seus* estarão se preparando, no descanso, para seduções futuras.

Mas nem a tarefa alegada e nem o magnífico elogio puderam derrotar o pensamento de Catherine de que decerto algum objetivo muito diferente exigia esse grave adiamento do repouso adequado. Perder tempo com panfletos estúpidos, por horas a fio, com a família na cama, era bastante improvável. Existia certamente um motivo mais forte: o general precisava fazer algo que só poderia ser feito enquanto a casa inteira dormia; e a probabilidade de que a sra. Tilney estivesse ainda viva, aprisionada por causas desconhecidas, recebendo das impiedosas mãos de seu marido um suprimento noturno de comida intragável, foi a conclusão que necessariamente adveio. Por mais espantosa que fosse, tal ideia era melhor, ao menos, do que uma morte injustamente precipitada, e, no decorrer natural do tempo, ela acabaria por ser libertada. O caráter brusco de sua suposta doença, a ausência de sua filha e provavelmente de seus outros filhos na ocasião – tudo favorecia a hipótese de seu aprisionamento. A causa – ciúme, talvez, ou crueldade gratuita – ainda tinha de ser decifrada.

Ponderando tais questões enquanto se despia, Catherine concluiu de repente que era bem possível que naquela manhã tivesse passado perto do exato local de confinamento da desgraçada mulher – que tivesse ficado a poucos passos da cela em que ela definhava aos poucos –, pois que parte da abadia serviria melhor a tal propósito do que aquela que ostentava ainda vestígios de divisão monástica? Naquele corredor abobadado, pavimentado com pedras que ela pisara com peculiar intimidação, ela bem recordava ter visto as portas cuja função o general não elucidara. Que segredos essas portas não guardariam? Em socorro à plausibilidade de tal conjectura, ocorreu-lhe também que a galeria proibida na qual ficavam os aposentos da desgraçada sra. Tilney devia estar situada, se sua memória não lhe falhava, exatamente acima dessa presumida série de celas, e que a escada ao lado dos aposentos, da qual captara um ligeiro vislumbre, poderia muito bem ter favorecido os bárbaros procedimentos do marido, oferecendo alguma espécie de comunicação secreta com as celas. Ela fora carregada para baixo, talvez, por aquela escada, num estado de providencial inconsciência!

Catherine por vezes sobressaltava-se com a ousadia de suas próprias suposições e por vezes desejava ou temia ter ido longe demais; elas eram amparadas, contudo, por evidências que as faziam incontornáveis.

Segundo lhe parecia, o lado do quadrângulo onde estava localizado o suposto palco da cena criminosa se defrontava com o lado em que ficava seu quarto, e ela foi assaltada pela ideia de que, numa atenta vigilância, alguns raios de luz da lamparina do general poderiam bruxulear por entre as janelas mais baixas quando ele se dirigisse à prisão de sua esposa. Duas vezes, antes de se deitar, ela saiu furtivamente do quarto e foi até a janela correspondente no corredor, para ver se surgiria a luz; mas lá fora estava tudo escuro, e decerto era ainda muito cedo. Os vários ruídos que lhe chegavam convenceram-na de que os criados seguiam trabalhando. Considerou que seria inútil fazer vigilância antes da meia-noite; mas depois, quando o relógio batesse doze horas e tudo estivesse quieto, ela sairia furtivamente, caso superasse a tenebrosa escuridão, e olharia mais uma vez. O relógio bateu doze horas – e Catherine já estava dormindo havia meia hora.

# Capítulo 24

O DIA SEGUINTE NÃO proporcionou qualquer oportunidade para a planejada investigação dos misteriosos aposentos. Era domingo, e todo o período entre os serviços religiosos da manhã e da tarde foi empregado, por requerimento do general, em exercícios ao ar livre ou no consumo de carnes frias em casa; e por mais que crescesse a curiosidade de Catherine, sua coragem não foi tão intensa quanto o desejo de explorá-los depois do jantar, nem sob a luz agonizante que vinha do céu entre as seis e as sete horas e tampouco sob a claridade restrita, porém mais forte, de uma lamparina traiçoeira. O dia não foi marcado, portanto, por nada que despertasse seu interesse, com exceção de um magnífico monumento dedicado à memória da sra. Tilney, adjacente ao compartimento da família na igreja. O monumento atraiu seu olhar imediatamente e o reteve por longo tempo. A leitura do afetadíssimo epitáfio, no qual inúmeras virtudes eram atribuídas a ela pelo inconsolável marido, que certamente lhe destruíra a vida de um modo ou de outro, fez com que Catherine derramasse lágrimas comovidas.

Que o general, tendo erigido tal monumento, fosse capaz de o encarar, não era, talvez, tão estranho; no entanto, que conseguisse sentar-se com tamanha serenidade junto a ele, manter uma compostura tão altiva, olhar em volta de maneira tão destemida, ora, que chegasse a entrar na igreja, tudo isso era espantoso aos olhos de Catherine. Não que não existissem muitos casos de criaturas igualmente endurecidas pela culpa. Ela lembrava-se de dezenas que haviam perseverado em todos os vícios possíveis, progredindo de crime em crime, assassinando quem lhes cruzasse o caminho sem qualquer sentimento de humanidade ou remorso; até que uma morte violenta ou um retiro religioso encerrasse suas sinistras carreiras.

A própria existência do monumento não chegava a enfraquecer suas dúvidas sobre a verdadeira doença da sra. Tilney. Se pudesse entrar na catacumba da família, onde supostamente descansavam as cinzas da falecida, se contemplasse o caixão no qual, segundo se dizia, elas estavam guardadas – que proveito isso traria? Catherine já lera muitos livros para não ter perfeita consciência da facilidade com que um boneco de cera podia ser utilizado na encenação de um funeral fraudulento.

O dia seguinte amanheceu com melhores auspícios. A caminhada matutina do general, despropositada em todos os outros aspectos, era agora propícia; e quando soube que ele saíra de casa, ela solicitou imediatamente à srta. Tilney que cumprisse sua promessa. Eleanor obedeceu prontamente. No caminho, Catherine a fez recordar outra promessa. Assim, a primeira parada ocorreu no quarto da amiga, diante do retrato. Ele representava uma mulher adorável, de semblante meigo e pensativo, o que justificava, até ali, as expectativas de sua nova observadora; mas não houve resposta para tudo, porque Catherine acreditara que veria uma aparência, um ar e uma compleição que seriam a contraparte exata, a imagem exata, se não de Henry, de Eleanor; nos retratos em que costumava pensar, havia sempre uma grande semelhança entre mãe e filha. A imagem de um rosto perdurava por gerações. Aqui, porém, ela se viu obrigada a observar e refletir e examinar, na busca por alguma similitude. Ela contemplou o quadro, no entanto, apesar do revés, com forte emoção e, não houvesse um interesse maior, não teria tirado os olhos dele tão cedo.

Sua agitação quando elas entraram no grande corredor era forte demais para que tentasse conversar; ela só conseguia olhar para a companheira. O rosto de Eleanor se mostrava abatido, mas impassível; tal compostura revelava uma familiaridade com todos os lúgubres objetos na direção dos quais elas avançavam. Outra vez ela passou pelas portas sanfonadas, outra vez sua mão tocou a memorável fechadura, e Catherine, mal podendo respirar, virou-se para fechar as portas, com temerosa cautela, quando o vulto, o medonho vulto do general apareceu em sua visão, na extremidade do corredor! No mesmo instante, no mais alto tom de voz, o nome "Eleanor" ressoou pelo prédio; o general apresentava para a filha, assim, a primeira intimação de sua presença, e para Catherine, um terror infinito. Seu primeiro movimento, ao ver o vulto, foi o de tentar esconder-se, mas mal tinha esperança de que houvesse passado despercebida aos olhos dele. Quando sua amiga passou por ela às pressas, com um pedido de desculpas no olhar, e desapareceu na companhia do pai, ela correu para o refúgio de seu próprio quarto e, chaveando a porta, pensou que jamais teria coragem de descer novamente. Permaneceu ali por pelo menos uma hora, na maior das aflições, comiserando-se profundamente pela situação de sua pobre amiga e aguardando ela mesma que o general a convocasse para um encontro privado. Mas não houve convocação nenhuma, entretanto; e por fim, ao avistar uma carruagem que se aproximava da abadia, reuniu coragem para descer e se defrontar com ele sob a proteção dos recém-chegados. A sala de desjejum se animara com os visitantes, e Catherine lhes foi apresentada pelo general como amiga de sua filha. Ele utilizou palavras lisonjeiras, que ocultaram muito bem sua ira rancorosa, e ela sentiu que naquele momento, ao menos, sua vida não corria perigo. Eleanor, por sua vez, demonstrando um autocontrole que validava seus receios quanto ao caráter do general, aproveitou a primeira oportunidade para lhe dizer:

– Meu pai queria apenas que eu respondesse um bilhete.

E Catherine começou a ter esperança de que não fora vista pelo general, ou de que deveria ser levada a pensar assim em função de alguma estratégia ardilosa. Tendo isso em mente, atreveu-se a permanecer na companhia dele quando os visitantes se foram, e não ocorreu nada que abalasse sua convicção.

No decorrer das reflexões dessa manhã, Catherine decidira que faria sozinha sua próxima expedição à porta proibida. Seria melhor, em todos os aspectos, que Eleanor não soubesse de nada. Submetê-la ao risco de um segundo flagrante, fazê-la entrar num aposento que decerto lhe cortava o coração – uma amiga não podia proceder assim. A fúria do general seria menos acerba com ela do que com sua filha; além de tudo isso, seria mais proveitoso empreender a investigação sem companhia. Seria impossível dar a Eleanor uma explicação sobre suspeitas de cujo conhecimento, ao que tudo indicava, ela estivera felizmente livre até então; e assim Catherine não poderia, na presença *da amiga*, procurar por indícios da crueldade do general, os quais, por mais que tivessem escapado de qualquer descoberta, ela acreditava que acabariam vindo à tona sob a forma de algum diário fragmentado, mantido até o último suspiro. Quanto ao caminho que levava ao aposento, Catherine o dominava com perfeição. Como ela queria cumprir sua missão antes do retorno de Henry, que era esperado para o dia seguinte, não podia perder tempo. O dia estava claro, e sua coragem era imensa; às quatro da tarde o sol estava duas horas acima do horizonte, e ela só precisaria se retirar para trocar de vestido meia hora mais cedo do que o habitual.

Catherine seguiu seu plano; os relógios soavam ainda e ela já estava no corredor, sozinha. Não havia tempo para reflexões. Ela acelerou o passo, deslizou do modo mais silencioso pelas portas de dobradiça e, sem parar para olhar em volta ou respirar, correu até a porta em questão. A fechadura cedeu em sua mão e, afortunadamente, não emitiu nenhum som funesto que pudesse alarmar um ser humano. Catherine entrou na ponta dos pés. O interior do aposento descortinou-se, mas passaram-se alguns minutos até que ela arriscasse outro passo. Contemplou o cenário que a fixava no chão e a perturbava por inteiro. O que viu foi um quarto amplo e bem-proporcionado, uma bonita cama com fustão listrado que parecia fora de uso e arranjada por arrumadeira, uma brilhante lareira Bath, guarda-roupas de mogno e cadeiras magnificamente pintadas, nas quais incidiam, festivos, os tépidos raios de um sol poente, filtrados por duas janelas de guilhotina! Catherine alimentara uma expectativa de que seus sentimentos seriam abalados, e abalados eles foram. O pasmo e a dúvida tomaram conta deles a princípio, e um subsequente raio de bom-senso adicionou amargas doses de vergonha. Ela não poderia estar enganada em relação ao quarto. Mas como se enganara no resto! No significado das palavras da srta. Tilney, em suas próprias conjecturas! Este aposento, ao qual determinara uma data tão remota, uma posição tão tenebrosa, provou ser uma extremidade da ala que o pai do general construíra. Existiam duas outras portas no cômodo, que levavam, provavelmente, a quartos de vestir; mas ela não quis abrir nenhuma delas. Estariam ali ainda o véu com o qual a sra. Tilney caminhara pela última vez, ou o último livro que lera, anunciando aquilo que não se podia sequer sussurrar? Não: quaisquer que fossem os crimes do general, ele certamente era astucioso demais para deixar-se apanhar. Catherine estava cansada de suas investigações; queria apenas retornar ao refúgio de seu quarto, tendo apenas seu coração como confidente daquele desatino; e estava prestes a retroceder, furtiva como entrara, quando um soar de passos, de origem indefinível, fez com que ela parasse, estremecendo. Ser encontrada ali, mesmo que fosse por um criado, seria um tanto desagradável; mas pelo general (e ele parecia estar sempre por perto quando menos se desejava sua presença) seria muito pior! Ela prestou atenção – o som cessara. Decidindo que não perderia um único segundo, atravessou o quarto e fechou a porta. Naquele mesmo instante, uma porta foi subitamente aberta no andar de baixo; aparentemente alguém vinha subindo a escada com passos apressados, e Catherine teria de passar pelo topo dessa escada antes de alcançar o corredor. Ela não tinha forças para se mover. Com uma vaga sensação de terror, fixou seus olhos na escadaria, da qual saiu, logo em seguida, o vulto de Henry.

– Sr. Tilney! – ela exclamou, num tom de voz que revelava um espanto desmesurado; ele também parecia estar espantado. – Santo Deus! – prosseguiu, sem dar ouvidos à fala do cavalheiro. – Como chegou aqui? Por que subiu essa escada?

– Por que subi essa escada? – retrucou ele, com enorme surpresa. – Porque é o caminho mais curto entre os estábulos e o meu quarto. E por que não a subiria?

Catherine se recompôs, corou e não soube dizer mais nada. Henry parecia procurar, no semblante dela, a explicação que seus lábios não forneciam. Ela tomou o caminho do corredor.

– E não posso eu, por minha vez – disse ele, enquanto fechava as portas de dobradiça –, perguntar como *a senhorita* veio parar aqui? Esta passagem, como ligação entre a sala de desjejum e o seu aposento, é no mínimo tão extraordinária quanto o caminho entre os estábulos e o meu.

– Eu fui ver – disse Catherine, baixando os olhos – o quarto de sua mãe.

– O quarto de minha mãe! E há para se ver nele alguma coisa extraordinária?

– Não, não há nada. Pensei que o senhor só fosse voltar amanhã.

– Eu não esperava ter condições de regressar antes, quando parti. Mas três horas atrás tive o prazer de descobrir que nada me detinha. A senhorita está pálida. Creio que a deixei assustada ao subir correndo as escadas. Talvez a senhorita não soubesse... não estivesse ciente de que elas se conectam ao setor de manutenção.

– Não, não estava ciente. O senhor teve um belo dia para viajar.

– É verdade. E Eleanor, então, permite que a senhorita perambule sozinha, perdida, por todos os aposentos da casa?

– Não! Ela me mostrou quase tudo no sábado... e nós estávamos vindo para os aposentos deste lado... porém... – (baixando a voz) – o seu pai estava conosco.

– E isso as impediu. – disse Henry, olhando para ela com seriedade. – A senhorita já viu todos os aposentos nessa passagem?

– Não, eu só queria ver... Já não está muito tarde? Preciso ir me vestir.

– São apenas quatro e quinze – (mostrando seu relógio) –, e a senhorita não está mais em Bath. Não há teatro, não há salões para os quais se preparar. Em Northanger, meia hora deve bastar.

O fato era incontestável, e Catherine, portanto, não teve opção senão permanecer, embora seu temor por novos questionamentos a fizesse, pela primeira vez desde que o conhecera, querer fugir de Henry. Eles caminharam lentamente corredor acima.

– A senhorita recebeu alguma carta de Bath desde que a vi pela última vez?

– Não, e fico muito surpresa com isso. Isabella prometeu com tanta fidelidade que escreveria o quanto antes.

– Prometeu com tanta fidelidade! Uma promessa fiel! É intrigante. Já ouvi falar de uma performance fiel. Uma promessa fiel, porém... a fidelidade do ato de prometer! Trata-se de um poder que não vale a pena compreender, entretanto, já que ele pode nos enganar e nos causar dor. O quarto de minha mãe é bastante cômodo, não é? Espaçoso, alegre, e os quartos de vestir dispostos de um modo tão apropriado! Sempre o considerei o aposento mais confortável da casa, e me deixa perplexo o fato de que Eleanor não o queira para si. Ela mesma sugeriu à senhorita que fosse vê-lo, eu suponho.

– Não.

– A senhorita tomou sozinha essa iniciativa?

Catherine não disse nada. Depois de um breve silêncio, durante o qual Henry olhou fixamente para ela, ele acrescentou:

– Como não há no quarto nenhum objeto que possa despertar curiosidade, a senhorita certamente se deixou levar por um sentimento de respeito pelo caráter de minha mãe, a partir da descrição de Eleanor, o que é uma honra à memória dela. Creio que o mundo jamais viu uma mulher mais virtuosa. Mas não é sempre que a virtude pode se gabar de um interesse como esse. Os singelos méritos familiares de uma pessoa jamais conhecida não costumam gerar esse tipo de ternura fervorosa e reverente que estimula uma visita como a sua. Eleanor, eu suponho, falou muito sobre ela.

– Sim, muito. Ou melhor... não, nem tanto, mas o que chegou a dizer foi muito interessante. A morte tão repentina... – (Catherine falava devagar, com hesitação) – e vocês... nenhum de vocês estando em casa... e o seu pai, eu pensei... talvez não gostasse muito dela.

– E a partir de tais circunstâncias – ele retrucou (sem tirar dela seus olhos perspicazes) –, a senhorita deduz a probabilidade de alguma negligência... de alguma... – (ela balançou a cabeça involuntariamente) – ou até mesmo... de algo mais imperdoável ainda.

Catherine olhou para ele com uma ânsia que jamais demonstrara.

– A enfermidade de minha mãe – ele continuou –, a disfunção que acabou por matá-la, *foi* mesmo repentina. A doença em si, da qual ela sofria com frequência, era uma febre biliosa, a causa vindo, portanto, de sua constituição física. No terceiro dia, para resumir, assim que pôde ser persuadida, ela foi atendida por um médico, um homem muito respeitável, no qual ela sempre depositara muita confiança. O médico considerou que ela corria perigo; dois outros foram chamados no dia seguinte e prestaram por 24 horas um atendimento quase constante. No quinto dia ela morreu. Durante o progresso da moléstia, Frederick e eu (*estávamos* ambos em casa) a vimos repetidas vezes; e a partir de nossa própria observação podemos testemunhar que ela recebeu todas as atenções possíveis que lhe poderiam ser dedicadas pela afeição dos que a cercavam ou que sua situação de vida poderia exigir. A pobre Eleanor *estava* ausente, e a uma distância tão grande que, quando retornou, só pôde ver sua mãe no caixão.

– Mas o seu *pai* – disse Catherine –, ele se afligiu muito?

– Muitíssimo, por algum tempo. A senhorita enganou-se ao supor que meu pai não gostava dela. Ele amava minha mãe, estou certo disso, tanto quanto lhe era possível (nem todos temos, a senhorita sabe, o mesmo temperamento afetuoso), e não tenho a pretensão de afirmar que, enquanto viveu, ela não tenha sofrido muitas afrontas; mas mesmo que ele a ferisse com seu comportamento, sua estima por ela jamais se alterou. Seu apreço por ela era sincero e, embora tenha superado o sofrimento, ficou verdadeiramente abatido com a morte dela.

– Se é assim, fico muito feliz – disse Catherine. – Seria uma coisa tão horrível...

– Se entendi corretamente, a senhorita imaginou uma história tão pavorosa que sequer posso descrever... Cara srta. Morland, considere a natureza tenebrosa das suspeitas que lhe passaram pela cabeça. Quais eram as suas premissas? Lembre-se do país e do século em que vivemos. Lembre-se de que somos ingleses, de que somos cristãos. Consulte o seu próprio discernimento, a sua própria noção das probabilidades, a sua própria observação do que se passa em volta. A nossa educação nos conduz a tais atrocidades? As nossas leis são coniventes com elas? É possível que sejam perpetradas e permaneçam ignoradas, num país como este, onde as relações sociais e literárias estão de tal forma avançadas, onde cada homem vive cercado por uma vizinhança de espiões voluntários e onde estradas e periódicos escancaram tudo? Minha caríssima srta. Morland, que ideias sua fantasia admitiu?

Eles haviam chegado ao fim do corredor e, com lágrimas de vergonha, Catherine correu para o seu quarto.

# Capítulo 25

As visões românticas se acabaram. Catherine despertara completamente. Por mais breve que tivesse sido, o discurso de Henry abrira seus olhos, muito mais do que os diversos contratempos recentes, para todas as fantasiosas extravagâncias que vinha imaginando. Do modo mais doloroso ela sentiu-se humilhada. Do modo mais amargo ela chorou. Catherine não estava triste apenas consigo mesma, mas também por causa de Henry. Seu desatino, que parecia até mesmo criminoso agora, estava exposto por inteiro, e ele certamente a desprezaria para sempre. A liberdade que sua imaginação ousara tomar em relação ao caráter de seu pai – ele a perdoaria por isso algum dia? O teor absurdo de sua curiosidade e de seus temores – isso poderia ser esquecido algum dia? Catherine sentia por si mesma um ódio que não era capaz de expressar. Henry demonstrara, ao menos aparentemente, em uma ou duas ocasiões antes daquela manhã fatal, alguma espécie de afeição por ela. Mas agora... Em resumo, ela sentiu-se a mais infeliz das criaturas por cerca de meia hora, desceu quando o relógio bateu cinco horas, com o coração em pedaços, e mal pôde fornecer uma resposta inteligível quando Eleanor quis saber se ela estava bem. O aterrador Henry apareceu na sala logo depois, e a única diferença, em seu comportamento para com ela, foi a de que lhe deu muito mais atenção do que habitualmente. Catherine nunca quis tanto ser consolada, e ele parecia ter consciência disso.

A noite desenrolou-se sem qualquer redução dessa balsâmica cortesia, e seu espírito foi assumindo, gradualmente, uma modesta tranquilidade. Ela não chegou a esquecer ou aceitar o passado, mas conquistou a esperança de que seu desatino não seria difundido e não lhe custaria uma perda irrecuperável da estima de Henry. Como seus pensamentos se concentravam principalmente no que ela sentira e fizera ao se deixar levar por um terror sem causa, logo lhe veio a certeza de que tudo não passara de uma ilusão que ela forjara voluntariamente, cada circunstância insignificante sendo sobrevalorizada por uma imaginação propensa ao alarme. Tudo isso forçosamente ajustado num único propósito por uma mente que, antes mesmo de entrar na abadia, implorava por sustos. Ela lembrou-se dos sentimentos com os quais se preparara para conhecer Northanger. Compreendeu que a obsessão se formara, que sua maldade ganhara corpo muito antes de ela ter saído de Bath, e tudo se devia, aparentemente, à influência daquela espécie de leitura à qual se entregara.

Por mais adoráveis que fossem todas as obras da sra. Radcliffe, e por mais adoráveis que fossem as obras de todos os seus imitadores, não era nelas, talvez, ao menos nos condados centrais da Inglaterra, que devia ser procurada a natureza humana. Dos Alpes e dos Pirineus, com seus pinhais e seus vícios, essas obras poderiam fornecer um esboço fiel; e os tantos horrores que elas retratavam talvez fossem de fato abundantes na Itália, na Suíça e no sul da França. Catherine não ousava lançar dúvidas sobre regiões da Inglaterra que não fossem a sua e, se não lhe restasse saída, concederia as extremidades norte e oeste. Na região central do país, porém, até mesmo uma esposa não amada dispunha de razoáveis condições de segurança nas leis da terra, nos costumes do tempo. O assassinato não era tolerado, criados não eram escravos, e nem veneno e tampouco poções soníferas eram vendidas como se fossem ruibarbo por todos os boticários. Nos Alpes e nos Pirineus talvez não existissem temperamentos indefinidos, e os que não fossem imaculados como anjos talvez tivessem na alma uma índole diabólica. Na Inglaterra, porém, não era assim. Entre os ingleses, Catherine pensava, em seus corações e nos seus hábitos, existia uma mistura generalizada, embora desigual, de bondade e maldade. Tendo em mente essa convicção, ela não ficaria surpresa se mesmo em Henry ou Eleanor aparecesse, dali por diante, alguma leve imperfeição; e tendo em mente essa convicção, não temeria admitir a existência de máculas verdadeiras no caráter do general, de quem, embora estivesse livre das suspeitas grosseiras e ofensivas cuja cogitação jamais deixaria de envergonhá-la, ela não podia dizer, refletindo seriamente, que fosse perfeitamente amável.

Tendo solucionado essas várias questões e decidido que suas opiniões e ações seriam sempre guiadas por impecável bom-senso no futuro, só lhe restava perdoar a si mesma e ser feliz como nunca; e a clemente mão do tempo a favoreceu muito, em gradações insensíveis, no decorrer de um novo dia. A conduta espantosamente generosa e nobre de Henry, que de modo algum aludiu ao que se passara, foi de grande auxílio para ela; e com mais antecedência do que poderia ter imaginado no início de sua tribulação, seu espírito serenou-se por inteiro e tornou-se capaz, como outrora, de seguir melhorando diante de qualquer coisa que ele dissesse. Alguns assuntos, sem dúvida, sempre a estremeceriam – a menção de uma arca ou de um armário, por exemplo –, e ela já não tinha muito apreço por nenhuma espécie de verniz amarelo; mas *ela mesma* reconhecia que uma ocasional lembrança de seus desatinos passados, por mais dolorosa que fosse, não deixaria de ter utilidade.

As ansiedades da vida comum logo começaram a suplantar os temores românticos. O desejo de receber notícias de Isabella crescia diariamente. Catherine estava um tanto impaciente por saber como andavam as coisas em Bath e o que vinha ocorrendo nos salões; e estava especialmente ansiosa pela confirmação de que sua amiga cumprira a incumbência de encontrar para ela um belíssimo tecido de bordar e de que continuava em bons termos com James. Isabella era sua única correspondente, quaisquer que fossem as informações. James afirmara que não escreveria antes de retornar a Oxford, e a sra. Allen não lhe dera sinal de que mandaria notícias até que voltasse a Fullerton. Mas Isabella prometera e prometera outra vez; e quando ela fazia uma promessa, era tão escrupulosa na execução! Seu silêncio era tão particularmente estranho!

Por nove manhãs sucessivas, Catherine refletiu sobre a repetição de um desapontamento que se tornava mais severo a cada manhã; na décima, porém, quando entrou na sala de desjejum, a primeira coisa que viu foi uma carta, estendida pela mão prestimosa de Henry. Agradeceu calorosamente, como se ele mesmo a tivesse escrito.

– Ora, quem me escreveu foi James – (reconhecendo a letra do irmão).

Ela abriu a carta, que vinha de Oxford com a seguinte finalidade:

Querida Catherine,

Deus é testemunha de que mal tenho disposição para escrever, mas creio que é minha obrigação comunicar a você está tudo acabado entre a srta. Thorpe e mim. Ontem deixei Bath e ela para trás, e jamais os verei novamente. Não entrarei em pormenores – que lhe seriam apenas dolorosos. Você logo saberá, por outra fonte, onde reside a culpa; e absolverá seu irmão por tudo, menos pela loucura de ter acreditado, com tamanha facilidade, que seu afeto era correspondido. Graças a Deus! Fui desiludido a tempo! Mas o golpe é duro! Quando já tínhamos o generoso consentimento de meu pai... mas paremos por aqui. Ela arruinou minha vida para sempre! Mande notícias o quanto antes, Catherine; você é minha única amiga, seu amor é meu porto seguro. Espero que sua estadia em Northanger já esteja encerrada quando o capitão Tilney anunciar seu noivado, ou você enfrentará uma situação desconfortável. O pobre Thorpe está na cidade; não posso sequer pensar em vê-lo; seu coração sincero sofreria muito. Escrevi para ele e para o meu pai. O fingimento dela me machuca mais do que tudo. Até o último instante, se eu tentava argumentar, ela declarava gostar de mim tanto quanto antes e ria de meus temores. É humilhante pensar que tolerei tudo isso por tanto tempo; se alguma vez, porém, existiu um homem com motivos para crer que era amado, esse homem era eu. Nem mesmo agora consigo entender quais eram as intenções dela, pois não era necessário enganar-me para que Tilney fosse seduzido. Separamo-nos de comum acordo, por fim – eu seria tão feliz se não tivéssemos nos conhecido! Espero que jamais apareça em minha vida outra mulher assim! Amada Catherine, tome muito cuidado ao entregar seu coração.

Do seu... etc.

Catherine não lera sequer três linhas e seu semblante se alterou subitamente. Ligeiras exclamações de admiração pesarosa revelaram que recebia notícias desagradáveis. Henry, olhando atentamente para ela durante toda a leitura, viu com clareza que a carta não terminava melhor do que começara; não chegou nem mesmo a transparecer sua surpresa, no entanto, porque seu pai apareceu na sala. O desjejum teve início imediatamente, mas Catherine mal pôde tocar na comida. Lágrimas cobriam seus olhos e até mesmo correram por seu rosto em meio à refeição. A carta ficou por um momento em sua mão, depois em seu colo, depois em seu bolso, e ela parecia não saber o que estava fazendo. O general, entre seu chocolate e seu jornal, felizmente não tinha tempo para prestar atenção nela. Para os outros dois, porém, a perturbação de Catherine era bastante visível. Assim que se atreveu a retirar-se da mesa, ela correu para o seu quarto, mas as criadas estavam trabalhando nele; não teve alternativa senão descer novamente. Dirigiu-se à sala de visitas em busca de privacidade, mas Henry e Eleanor haviam escolhido o mesmo local e travavam, naquele momento, uma séria discussão a respeito dela. Catherine recuou, tentando se desculpar, mas com gentil insistência foi forçada a retornar. Eleanor expressou o desejo de oferecer conselhos e consolo, e os irmãos então se retiraram.

Após meia hora de livre abandono em desgosto e reflexão, Catherine sentiu que já tinha condições de rever seus amigos; se deveria lhes revelar seu tormento, essa era outra questão. Se fosse questionada a respeito, talvez lhes desse somente uma ideia – somente uma vaga sugestão –, e nada mais. Expor uma amiga, a amiga que Isabella havia sido para ela – e o irmão deles estando tão diretamente envolvido! Ela concluiu que deveria fugir totalmente do assunto. Henry e Eleanor estavam sozinhos na sala de desjejum, e os dois a encararam ansiosamente quando ela entrou. Catherine tomou seu lugar na mesa e, depois de um breve silêncio, Eleanor disse:

– Não são ruins as notícias que chegam de Fullerton, eu espero? O sr. e a sra. Morland, seus irmãos e irmãs, estão todos bem de saúde?

– Sim, muito obrigada – (suspirando enquanto falava) –, estão todos muito bem. A carta que recebi foi enviada de Oxford por meu irmão.

Nada mais foi dito durante alguns minutos, e então, falando entre lágrimas, ela acrescentou:

– Creio que nunca mais desejarei receber uma carta novamente!

– Eu sinto muito – disse Henry, fechando o livro que acabara de abrir. – Se suspeitasse que continha alguma coisa indesejada, eu lhe teria entregado a carta com sentimentos muito diferentes.

– Ela continha algo pior do que qualquer suposição! O pobre James está tão infeliz! Vocês logo saberão por quê.

– Ter uma irmã tão bondosa, tão afetuosa – retrucou Henry, com carinho –, é certamente um consolo para ele, em qualquer tribulação.

– Eu lhes peço um favor – disse Catherine, instantes depois, de maneira agitada. – Se o irmão de vocês estiver vindo para Northanger, avisem-me, para que eu possa ir embora.

– Nosso irmão? Frederick?

– Sim; tenho certeza de que ficarei muito triste por deixá-los tão cedo, mas algo ocorreu, e seria terrível, para mim, permanecer na mesma casa com o capitão Tilney.

Olhando para Catherine com crescente perplexidade, Eleanor interrompeu seu trabalho; mas Henry começou a suspeitar da verdade e proferiu algumas palavras, entre as quais figurou o nome da srta. Thorpe.

– O senhor é muito sagaz! – exclamou Catherine. – Ora essa, adivinhou! E no entanto, quando conversamos a respeito do assunto em Bath, o senhor sequer pensava que tudo terminaria assim. Isabella... não é de se admirar, *agora*, que ela não tenha mandado notícias... Isabella abandonou meu irmão e vai se casar com o irmão de vocês! O senhor teria imaginado tanta inconstância e volubilidade, e tudo o que há de ruim no mundo?

– Quero crer que, no que se refere ao meu irmão, a senhorita esteja mal informada. Quero crer que ele não teve nenhuma participação efetiva no ocasionamento da frustração do sr. Morland. Não é provável que ele se case com a srta. Thorpe. Creio que a senhorita deve estar enganada nesse aspecto. Lamento muito pelo sr. Morland e lamento que uma pessoa estimada pela senhorita esteja infeliz, mas nenhuma parte dessa história me causaria mais espanto do que a hipótese de que Frederick se case com ela.

– Mas é a mais pura verdade. Leia o senhor mesmo a carta de James. Espere... há uma parte... – (recordando, com o rosto vermelho, a última linha).

– A senhorita nos faria o favor de ler em voz alta os trechos que se referem ao meu irmão?

– Não, leia o senhor mesmo – exclamou Catherine, que pensou com mais clareza num segundo instante. – Não sei o que me passou pela cabeça – (corando novamente por ter corado antes) –, James quer apenas me dar um bom conselho.

Ele recebeu de bom grado a carta; tendo lido tudo com grande atenção, devolveu-a dizendo:

– Bem, se é mesmo assim, posso apenas dizer que lamento muito. Frederick não será o primeiro homem a escolher uma esposa de modo não muito sensato, contrariando sua família. Não invejo sua situação, como namorado ou como filho.

A convite de Catherine, a srta. Tilney leu por sua vez a carta. Tendo também manifestado seu desassossego e sua surpresa, começou a perguntar pelas relações e pelos recursos da srta. Thorpe.

– A mãe dela é uma ótima mulher – foi a resposta de Catherine.

– O pai dela era o quê?

– Um advogado, creio eu. Eles moram em Putney.

– É uma família abastada?

– Não, não muito. Não creio que Isabella disponha de qualquer dote. Mas isso não será importante na família de vocês: o general é tão generoso! Ele me contou outro dia que só valorizava o dinheiro na medida em que seu propósito fosse proporcionar a felicidade de seus filhos.

Irmão e irmã trocaram olhares.

– Todavia – disse Eleanor, depois de uma breve pausa –, autorizá-lo a casar-se com essa garota por acaso lhe proporcionaria felicidade? Trata-se sem dúvida de uma moça sem princípios, caso contrário ela não teria abusado de James dessa maneira. E por parte de Frederick, que paixão estranha! Uma garota que, diante de seus olhos, viola voluntariamente um compromisso firmado com outro homem! Não é algo inconcebível, Henry? Justamente Frederick, que sempre expôs seus sentimentos com tanto orgulho! Que nunca encontrava uma mulher que merecesse seu amor!

– Essa é a circunstância mais desfavorável, a presunção mais forte contra ele. Pensando em certas coisas que Frederick disse no passado, desisto dele. Além disso, levo muito em conta a prudência da srta. Thorpe para supor que ela fosse separar-se de um cavalheiro antes que outro estivesse assegurado. Está tudo acabado para Frederick, de fato! Ele é um homem morto, defunto em seu discernimento. Prepare-se para a sua cunhada, Eleanor, uma cunhada com a qual você ficará encantada! Franca, sincera, inexperiente, desprovida de malícia, moça de sentimentos fortes mas simples, uma garota modesta, que não conhece a dissimulação.

– Uma cunhada assim, Henry, seria sem dúvida encantadora – disse Eleanor, com um sorriso.

– Mas talvez – observou Catherine –, embora tenha se portado mal com nossa família, Isabella se porte melhor com a de vocês. Agora que realmente tem o homem que quer, ela poderá se mostrar mais fiel.

– Temo que sim, na verdade – retrucou Henry. – Temo que será bastante fiel, a menos que um baronete lhe cruze o caminho; é a única chance de Frederick. Vou pegar o jornal de Bath e conferir quem são os recém-chegados.

– O senhor pensa que é tudo por ambição, então? Dou minha palavra: algumas coisas indicam que se trata disso mesmo. Não esqueço que, quando ela soube o que meu pai faria por eles, deu impressão de ficar um tanto desapontada por não ganhar mais. Em toda a minha vida, nunca me enganei tanto em relação ao caráter de uma pessoa.

– De toda a grande variedade de pessoas que a senhorita já conheceu e analisou.

– A perda e a frustração que eu mesma sofri é muito grande; quanto ao pobre James, porém, suponho que jamais vá recuperar-se completamente.

– A situação de seu irmão é certamente lastimável no momento, mas não devemos, em nossa apreensão pelos sofrimentos dele, desprezar os seus. A meu ver, a senhorita sente que, ao perder Isabella, perde metade de si mesma: sente no coração um vazio que nada mais poderá preencher. A vida social vai se tornando aborrecida. Quanto aos divertimentos que vocês costumavam compartilhar em Bath, a própria ideia de desfrutá-los sem ela é detestável. Por exemplo: nada no mundo a faria frequentar um baile. A senhorita sente que já não dispõe de nenhuma amiga com quem pode conversar sem restrições, em cujas atenções pode confiar, com cujos conselhos pode contar, em qualquer dificuldade. Não sente tudo isso?

– Não – disse Catherine, depois de refletir por alguns instantes. – Não sinto; deveria? Para dizer a verdade, embora esteja magoada e abatida, a perspectiva de não sentir mais nada por ela, de nunca mais ter notícias dela, de talvez jamais voltar a vê-la, não é tão, tão imensamente aflitiva quanto se poderia imaginar.

– A senhorita experimenta, é natural, um sentimento que é inerente à natureza humana. Tais sentimentos precisam ser investigados para que sejam melhor conhecidos.

Catherine, por alguma razão, ficou a tal ponto aliviada com a conversa que não pôde se arrepender por ter sido levada, de modo tão inexplicável, a mencionar a circunstância que oprimira seu espírito.

## Capítulo 26

Dali por diante, o assunto foi frequentemente escrutinado pelos três jovens, e Catherine descobriu, com alguma surpresa, que seus dois amigos partilhavam a convicção de que a condição irrelevante e despossuída de Isabella provavelmente seria um grande estorvo no caminho de seu casamento com Frederick. Eles argumentavam que o general, considerando somente esse aspecto, sem levar em conta a objeção que se pudesse fazer ao caráter da garota, rejeitaria a união, e faziam com que os sentimentos de Catherine se voltassem, com certo temor, contra si mesma. Ela era tão insignificante e, talvez, tão desprovida de dote quanto Isabella; e se o herdeiro da família Tilney já não tinha grandeza e patrimônio suficientes para si, em quais alturas repousariam as demandas de seu irmão mais novo? As dolorosíssimas reflexões ocasionadas por tal pensamento só podiam ser dissipadas por uma confiança no efeito daquela particular predileção que, afortunadamente, segundo lhe foi possível deduzir tanto pelas palavras dele quanto por suas ações, ela obtivera do general desde o começo; e pela recordação de alguns pontos de vista muito generosos e desinteressados que ele mais de uma vez manifestara com relação a dinheiro e que a tentavam a pensar que, na consideração de tais assuntos, ele não era compreendido por seus filhos.

Eles estavam tão convencidos, no entanto, de que o irmão não teria coragem de solicitar em pessoa o consentimento do general, e tantas vezes garantiram a Catherine que era mais implausível do que nunca, naquele momento, a vinda dele a Northanger, que ela pôde tranquilizar sua mente quanto a qualquer necessidade de ir embora subitamente. Porém, como não se podia supor que o capitão Tilney, quando quer que ele fizesse seu pedido, fosse passar a seu pai uma ideia justa da conduta de Isabella, ocorreu-lhe o oportuno expediente de que Henry expusesse a questão toda em sua crua verdade, habilitando o general, desse modo, a preparar suas objeções com fundamentos mais legítimos do que a mera desigualdade de recursos. Catherine propôs a ele o expediente, mas Henry não aprovou a medida com a prontidão que ela havia esperado.

– Não – disse ele –, não é preciso dar mais munição ao meu pai, e não há necessidade de antecipar a confissão do desatino de Frederick.

– Mas ele só vai contar a metade.

– Um quarto seria suficiente.

A passagem de um ou dois dias não trouxe notícias do capitão Tilney. Seus irmãos não sabiam o que pensar. Por vezes lhes parecia que aquele silêncio era o resultado natural do presumido noivado, e por vezes o silêncio e o noivado pareciam ser totalmente incompatíveis. O general, enquanto isso, embora se aborrecesse todas as manhãs com a contínua incomunicabilidade de Frederick, não sentia ansiedade alguma em função do filho, e seu mais urgente afã era fazer com que a estadia de Catherine em Northanger transcorresse de modo agradável. Ele com frequencia expressava sua inquietude nesse tópico, temia que a mesmice das companhias e atividades de todos os dias a fizesse desgostar do lugar, desejava que as damas Fraser estivessem na região, falava vez por outra em promover um jantar com muitos convidados, e em uma ou duas ocasiões começou até mesmo a calcular o número de jovens dançantes da vizinhança. Mas aquela era uma época morta do ano, sem aves selvagens, sem caça, e as damas Fraser não estavam na região. Assim, o general acabou dizendo a Henry certa manhã que, quando ele fosse novamente para Woodston, seria apanhado de surpresa por uma visita em algum momento, e que eles comeriam carne de carneiro juntos. Henry ficou muito grato e muito feliz, e Catherine ficou encantada com o plano.

– E o senhor sabe me dizer qual é o dia em que poderei esperar por esse agrado? Preciso estar em Woodston na segunda-feira, para comparecer à reunião paroquial, e provavelmente terei de permanecer por dois ou três dias.

– Pois bem, pois bem, trataremos de ir num desses dias. Não há necessidade de fazer preparativos. Não deixe de cumprir seus compromissos por nenhum motivo. Qualquer coisa que você tiver em casa será suficiente. Creio que posso falar em nome das garotas: elas perdoarão uma mesa de solteiro. Deixe-me ver; a segunda-feira será um dia cheio para você, não iremos nesse dia; e a terça-feira será cheia para mim. Meu agrimensor chegará de Brockham de manhã com seu relatório; e mais tarde não será nem um pouco adequado se eu deixar de comparecer ao clube. Eu não poderia sequer olhar para os meus conhecidos se me afastasse agora, pois, como todos sabem que estou por aqui, isso seria visto como algo extremamente impróprio, e é uma regra minha, srta. Morland, jamais ofender qualquer um dos meus vizinhos quando um pequeno sacrifício de tempo e de atenção pode evitá-lo. Eles são homens muito valorosos. Recebem carne de veado de Northanger duas vezes por ano, e janto com eles sempre que posso. Podemos dizer, portanto, que a terça-feira está fora de questão. Mas creio que na quarta-feira, Henry, você pode esperar por nós. Chegaremos cedo, para que possamos ter tempo de olhar tudo. Duas horas e 45 minutos nos levarão até Woodston, eu suponho; estaremos na carruagem por volta das dez; você pode considerar, portanto, que chegaremos quinze minutos antes da uma hora.

Para Catherine, nem mesmo um baile seria tão bem-vindo quanto essa pequena excursão, tão forte era seu desejo de conhecer Woodston. Seu coração ainda dava saltos de alegria quando Henry, cerca de uma hora depois, com botas e sobretudo, entrou na sala em que ela e Eleanor estavam sentadas e disse:

– Venho aqui, jovens damas, imbuído de uma disposição muito moralizante, com o fim de comentar que nossos prazeres neste mundo cobrarão sempre seu preço, e que muitas vezes os compramos em situação de grande desvantagem, entregando uma felicidade vigente em troca de um projeto futuro que pode acabar não se tornando realidade. Eu mesmo sou prova disso, no presente momento. Visto que esperarei pela satisfação de vê-las em Woodston na quarta-feira, algo que poderá não ocorrer em função de mau tempo ou de vinte outras causas, devo partir imediatamente, dois dias antes do previsto.

– Partir! – disse Catherine, com expressão aflita. – E por quê?

– Por quê? Como a senhorita pode fazer tal pergunta? Porque não há tempo a perder e preciso aterrorizar minha velha governanta, porque preciso preparar um jantar para vocês, ora essa.

– Ah! Não pode ser verdade!

– É uma triste verdade, porque ficar me agradaria muito mais.

– Mas por que proceder assim, depois do que o general disse? Ele pediu ao senhor com tanta insistência que não se desse nenhum trabalho, pois *qualquer coisa* serviria.

Henry apenas sorriu.

– Estou certa de que é um tanto desnecessário, tanto por mim quanto por sua irmã, e o general fez questão de ressaltar que nada de extraordinário precisaria ser providenciado. Além do mais, mesmo que não tivesse dito tudo isso, ele tem sempre excelentes jantares em casa, e uma única refeição mais vulgar não terá importância.

– Eu gostaria muito de poder raciocinar como a senhorita, pelo bem dele e pelo meu. Adeus. Como amanhã é domingo, Eleanor, não retornarei.

Ele se foi; e como em qualquer circunstância era sempre muito mais simples, para Catherine, colocar em dúvida o seu próprio discernimento e não o de Henry, ela logo em seguida se viu obrigada a lhe dar razão, por mais desagradável que fosse sua partida. Ela não parava de pensar, porém, na inexplicabilidade da conduta do general. Já constatara sozinha, com seus próprios olhos, que ele era muito exigente em relação a comida; mas era simplesmente incompreensível que dissesse com tanta firmeza uma coisa e que sua intenção fosse, no fundo, outra! Nesse contexto, como entender as pessoas? Quem, além de seu filho, poderia adivinhar o que o general queria?

Do sábado até quarta-feira, no entanto, elas teriam de ficar sem Henry. Era essa a triste conclusão de todas as reflexões; e a carta do capitão Tilney certamente chegaria em sua ausência; e na quarta-feira, ela tinha certeza, choveria muito. O passado, o presente e o futuro igualavam-se numa mesma treva. Seu irmão tão infeliz, e a perda de Isabella tão grande, e o ânimo de Eleanor sempre afetado pela ausência de Henry! O que mais poderia interessá-la ou distraí-la? Catherine estava cansada das matas e dos arbustos – uma atmosfera tão serena e tão seca. E a própria abadia, agora, não lhe valia mais do que uma casa qualquer. A dolorosa recordação do desatino que o edifício a fizera acalentar e rematar era a única emoção que lhe vinha quando pensava nele. Que revolução em suas ideias! Ela, que tanto ansiara por estar numa abadia! Agora, não havia nada mais sedutor, em sua imaginação, do que o singelo conforto de uma funcional residência paroquial, parecida com Fullerton, porém melhor: Fullerton possuía seus defeitos, e Woodston, provavelmente, não tinha nenhum. A quarta-feira não chegaria nunca!

Pois chegou, exatamente quando se poderia esperar que chegasse. Chegou – com tempo bom –, e Catherine caminhava nas nuvens. Às dez horas, a carruagem de quatro cavalos transportou as duas para fora da abadia. Depois de uma prazerosa viagem de quase vinte milhas, entraram em Woodston, um vilarejo grande e populoso, situado em bela paisagem. Catherine teve vergonha de revelar o quanto julgara bonito o panorama, já que o general parecia pensar que era preciso pedir desculpas pela insipidez da região, pelo tamanho do vilarejo. Em seu coração, contudo, aquele lugar era superior a todos os que jamais vira; ela olhava com grande admiração para todas as belas casas que não pertencessem à categoria dos chalés e para todas as pequenas mercearias pelas quais passavam. Na extremidade mais afastada do vilarejo, e toleravelmente desconectada dele, situava-se a residência paroquial, uma imponente casa de pedra recém-construída, com seu terreno semicircular e seus portões verdes. A carruagem foi se aproximando da porta e Henry, com seus companheiros de solidão, um enorme filhote terra-nova e dois ou três terriers, estava pronto para lhes oferecer a mais calorosa recepção.

A mente de Catherine estava ocupada demais, quando ela entrou na casa, para que pudesse observar ou dizer muita coisa. Até o momento em que o general lhe pediu sua opinião a respeito, nem chegou a formar uma impressão sobre a sala em que estava sentada. Olhando em volta, então, percebeu num instante que aquela era a sala mais confortável do mundo, mas estava cautelosa demais para dizê-lo, e a frieza de seu louvor desapontou o general.

– Não diremos que é uma boa casa – afirmou ele. – Não diremos que se pode compará-la com Fullerton e Northanger; diremos que se trata de uma mera residência paroquial, pequena e limitada, reconhecemos, mas decente, talvez, e habitável; e tão boa quanto a maioria, sem dúvida; ou, em outras palavras, creio que poucas casas paroquiais de campo, na Inglaterra, possuem metade de seus atributos. Algumas melhorias lhe fariam bem, no entanto. Longe de mim dizer que não. E qualquer coisa nos limites do possível... uma sacada em curva, talvez... entretanto, aqui entre nós, se há uma coisa que me causa repugnância é uma sacada improvisada.

Catherine não ouviu esse discurso o bastante para compreendê-lo ou atormentar-se com ele; outros assuntos foram cuidadosamente introduzidos e sustentados por Henry, ao mesmo tempo que uma bandeja cheia de refrescos foi trazida por sua criada. O general logo retomou sua complacência, e Catherine ganhou de volta sua natural paz de espírito.

O aposento em questão era espaçoso, bem-proporcionado, elegantemente mobiliado como sala de jantar. Quando eles saíram para caminhar pelo terreno, Catherine foi conduzida primeiro por um cômodo menor, que pertencia especificamente ao dono da casa e que estava, de momento, excepcionalmente bem-arrumado, e depois pelo aposento que seria a sala de visitas, cujo aspecto, mesmo que não houvesse mobília, agradou Catherine de tal forma que o general pôde se dar por satisfeito. Esse aposento era primoroso, as janelas alcançando o chão, a vista delas muito bonita, embora a paisagem se limitasse a verdes campinas; e ela manifestou seu enlevo, então, com toda a sincera simplicidade de seu juízo.

– Ah! Por que não arruma esta sala, sr. Tilney? Que lástima que não se possa utilizá-la! É a sala mais bonita que já vi; é a sala mais bonita do mundo!

– Acredito – disse o general, com o mais satisfeito dos sorrisos – que ela será mobiliada muito em breve. Falta-lhe somente o bom gosto de uma dama!

– Bem, se esta fosse a minha casa, eu jamais ficaria em qualquer outro lugar. Ah, estou vendo um chalezinho encantador em meio às árvores... ora, são macieiras! É um chalé tão lindo!

– A senhorita gosta dele; é um objeto digno de sua aprovação; isso basta. Henry, certifique-se de que Robinson seja avisado. O chalé permanece.

Essa lisonja reavivou a consciência de Catherine e a silenciou imediatamente. Quando o general lhe pediu, intencionalmente, que escolhesse a cor predominante do papel de parede e dos reposteiros, não pôde obter dela nada que se assemelhasse a uma opinião. A influência do ar fresco e de novos panoramas, no entanto, foi muito útil para que Catherine deixasse de pensar naquelas embaraçosas associações. Tendo chegado à parte ornamental da propriedade, que consistia num caminho que contornava dois lados de uma campina e que recebera os primeiros toques do gênio de Henry mais ou menos meio ano antes, ela já estava suficientemente recuperada e constatou que aquele era o parque mais bonito em que já estivera, mesmo que não se visse nele nenhum arbusto maior do que o banco verde que havia num canto.

Houve um passeio por outras campinas e por parte do vilarejo, com uma visita aos estábulos para examinar algumas melhorias, e uma encantadora brincadeira com uma ninhada de cachorrinhos que mal sabiam rolar pelo chão, e subitamente eram quatro da tarde, quando Catherine não imaginava que já pudessem ser três. O jantar estava previsto para as quatro, e às seis eles partiriam na viagem de retorno. Nunca um dia se passara com tanta rapidez!

Catherine não pôde deixar de perceber que a abundância do jantar não causou, aparentemente, o menor espanto no general; ora, ele chegou a procurar, na mesa lateral, por uma inexistente carne fria. As impressões do filho e da filha foram diferentes. Eles poucas vezes o tinham visto comer com tamanha voracidade numa mesa que não fosse a dele e jamais o tinham visto tão pouco desconcertado com a oleosidade da manteiga derretida.

Às seis horas, o general já tendo bebido seu café, a carruagem os recebeu novamente; ele se comportara de modo tão gratificante durante toda a visita, e tão segura estava Catherine no que dizia respeito às expectativas dele, que, se pudesse ter a mesma confiança em relação aos desejos do filho, ela teria saído de Woodston com pouquíssima ansiedade quanto a *como* ou *quando* retornaria.

# Capítulo 27

A MANHÃ SEGUINTE trouxe esta muito inesperada carta de Isabella:

Bath, abril

Minha amada Catherine,

Recebi suas duas amáveis cartas com a maior alegria, e lhe peço mil desculpas por não tê-las respondido mais cedo. Estou realmente muito envergonhada por meu desleixo; mas neste horrendo lugar ninguém consegue encontrar tempo para nada. Desde que você se foi de Bath, empunhei minha pena para começar a escrever-lhe uma carta quase todos os dias, mas fui sempre impedida por alguma pessoa inútil. Escreva-me o quanto antes, por favor, e remeta à minha própria casa. Graças a Deus, deixaremos este sórdido lugar amanhã. Desde que você foi embora, não há nada que me agrade aqui; a poeira toma conta de tudo; e todas as pessoas queridas já se foram. Se pudesse tê-la comigo, eu sei que não me importaria com o resto, porque ninguém poderá conceber o quanto gosto de você. Estou bastante inquieta quanto ao seu irmão, pois não tive notícias dele desde sua partida para Oxford; tenho medo de algum mal-entendido. Uma ajuda sua, Catherine, consertará tudo: ele é o único homem que jamais amei ou pude amar, e tenho certeza de que você vai convencê-lo disso. Começaram a chegar as modas da primavera, e os chapéus são as coisas mais horrorosas que você pode imaginar. Espero que você esteja se divertindo, mas temo que jamais pense em mim. Não direi o que deveria dizer sobre a família que a hospeda, pois não quero ser mesquinha ou fazê-la descontentar-se com as pessoas que estima; mas é muito difícil saber em quem podemos confiar, e os rapazes não são capazes de manter uma opinião por dois dias seguidos. É uma grande felicidade, para mim, poder dizer que o mais abominável de todos os rapazes foi embora de Bath. Você deduzirá, por essa descrição, que só posso estar falando do capitão Tilney, que se mostrou sempre disposto a me seguir e me provocar, você mesma foi testemunha. E depois ele piorou, ficou andando atrás de mim como uma sombra. Muitas garotas se deixariam enganar com aquelas atenções desmedidas, mas eu conheço muito bem o sexo volúvel. Ele foi se unir a seu regimento dois dias atrás, e acredito que nunca mais terei o desgosto de vê-lo. Ele é o sujeito mais presunçoso que já conheci, uma pessoa estupendamente desagradável. Nos dois últimos dias, ficou o tempo inteiro ao lado de Charlotte Davis; lamentei tal demonstração de mau gosto, mas nem lhe dei atenção. Encontrei-o pela última vez em Bath Street e imediatamente entrei numa loja para que ele não viesse falar comigo; eu não queria vê-lo na minha frente. Ele foi para o Salão da Fonte depois, mas eu não o seguiria por nada no mundo. Que contraste entre ele e James! Mande-me alguma notícia de seu irmão, por favor, estou muito triste por causa dele. Ele parecia estar tão abatido quando foi embora, como se estivesse resfriado, desanimado por algum motivo. Eu mesma escreveria para James, mas perdi seu endereço e, como sugeri acima, tenho medo de que ele tenha interpretado mal alguma atitude minha. Por favor, esclareça tudo em meu nome. Caso não desapareçam as dúvidas, basta que ele me escreva, ou que me visite em Putney na primeira oportunidade, e o assunto poderá ser resolvido. Não vou aos salões faz um século, nem ao teatro, exceto ontem à noite, quando fui ver, com a família Hodge, uma tolice pela metade do preço – insistiram muito comigo, e eu estava determinada a não permitir que dissessem que eu me trancara em casa porque Tilney partira. Acabamos nos sentando ao lado das senhoritas Mitchell, que fingiram grande admiração quando me viram. Elas são pérfidas, sei muito bem: houve um tempo em que nem me cumprimentavam, e agora querem ser minhas melhores amigas, mas não sou ingênua, a mim elas não enganam. Você sabe que sou bastante perspicaz. Anne Mitchell se arriscou a colocar um turbante, porque eu fizera o mesmo dias antes no concerto, mas obteve um péssimo resultado; creio que o enfeite favorece o meu estranho rosto, pelo menos foi o que Tilney me disse, assegurando que todos os olhos se voltavam para mim; mas ele é o último homem em cujas palavras eu acreditaria. Estou usando somente vestidos de cor púrpura; sei que fico horrorosa, mas pouco importa – é a cor favorita do seu querido irmão. Não perca tempo, amada Catherine, e escreva para ele e para mim,

Que serei sempre etc.

Nem mesmo Catherine se deixaria enganar por essa impostura mal dissimulada. Ela percebeu desde o princípio que estava lendo uma carta inconsistente, contraditória e falsa. Sentiu vergonha por Isabella e por ter gostado dela um dia. As declarações de amizade da garota eram agora repugnantes na mesma medida em que suas desculpas eram vazias e seus pedidos, insolentes. Escrever para James em favor dela! Não, James nunca mais teria de ouvir aquele nome.

Quando Henry chegou de Woodston, Catherine comunicou aos dois irmãos que o capitão estava fora de perigo e os felicitou sinceramente por isso, lendo em voz alta, com forte indignação, os trechos mais substanciais da carta. Quando parou de ler:

– Tanto pior para Isabella – exclamou – e para a nossa grande amizade! Ela deve pensar que sou idiota, ou não teria escrito uma carta dessas. Mas isso serviu, talvez, para que eu conhecesse seu verdadeiro caráter, sendo que ela não conhece o meu. Sei bem quais eram suas intenções. Isabella não passa de uma coquete vaidosa, e suas artimanhas não tiveram êxito. Não acredito que ela alguma vez tenha nutrido qualquer sentimento por James ou por mim, e seria melhor se eu jamais a tivesse conhecido.

– Dentro de pouco tempo a senhorita nem saberá mais quem ela é – disse Henry.

– Ainda não consigo entender uma única coisa. Sei que ela planejou conquistar o capitão Tilney, sem resultado; mas não compreendo qual era o interesse do capitão Tilney nesse tempo todo. Que motivo ele teria para cortejá-la tanto, a ponto de tirar meu irmão do caminho, e desaparecer em seguida?

– Não tenho muito a dizer sobre os motivos de Frederick, sobre minhas suposições a respeito. Ele tem suas vaidades assim como a srta. Thorpe, e a principal diferença é a seguinte: sendo mais experiente, suas intenções não o prejudicaram. Se os *efeitos* de sua conduta não o justificam, será melhor não procurar pela causa.

– O senhor supõe, então, que em nenhum momento ele se importou com Isabella?

– Estou convencido de que jamais se importou.

– E apenas fingiu interesse, por travessura?

Henry assentiu com a cabeça.

– Bem, se é assim, devo dizer que não gosto dele nem um pouco. Mesmo que o fim da história nos seja favorável, não gosto dele nem um pouco. A verdade é que não houve nenhum dano irreparável, porque não creio que Isabella tenha de fato um coração. Por outro lado, não é possível que ela tenha se apaixonado perdidamente pelo capitão?

– Mas precisaríamos supor que ela tem de fato um coração e, por consequência, que seja uma pessoa muito diferente; nesse caso, ela teria recebido um tratamento muito diferente.

– O senhor está certo em defender seu irmão.

– E se a senhorita defendesse o *seu*, não ficaria tão aflita com a desilusão da srta. Thorpe. Mas sua mente é deformada por um senso inato de retidão e não é acessível, portanto, aos frios raciocínios do sectarismo familiar ou de um desejo de vingança.

Esse elogio libertou Catherine de amargores adicionais. Com Henry se mostrando tão agradável, Frederick não merecia a mais imperdoável das culpas. Ela decidiu que não responderia a carta de Isabella e tentou não pensar mais no assunto.

# Capítulo 28

Pouco tempo depois, o general se viu obrigado a passar uma semana em Londres. Ele saiu de Northanger lamentando gravemente que um compromisso qualquer lhe roubasse a companhia da srta. Morland por uma hora que fosse e recomendando avidamente a seus filhos que fizessem, em sua ausência, os maiores esforços para proporcionar a ela conforto e divertimento. A partida do general forneceu a Catherine sua primeira convicção experimental de que uma perda podia ser, por vezes, um ganho. A felicidade com que passavam o tempo agora, a espontaneidade de todas as ocupações, a liberdade de todas as risadas, cada refeição um momento de sossego e bom humor, poder caminhar sem direção e sem hora para voltar, o desregrado comando do tempo, dos prazeres e das fadigas, tudo isso lhe deu condições de perceber que a presença do general impunha inibições, e de usufruir, com alegria, a momentânea libertação. Tal sossego e tais deleites a faziam amar o lugar e as pessoas cada vez mais; e não fosse pelo temor de que logo seria conveniente deixar o lugar e pelo receio de não ser igualmente amada pelas pessoas, Catherine teria sido perfeitamente feliz em todos os momentos, todos os dias; mas ela já entrara na quarta semana de sua visita; quando o general retornasse, a quarta semana teria terminado, e uma permanência mais delongada talvez começasse a parecer intrusão. Esse pensamento jamais deixava de ser doloroso. Ansiosa por tirar de sua mente tal peso, ela rapidamente decidiu que conversaria com Eleanor assim que possível, proporia que era hora de partir e guiaria seus passos de acordo com a maneira com que sua proposta fosse recebida.

Ciente de que, caso esperasse muito tempo, seria mais difícil enunciar um assunto tão desagradável, aproveitou a primeira oportunidade que teve de estar subitamente sozinha com Eleanor – enquanto Eleanor falava sobre coisas muito diferentes – para sugerir sua obrigação de partir muito em breve. Eleanor aparentou e manifestou aflição. Ela esperava ter o prazer de sua companhia por muito mais tempo; enganara-se (talvez por causa de seus desejos) supondo que a visita haveria de ser muito mais demorada e estava certa de que, se o sr. e a sra. Morland soubessem o quanto a companhia de Catherine lhes dava prazer, eles certamente fariam a bondade de não apressar o retorno da filha. Catherine explicou: ah! Quanto a *isso*, papai e mamãe não tinham pressa nenhuma. Desde que ela estivesse feliz, estariam satisfeitos.

Então por que, se podia perguntar, ela mesma queria ir embora tão cedo?

Ah! Porque ela já ficara lá por tanto tempo.

– Ora, se essa é a sua avaliação, não insistirei. Se pensa que foi tempo demais...

– Ah, não, não penso, de maneira alguma. Se eu pudesse ficar um mês a mais com vocês, o prazer seria todo meu.

E ficou decidido naquele mesmo instante que, enquanto não se passasse um mês, a partida de Catherine não seria sequer mencionada. Com a reconfortante eliminação de uma das duas angústias, a outra, por sua vez, perdeu força. A gentileza, o ardor com que Eleanor lhe pediu sua permanência e o olhar gratificado de Henry, quando soube que a permanência estava assegurada, eram doces provas de como ela lhes era importante, e restou nela apenas a pequena dose de inquietude que é essencial ao bem-estar da mente humana. Catherine acreditava de fato – quase sempre – que era amada por Henry, e mais ainda que o general e Eleanor amavam-na e até mesmo desejavam que ela pudesse pertencer à família. Com essas crenças, suas dúvidas e ansiedades passaram a ser meras irritações joviais.

Henry não pôde obedecer à prescrição do pai de que não saísse de Northanger enquanto ele estivesse em Londres e de que fizesse companhia permanente às damas: os compromissos da paróquia de Woodston obrigaram-no a viajar no sábado, para voltar dentro de algumas noites. Perder Henry não foi tão penoso, agora que o general não estava em casa; os momentos de alegria passaram a ser menos frequentes, mas o sossego era o mesmo. Apreciando as mesmas ocupações e desfrutando de maior intimidade, as duas garotas se viram tão aptas a fazer uso do tempo de que dispunham que já eram mais de onze da noite, um horário um tanto avançado na abadia, quando saíram da sala de jantar no dia em que Henry partiu. Elas haviam acabado de chegar ao topo da escadaria quando constataram, tanto quanto as espessas paredes lhes permitiam ouvir, que uma carruagem se aproximava da casa, e a suposição confirmou-se no instante seguinte, com o ruidoso soar da campainha de entrada. Quando o primeiro susto de perturbação se passou, num "Deus do céu! Quem será?", Eleanor concluiu rapidamente que se tratava de seu irmão mais velho, cujas chegadas costumavam ser repentinas, mas nem sempre tão inoportunas. Assim, ela desceu às pressas para recebê-lo.

Catherine encaminhou-se para o seu quarto, procurando aceitar, na medida do possível, a perspectiva de uma convivência maior com o capitão Tilney e consolando-se, apesar da desagradável impressão que lhe ficara de sua conduta e da convicção de que um cavalheiro tão distinto a reprovaria, com o fato de que o encontro com ele não seria efetivamente doloroso, consideradas as circunstâncias. Tinha esperança de que o capitão jamais fosse mencionar a srta. Thorpe; e não havia perigo nesse ponto, de fato, porque ele decerto já sentia vergonha, naquela altura, do papel que desempenhara; desde que fossem evitadas quaisquer referências aos acontecimentos de Bath, ela julgava que poderia se portar muito bem ao lado dele. Com tais considerações o tempo passou, e o capitão certamente merecia o contentamento com que Eleanor o recebia e que ela tivesse tanto para lhe dizer, pois já se passara quase meia hora desde sua chegada e Eleanor não subira ainda.

Catherine pensou, naquele instante, que ouvira os passos de sua amiga no corredor, e aguardou pelos passos subsequentes, mas tudo era silêncio. Ela mal se convencera de sua ilusão, no entanto, quando sobressaltou-se com o ruído de algo que se aproximava de seu quarto; era como se alguém estivesse tocando a porta – no momento seguinte, um leve movimento da fechadura comprovou que uma mão repousava ali. Catherine estremeceu diante da ideia de um visitante tão cauteloso. Decidindo, porém, que não se deixaria dominar novamente por alarmes triviais e aparentes, e que não seria enganada por uma imaginação exaltada, avançou com calma e abriu a porta. Quem estava ali era Eleanor, Eleanor e ninguém mais. O coração de Catherine, no entanto, tranquilizou-se apenas por um instante, pois Eleanor, pálida, mostrou-se muito agitada; seu objetivo era entrar no quarto, evidentemente, mas ela parecia não ter forças para tanto e, quando entrou, pareceu não ter forças para falar. Catherine, supondo algum desconforto por parte do capitão Tilney, só conseguiu expressar seu tormento por meio de um zelo silencioso; fez com que Eleanor se sentasse, esfregou suas têmporas com água de lavanda e curvou-se sobre ela com a mais afetuosa solicitude.

– Minha querida Catherine, você não deve... não deve de maneira alguma – foram as primeiras palavras inteligíveis de Eleanor. – Estou muito bem. Seus cuidados me perturbam... Não posso suportar... o recado que tenho para lhe dar!

– Um recado? Para mim?

– Como poderei lhe dizer? Ah! Como poderei lhe dizer?

Uma nova ideia assaltou a mente de Catherine; empalidecendo como sua amiga, ela exclamou:

– É um mensageiro de Woodston!

– Não, você está enganada – retorquiu Eleanor, olhando para ela com muita compaixão. – Não é ninguém que tenha vindo de Woodston. É o meu pai.

Sua voz falhou, e seus olhos miravam o chão quando mencionou o pai. O indesejado regresso do general bastava, por si mesmo, para fazer com que o coração de Catherine desfalecesse, e por alguns momentos ela supôs que dificilmente haveria algo pior que pudesse ouvir. Ela não disse nada; e Eleanor, tentando se recompor e falar com firmeza, logo prosseguiu:

– Você é boa demais, tenho certeza, para me detestar pela tarefa que me obrigaram a cumprir. Eu sou, na verdade, uma mensageira muito desgostosa. Depois de tudo o que se passou tão recentemente, da decisão que tomamos tão recentemente (com tanta felicidade, com tanta gratidão de minha parte!) para que você permanecesse aqui por muitas e muitas semanas, como eu desejara, de que modo poderei lhe dizer que sua bondade será rejeitada, e que a alegria que sua companhia nos deu até aqui será recompensada com... mas minhas palavras não lhe farão justiça. Minha querida Catherine, nós vamos nos separar. Meu pai recordou-se de um compromisso que exige a saída de toda a família na segunda-feira. Visitaremos o lorde Longtown, perto de Hereford, por duas semanas. Explicações e desculpas são igualmente impossíveis. Não me sinto capaz de oferecê-las.

– Minha querida Eleanor – exclamou Catherine, reprimindo seus sentimentos tanto quanto podia –, não fique tão aflita. Um segundo compromisso deve dar lugar ao primeiro. Lamento muitíssimo que tenhamos de nos separar... tão cedo, e tão subitamente também, mas não estou ofendida, garanto que não estou. Posso encerrar minha visita, você sabe, em qualquer momento; ou posso desejar que você venha até mim. Você poderia, quando retornar desse lorde, ir a Fullerton?

– Não cabe a mim decidir, Catherine.

– Venha quando puder, então.

Eleanor não respondeu, e Catherine, uma questão de interesse mais imediato surgindo em sua mente, acrescentou, pensando em voz alta:

– Segunda-feira... já na segunda-feira; e *todos* vocês irão. Bem, estou certa de que... Terei condições de partir de qualquer maneira. Não precisarei ir embora até a véspera de sua viagem. Não fique aflita, Eleanor, posso muito bem partir na segunda-feira. Não tem importância que meus pais nada saibam a respeito. O general vai enviar um criado comigo, ouso dizer, até metade do caminho; e então já estarei em Salisbury, e de lá só restarão nove milhas para que eu chegue em casa.

– Ah, Catherine! Se o arranjo fosse esse, sua situação seria um pouco menos intolerável, mesmo que com tais cuidados você só fosse receber metade do que merece. Mas... como poderei lhe dizer? Foi determinado que você vai nos deixar amanhã de manhã, e você não pode escolher nem mesmo a hora. A carruagem já foi solicitada, e você será levada às sete horas, e nenhum criado será oferecido.

Catherine sentou-se, sem fôlego e sem fala.

– Mal pude acreditar, quando ouvi; e nenhum desagrado, nenhum ressentimento que você puder ter neste momento, por maior e mais justo que seja, será mais intenso do que a minha sensação quando... mas não devo falar sobre o que senti. Ah! Se eu pudesse sugerir alguma solução atenuante! Meu bom Deus! O que dirão seu pai e sua mãe! Você foi afastada da proteção de seus verdadeiros amigos, foi atraída para cá, um local cuja distância de sua casa é quase duas vezes maior, apenas para ser expulsa de casa, sem direito sequer às considerações da mais simples cortesia! Querida, querida Catherine: sendo portadora de uma mensagem como essa, sei que eu mesma pareço culpada pelo insulto que ela contém; mas acredito que terei sua absolvição, pois você certamente permaneceu nesta casa o bastante para constatar que não passo de uma portadora nominal, e que meu real poder é nulo.

– Eu ofendi o general? – perguntou Catherine, com voz trêmula.

– Ai de mim! Quanto aos meus sentimentos como filha, tudo o que sei, tudo o que posso afirmar, é que você não pode ter dado a ele nenhum motivo justo para que houvesse ofensa. Ele certamente está muito, muitíssimo transtornado; poucas vezes o vi assim. Meu pai é taciturno por natureza, e alguma coisa, agora, despertou sua ira numa intensidade fora do comum; alguma frustração, algum aborrecimento que possa lhe parecer mais importante neste momento; mas não há como supor que você esteja envolvida, pois de que modo isso seria possível?

Foi a muito custo que Catherine conseguiu falar, e fez esse esforço apenas em favor de Eleanor.

– Garanto a você – disse ela – que lamento muito se ofendi seu pai. Seria a última coisa que eu teria feito de vontade própria. Mas não fique triste, Eleanor. Um compromisso, você sabe, precisa ser mantido. Lamento apenas que a recordação não tenha ocorrido antes, para que eu pudesse escrever para casa. Mas é uma questão de pouquíssima importância.

– Espero, sinceramente espero, que sua segurança nem entre em questão; quanto ao restante, porém, tudo tem muitíssima importância: o conforto, as aparências, a decência, sua família, o mundo inteiro. Se os seus amigos, os Allen, estivessem ainda em Bath, você poderia ir até eles com relativa facilidade; umas poucas horas a levariam até lá; mas uma viagem de setenta milhas, em carruagem de posta, na sua idade, sozinha, desacompanhada!

– Ora, a viagem não é nada. Não pense nisso. E se vamos mesmo nos separar, algumas horas a mais ou a menos, você sabe, não farão diferença. Posso estar pronta às sete. Basta que me chamem a tempo.

Eleanor percebeu que ela desejava ficar sozinha. Acreditando que seria melhor para ambas que evitassem seguir conversando, despediu-se:

– Eu a verei pela manhã.

O pesado coração de Catherine necessitava de alívio. Na presença de Eleanor, a amizade e o orgulho haviam reprimido suas lágrimas na mesma medida; assim que a porta se fechou, porém, elas romperam em torrentes. Posta na rua, e sem nenhuma consideração! Sem qualquer razão que pudesse justificar, sem qualquer desculpa que pudesse reparar a brusquidão, a grosseria – ora, a insolência do ato. E Henry distante – ela não poderia nem mesmo lhe dar adeus. Todas as esperanças, todas as expectativas em relação a Henry suspensas, no mínimo, e quem poderia dizer por quanto tempo? Quem poderia prever o dia em que voltariam a encontrar-se? E tudo isso por ação do general Tilney, tão polido, tão refinado, e que demonstrara, até ali, ter tanta estima por ela! Aquilo era tão incompreensível quanto era penoso e mortificante. A origem do problema e o fim que ele teria eram considerações que geravam ao mesmo tempo perplexidade e alarme. O procedimento todo, tão inteiramente rude; tudo às pressas, sem que lhe consultassem sobre sua conveniência, sem que lhe permitissem sequer a aparência de que podia escolher o horário e a modalidade de sua viagem. Entre dois dias, a opção pelo primeiro, e neste a opção pela hora mais adiantada, como se o general estivesse determinado a livrar-se dela antes mesmo de sair da cama, para que não fosse obrigado a vê-la. Qual seria o seu propósito, a não ser uma afronta intencional? Por algum meio ou por outro, ela decerto tivera o infortúnio de ofendê-lo. Eleanor quisera lhe poupar de uma ideia tão dolorosa, mas Catherine não podia acreditar que uma injúria ou desventura qualquer pudesse provocar tamanha hostilidade contra uma pessoa que não tinha ligação com o fato, ou presumivelmente não tinha.

A noite demorou a passar. O sono, ou um repouso que merecesse ser chamado de sono, estava fora de questão. O quarto em que a recém-chegada Catherine sofrera os suplícios de sua perturbada imaginação era novamente o cenário de um espírito aflito e de um desassossego insone. Mas como era diferente, agora, em comparação com a primeira noite, a causa da inquietude – como era lastimavelmente superior, em seu aspecto real e consequente! As novas ansiedades eram fundamentadas em fatos, e os temores, em probabilidades; e com a mente assim ocupada na contemplação de uma malignidade verdadeira e natural, Catherine sentia e considerava, sem a menor emoção, sua condição solitária, a escuridão do aposento, a antiguidade do edifício; e embora o vento fosse forte e produzisse, com frequência, estranhos e súbitos ruídos pela casa, ela ouvia tudo, acordada, hora após hora, sem curiosidade e sem pavor.

Eleanor entrou no quarto logo depois das seis, ávida por oferecer atenção ou auxílio onde houvesse necessidade, mas restava muito pouco a fazer. Catherine não perdera tempo: já estava quase vestida, e sua bagagem estava quase pronta. Com a chegada da filha, surgiu em sua mente a possibilidade de alguma mensagem conciliadora do general. Não seria natural que aquela raiva esfriasse e que o arrependimento a sucedesse? E só restaria saber em que medida, depois do que se passara, um pedido de desculpas poderia ser adequadamente aceito por ela. Mas essa constatação lhe seria inútil; o caso era outro, sua clemência e sua dignidade não entrariam em questão – Eleanor não trouxe mensagem alguma. O reencontro foi austero; ambas refugiaram-se no silêncio, e foram trocadas palavras esparsas e triviais enquanto as duas permaneceram no quarto, Catherine atarefada nos arranjos finais de seu vestido, e Eleanor, solícita mas inexperiente, empenhada em arrumar a mala. Tudo ficou pronto; elas saíram, Catherine demorando-se atrás de sua amiga, por meio minuto, para olhar pela última vez cada um dos conhecidos e amados objetos, e desceram para a sala de desjejum, onde o desjejum as esperava. Ela tentou comer, para poupar-se da dor de ser instada e para que sua amiga se sentisse confortável, mas não tinha apetite e não conseguiu engolir quase nada. O contraste entre este desjejum e o anterior, naquela mesma sala, renovou sua miséria e aprofundou seu desgosto quanto ao porvir. Menos de 24 horas antes elas haviam sentado ali para o mesmo repasto, mas em circunstâncias tão diversas! Ela olhara em volta com tranquilidade e leveza, com uma segurança feliz, embora falsa; o presente era fascinante, e o futuro não reservava nenhum revés que não fosse uma breve viagem de Henry para Woodston! Um desjejum tão feliz, tão feliz! Porque Henry estivera ali; Henry sentara ao lado dela e a servira. Tais reflexões foram mantidas por muito tempo, sem qualquer interrupção por parte de sua companheira, que parecia estar tão mergulhada em pensamentos quanto ela mesma; e o aparecimento da carruagem foi o sobressalto que as despertou para o momento presente. Catherine ruborizou-se ao enxergar o veículo, e o tratamento indigno que recebia, ressurgindo em sua mente com excepcional força, fez com que sentisse apenas ressentimento por alguns instantes. Eleanor, agora, parecia ter encontrado disposição para falar.

– Você *precisa* escrever para mim, Catherine – ela suplicou. – *Mande-me* notícias assim que possível. Não terei um minuto de sossego até ter certeza de que você chegou em casa com segurança. Eu lhe peço *uma* única carta, sob todos os riscos, todos os perigos. Permita-me o consolo de saber que você já está em Fullerton e que seus familiares estão todos bem, e então, até que eu possa ter o direito de solicitar sua correspondência, ficarei satisfeita. Estarei no endereço do lorde Longtown, e preciso lhe pedir: destine a carta para Alice.

– Não, Eleanor. Se você não tem autorização para receber uma carta minha, estou certa de que será melhor não escrever. Não há dúvida de que chegarei bem em casa.

Eleanor disse apenas:

– Compreendo seus sentimentos. Não pretendo importuná-la. Confiarei no seu coração bondoso, enquanto estivermos separadas.

Essas palavras, porém, reforçadas por um semblante triste, bastaram para derreter imediatamente o orgulho de Catherine, e ela disse no mesmo instante:

– Ah, Eleanor, é *claro* que escreverei para você.

Restava um outro ponto que a srta. Tilney queria ansiosamente esclarecer, e que no entanto lhe causava certo embaraço. Ela imaginara que, depois de estar longe de casa por tanto tempo, Catherine talvez não dispusesse do dinheiro necessário para as despesas de sua viagem. Quando lhe fez tal sugestão, com a mais generosa oferta de empréstimo, verificou que o receio era plenamente justificado. Catherine sequer pensara no assunto até então e, examinando sua bolsa, convenceu-se de que, não fosse a bondade de sua amiga, teria viajado sem dispor dos mínimos recursos para chegar em casa. A tribulação que ela poderia ter enfrentado ocupou as mentes de ambas, e pouquíssimas palavras foram pronunciadas até o momento da separação. Mas esse momento chegou logo. Elas foram avisadas de que a carruagem estava pronta; Catherine se levantou imediatamente, um longo e afetuoso abraço suplantando as palavras de despedida. Enquanto passavam pelo saguão, incapaz de deixar a casa sem aludir ao nome que elas não haviam mencionado ainda, Catherine parou por um momento e, com lábios trêmulos, balbuciou que mandava "lembranças a seu amigo ausente". Essa menção, porém, acabou com todas as possibilidades de que ela reprimisse seus sentimentos por mais tempo; escondendo o rosto tão bem quanto podia com seu lenço, atravessou correndo o saguão, saltou para dentro da carruagem e, no momento seguinte, foi levada para longe da casa.

# Capítulo 29

Catherine estava desolada demais para sentir medo. A viagem em si não inspirava terrores, e ela partira sem temer a distância e sem sofrer a solidão. Recostada num canto da carruagem, banhada por um jorro de lágrimas, só levantou a cabeça quando já estava algumas milhas distante dos muros da abadia; e o terreno mais elevado do parque já estava quase fora de vista quando teve coragem de olhar em sua direção. Desastrosamente, a estrada que ela percorria agora era a mesma pela qual passara apenas dez dias antes, com tanta alegria, indo e vindo de Woodston. Ao longo de catorze milhas, seus amargos sentimentos tornaram-se ainda mais severos com o ressurgimento de paisagens que ela observara, na primeira ocasião, sob impressões tão diferentes. Cada milha, aproximando-a de Henry, agravava seus padecimentos. Quando passou pela bifurcação que distava cinco milhas de Woodston, pensou nele, tão próximo, porém tão inconsciente, e mal pôde suportar sua dor.

Naquele lugar Catherine passara um dos dias mais felizes de sua vida. Foi ali, foi naquele dia que o general fizera uso de certas expressões que a ligavam a Henry, falara e agira de modo a lhe dar a mais positiva convicção de que desejava, de fato, que os dois se casassem. Sim, apenas dez dias antes ele a deixara embevecida com suas atenções premeditadas – e até mesmo a confundira com evidentes sugestões! E agora – o que fizera ela, ou o que deixara de fazer, para merecer tamanha mudança?

A única ofensa que ela julgava ter cometido dificilmente teria chegado ao conhecimento do general. Seu próprio coração e Henry eram os únicos sabedores das escandalosas suspeitas que ela nutrira tão absurdamente; e seu segredo, ela acreditava, estava seguro com ambos. Propositalmente, ao menos, Henry não a teria traído. Se de fato, por algum estranho infortúnio, o general tivesse tomado conhecimento das coisas que ela ousara pensar e procurar, de suas despropositadas fantasias e infamantes investigações, ele teria todos os motivos para ficar furioso. Se soubesse que ela o tomara por assassino, teria todos os motivos, também, para expulsá-la de sua casa. Mas era pouco provável, Catherine acreditava, que o general dispusesse de tal justificativa, tão torturante para ela.

Por mais aflitivas que fossem todas as suas conjecturas nesse ponto, Catherine era dominada por angústias maiores. Havia um pensamento mais imediato, uma perturbação mais predominante, mais impetuosa. O que Henry pensaria e sentiria, como reagiria quando retornasse a Northanger, no dia seguinte, e descobrisse que ela se fora? Essa questão superava todas as outras em potência e interesse, nunca cessava, era por vezes irritante e por vezes confortadora; num momento, sugeria o pânico de uma calma aquiescência por parte dele; em outro, era respondida pela mais doce confiança de que ele ficaria mortificado e ressentido. Com o general, é claro, ele não ousaria falar, mas com Eleanor... O que não diria, para Eleanor, a respeito dela?

Nessa incessante recorrência de dúvidas e questionamentos em torno de temas dos quais sua mente só conseguia se libertar momentaneamente, as horas passaram e sua viagem progrediu muito mais rapidamente do que previra. As prementes agonias que a impediram de ver o que se passava em volta, nas cercanias de Woodston, eximiram-na, ao mesmo tempo, de controlar seu avanço; e embora nada, naquela estrada, fosse digno de um momento de atenção, nenhuma etapa lhe foi tediosa. Um segundo motivo a poupava do tédio: ela não ansiava pela conclusão da viagem; pois retornar de tal modo para Fullerton era destruir, de certa forma, o prazer de reencontrar as pessoas que mais amava, mesmo depois de uma ausência como a sua – uma ausência de onze semanas. O que poderia dizer que não fosse resultar em humilhação para si, em pesar para sua família? Que não fosse intensificar sua própria dor no momento da confissão, ampliar um ressentimento inútil e misturar, talvez, os inocentes e o culpado numa hostilidade indistinta? Ela jamais faria justiça aos méritos de Henry e Eleanor, pois a gratidão que sentia era inexprimível. Se surgisse algum desgosto contra eles, se passassem a ser vistos desfavoravelmente por causa do pai, seu coração ficaria dilacerado.

Com tais sentimentos, Catherine mais temia do que aguardava o aparecimento daquele tão conhecido pináculo que anunciaria uma distância de vinte milhas até sua casa. Ela saíra de Northanger sabendo que viajava na direção de Salisbury; depois da primeira parada, porém, tivera de perguntar aos mestres de posta quais eram os nomes das localidades seguintes, tão grande era sua ignorância quanto ao trajeto. Não defrontou-se com nada, porém, que lhe causasse perturbação ou medo. Sua juventude, seus modos educados e suas generosas gratificações lhe garantiram todas as atenções que uma viajante como ela poderia requerer. Parando apenas para trocar cavalos, seguiu viagem por mais ou menos onze horas, sem sustos nem acidentes, e chegou a Fullerton antes das sete da noite.

Uma heroína retornando a seu vilarejo natal no encerramento de sua carreira, no pleno triunfo da reconquista de sua reputação, na plena dignidade de uma condessa, tendo atrás de si uma longa comitiva de nobres parentes em seus vários faetons e três criadas pessoais numa carruagem de quatro cavalos, é um acontecimento no qual a pena de uma criadora terá prazer em se deter, e que valoriza o final de qualquer história; a autora deve tomar parte na glória que generosamente concede. Minha tarefa, porém, é completamente diferente; trago minha heroína de volta para casa em solidão e desgraça, e nem a mais doce disposição de espírito me fará recair em pormenores. Uma heroína dentro de uma carruagem de posta alugada é um tremendo fracasso sentimental; grandeza e *páthos* de nada servem. Rapidamente, portanto, seu postilhão adentrará o vilarejo, entre os olhares dos transeuntes de domingo, e rapidamente ela descerá do carro.

Contudo, qualquer que fosse a perturbação da mente de Catherine enquanto avançava na direção de sua residência, e qualquer que seja a humilhação de sua biógrafa ao relatá-lo, ela prenunciava um júbilo incomum para seus familiares – primeiro, quando chegasse a carruagem; depois, quando ela mesma aparecesse. O carro de um viajante era uma rara visão em Fullerton, de forma que a família inteira correu para a janela; e ver o carro parar diante do portão era um prazer que abrilhantava todos os olhos e absorvia todas as imaginações – um prazer bastante inesperado para todos, menos para as duas crianças mais novas, um menino e uma menina de seis e quatro anos de idade, que esperavam a chegada de um irmão em todas as carruagens. Felizes os olhos que primeiro distinguiram Catherine! Feliz a voz que proclamou a descoberta! Se tal felicidade era posse legítima de George ou Harriet, ninguém jamais pôde saber.

Seu pai, sua mãe, Sarah, George e Harriet, todos reunidos na porta para saudá-la com afetuosa prontidão: eis uma cena capaz de reavivar os melhores sentimentos no coração de Catherine. Sendo abraçada por todos, ao sair da carruagem, ela se viu invadida por um alívio que ultrapassava todas as suas expectativas. Cercada por todos, recebendo tantos afagos, ela estava até mesmo feliz! No enlevo do amor familiar, tudo se amainou por algum tempo. O prazer de ver Catherine não lhes concedeu tempo, a princípio, para o calmo esclarecimento das circunstâncias, e todos se sentaram em volta da mesa de chá que a sra. Morland providenciara para o conforto da pobre viajante, cujo semblante pálido e cansado logo chamara sua atenção, sem que tivessem feito ainda qualquer pergunta que exigisse resposta direta.

Relutantemente, e com muita hesitação, ela começou a discorrer sobre algo que talvez, ao fim de meia hora, pudesse ser admitido, pela cortesia dos ouvintes, como explicação. Durante esse tempo, porém, eles mal conseguiram identificar a causa ou coletar os pormenores daquele repentino retorno. Eles estavam longe de ser pessoas irascíveis; não costumavam acolher afrontas instantaneamente, ou com amargura ressentida; mas o presente caso, já devidamente destrinçado, era um insulto que não podiam desprezar, que não podiam, na primeira meia hora, perdoar facilmente. Desconsiderando qualquer alarme romântico acerca da longa e solitária viagem da filha, o sr. e a sra. Morland julgaram, naturalmente, que a jornada lhe causara um intenso dissabor, um sofrimento que eles jamais teriam permitido voluntariamente, e que o general Tilney, impondo a ela tal castigo, não demonstrara decência e tampouco sensibilidade – nem como cavalheiro, nem como pai. Que motivação tivera ele? Qual seria a causa de tamanha ruptura de hospitalidade, de uma cordial estima transformada tão subitamente em hostilidade franca? A resposta era, no mínimo, tão obscura para eles quanto para Catherine, mas não os atormentou por tanto tempo, de modo algum. Depois de um razoável debate de conjecturas inúteis, no qual se disse que "aquele era um caso muito estranho, e que o general era decerto um homem muito estranho", a indignação e o assombro perderam força, embora Sarah insistisse em saborear esse doce enigma, exclamando e conjecturando com ardor juvenil.

– Minha querida, você se atormenta sem necessidade – disse por fim sua mãe. – Acredite, trata-se de um problema que não vale a pena esmiuçar.

– Compreendo que ele quisesse mandar Catherine embora quando lembrou-se do compromisso – disse Sarah –, mas por que não fazê-lo com civilidade?

– Lamento pelos jovens – retrucou a sra. Morland. – A situação deles é certamente difícil. Com todas as outras questões, porém, não devemos nos importar; Catherine está em casa, protegida, e a nossa tranquilidade não depende do general Tilney.

Catherine suspirou.

– Bem – prosseguiu sua filosófica mãe –, fico feliz por não ter sido informada de sua viagem antes, mas está tudo acabado agora, e creio que não houve maior dano. É sempre proveitoso que os jovens se vejam obrigados a enfrentar obstáculos; e você, minha querida Catherine, foi sempre uma criaturinha muito desmiolada; mas agora, forçosamente, você teve de agir com destreza, com tanta troca de carruagens e assim por diante; e espero não constatarmos que você deixou algo para trás em algum bagageiro.

Catherine esperava o mesmo, e tentou interessar-se por seu aperfeiçoamento pessoal, mas sentia uma grande prostração de espírito. Seu único desejo passou a ser o de ficar sozinha, em silêncio, e aceitou prontamente o conselho seguinte de sua mãe, de que deveria ir mais cedo para a cama. Seus pais, considerando que seu aspecto abatido e sua comoção não eram nada mais do que as naturais consequências de uma sensibilidade mortificada e dos esforços e cansaços incomuns de uma jornada como aquela, despediram-se dela com a certeza de que o sono remediaria tudo; e embora na manhã seguinte, quando todos reencontraram-se, Catherine não tenha exibido a recuperação esperada, eles continuaram perfeitamente convictos de que o mal não era grave. Não pensaram nem por um instante no coração da filha, algo que, para os pais de uma garota de dezessete anos que acabara de retornar de sua primeira excursão para longe de casa, era bastante estranho!

Tão pronto acabou-se o desjejum, ela tratou de cumprir a promessa que fizera para Eleanor, cuja crença nos efeitos do tempo e da distância sobre a disposição de sua amiga se provara justificada, porque Catherine já se recriminava por ter despedido-se da srta. Tilney com tanta frieza, por jamais ter valorizado justamente seus méritos e sua bondade, e por jamais ter se compadecido pelas coisas que ela enfrentaria em seguida. A força de tais sentimentos, no entanto, nem de longe auxiliou sua pena, e nunca lhe fora mais difícil dizer algo para Eleanor Tilney. Conceber uma carta que fizesse justiça tanto aos sentimentos quanto à situação de sua amiga, transmitisse gratidão sem arrependimento servil, fosse cautelosa sem frieza e honesta sem ressentimento – uma carta cuja leitura não fosse dolorosa para Eleanor –, e, acima de tudo, que não a fizesse corar ela mesma, caso Henry chegasse a ver, era um empreendimento que paralisava todos os seus poderes de composição. Depois de demorada reflexão e de muita perplexidade, ser breve foi a única decisão que ela pôde tomar com firmeza e confiança. O dinheiro que Eleanor adiantara foi anexado, portanto, a pouco mais do que sinceros agradecimentos e mil desejos de felicidade por parte do mais afetuoso coração.

– Essa foi uma estranha amizade – observou a sra. Morland, quando a carta já estava terminada. – Começou depressa e terminou depressa. Lamento que assim seja, porque a sra. Allen os tinha como jovens maravilhosos; e você passou por uma triste adversidade, também, com a sua Isabella. Ah! Pobre James! Bem, devemos viver e aprender; e quanto aos próximos novos amigos que você fizer, espero que de fato mereçam a sua estima.

Ruborizando-se, Catherine calorosamente respondeu:

– Nenhuma amiga merece tanto a minha estima quanto Eleanor.

– Se é assim, minha querida, ouso dizer que vocês voltarão a se encontrar mais cedo ou mais tarde; não se aflija. Posso apostar que o acaso acabará por uni-las novamente com o passar de alguns anos; e como será bom, então!

A sra. Morland não foi feliz em sua tentativa de consolação. A esperança de um encontro no decorrer de alguns anos fez apenas com que Catherine imaginasse o que poderia ocorrer, ao longo desse tempo, para que o encontro se tornasse temível. Ela jamais esqueceria Henry Tilney ou pensaria nele com menos ternura do que pensava naquele momento, mas ele poderia esquecê-la, e um encontro, nesse caso... Seus olhos encheram-se de lágrimas com a perspectiva de uma amizade renovada em tais circunstâncias; e a sra. Morland, percebendo que suas sugestões de consolo não haviam obtido bom resultado, propôs, como expediente alternativo para restaurar o ânimo da filha, que elas fossem visitar a sra. Allen.

As duas casas eram separadas por apenas um quarto de milha. Durante a caminhada, a sra. Morland despachou rapidamente todos os seus sentimentos a respeito da desilusão de James.

– Lamentamos por ele – disse ela. – Por outro lado, não é nenhuma desgraça o rompimento que houve, pois não seria tão desejável que ele se casasse com uma garota com a qual não tínhamos a mínima intimidade e que era tão inteiramente desprovida de dote; e agora, com o comportamento que exibiu, não podemos de maneira alguma vê-la com bons olhos. No momento, James não deixará de sofrer, mas isso não vai durar para sempre. Ouso dizer que ele será um homem mais prudente a vida toda por causa da tolice de sua primeira escolha.

Catherine pôde ouvir até o fim a opinião de sua mãe graças ao caráter sumário da exposição; uma frase a mais reduziria sua complacência, obteria uma reação menos racional; pois todos os seus poderes mentais foram logo engolidos pelo exame da transformação sentimental e espiritual que ela mesma sofrera desde que percorrera pela última vez aquele tão conhecido caminho. Menos de três meses antes, arrebatada por alegres expectativas, ela passava por ali correndo, umas dez vezes por dia, indo e vindo, com um coração leve, feliz e independente, antevendo prazeres puros e jamais experimentados, sem temer e sem conhecer qualquer maldade. Assim era ela três meses antes; e agora, tendo retornado, era outra pessoa!

Ela foi recebida pelos Allen com todas as amabilidades que sua chegada inesperada, estimulando um afeto permanente, naturalmente provocaria. Houve grande surpresa e caloroso desgosto quando souberam do tratamento que ela recebera – mesmo que o relato da sra. Morland não fosse nenhuma simulação exagerada, nenhum apelo deliberado à compaixão.

– Catherine nos pegou de surpresa ontem à noite – disse ela. – Ela fez a viagem inteira sozinha, em carruagem de posta, e soube na noite de sábado que teria de partir, porque o general Tilney, movido por alguma ideia extravagante, de uma hora para a outra cansou-se de tê-la como hóspede e praticamente a expulsou da casa. Bem pouco amistoso, sem dúvida. Ele deve ser um homem muito esquisito, mas estamos tão felizes por tê-la conosco novamente! E é um grande consolo saber que ela não é uma pobre criatura indefesa, e que consegue se arranjar muito bem sozinha.

O sr. Allen manifestou-se a respeito com o razoável ressentimento de um amigo sensato, e a sra. Allen gostou tanto de suas palavras que fez questão de repeti-las imediatamente. O pasmo, as conjecturas e as explanações do marido passaram a pertencer à esposa, com o acréscimo de um único comentário – "Não tenho a menor paciência com o general" – para preencher todas as pausas eventuais. E "Não tenho a menor paciência com o general" foi proferido duas vezes depois que o sr. Allen saiu da sala, sem qualquer arrefecimento da raiva, sem qualquer digressão substancial do pensamento. Uma dose mais considerável de devaneio acompanhou a terceira repetição; depois da quarta, ela acrescentou imediatamente:

– Imagine, minha querida, que aquele horroroso rasgo na minha melhor renda de Malines pôde ser remendado tão magnificamente, ainda em Bath, que mal se pode perceber o reparo. Preciso lhe mostrar um dia desses. Apesar de tudo, Catherine, Bath é um belo lugar. Asseguro-lhe que fiquei mais triste do que feliz ao ir embora. A presença da sra. Thorpe foi um conforto tão grande para nós, não foi? Você sabe bem, nós duas estávamos um tanto desamparadas no começo.

– Sim, mas *não* por muito tempo – disse Catherine, seus olhos brilhando com a recordação de suas primeiras exaltações de espírito em Bath.

– É verdade: logo encontramos a sra. Thorpe, e a partir de então não nos faltou nada. Minha querida, você não concorda que estas luvas de seda estão muito bem conservadas? Eu as tinha na primeira noite em que fomos aos Salões Baixos, e depois voltei a usá-las várias vezes. Você se lembra daquela noite?

– E como! Ah, perfeitamente!

– Foi muito agradável, não foi? O sr. Tilney bebeu chá conosco, e sempre julguei que ele é uma ótima companhia, ele é tão agradável. Tenho a impressão de que você dançou com ele, mas não estou certa disso. Lembro que usei meu vestido favorito.

Catherine não foi capaz de responder. Depois de uma rápida incursão por outros assuntos, a sra. Allen retomou:

– Não tenho a menor paciência com o general! Ele parecia ser um homem tão agradável, tão digno! Não creio, sra. Morland, que a senhora alguma vez tenha visto um homem tão refinado. Os aposentos que ele alugara não permaneceram desocupados por mais do que um dia, Catherine. Mas não é de se admirar; Milsom Street, você sabe.

No retorno para casa, a sra. Morland tentou realçar, aos olhos da filha, a felicidade de ter sempre à disposição a bondade de pessoas como o sr. e a sra. Allen, e o descaso com que deveriam ser vistas a negligência ou a crueldade de amigos superficiais como os Tilney, já que era possível preservar o amparo e o afeto dos amigos mais antigos. Havia uma bela dose de bom-senso nisso tudo, mas existem algumas situações em que o bom-senso não é forte o bastante para vencer a mente humana; e os sentimentos de Catherine se opuseram a quase todos os pontos de vista que sua mãe apresentou. Sua felicidade dependia justamente de como se comportariam esses amigos superficiais; e enquanto a sra. Morland habilmente confirmava suas próprias opiniões com a sensatez de seus próprios argumentos, Catherine silenciosamente refletia que Henry devia ter chegado *agora* em Northanger; que *agora* decerto soube que ela havia partido; e que *agora*, talvez, todos eles seguissem para Hereford.

# Capítulo 30

Catherine não era uma garota sedentária por natureza, mas jamais se mostrara muito industriosa. Contudo, quaisquer que fossem os seus defeitos nesse ponto, sua mãe não pôde deixar de perceber que eles haviam se agravado seriamente. Ela não conseguia parar quieta e tampouco ocupar-se em qualquer coisa por dez minutos seguidos; caminhava para lá e para cá no jardim e no pomar, como se somente o movimento lhe fosse tolerável, e tinha-se a impressão de que até mesmo andar pela casa lhe dava mais prazer do que permanecer sentada por alguns instantes na sala de estar. Seu desânimo constituía uma mudança ainda mais notável. Nas perambulações e na ociosidade, Catherine não passava de uma caricatura de si mesma; no silêncio e na tristeza, porém, ela exibia o exato reverso de sua índole habitual.

Por dois dias a sra. Morland deixou a questão de lado, sem fazer qualquer alusão; mas quando uma terceira noite de sono não lhe restaurou a jovialidade, não lhe deu maior aptidão para ocupações úteis e não a tornou mais interessada nos trabalhos de costura, ela já não pôde abster-se desta gentil repreensão:

– Minha querida Catherine, temo que você esteja se transformando em uma moça muito refinada. Não sei quando estariam prontas as gravatas de Richard, se ele só tivesse você como amiga. Sua cabeça está em Bath o tempo inteiro. Mas para tudo existe um momento: temos o momento dos bailes e dos espetáculos e o momento do trabalho. Você teve uma longa temporada de diversões e agora deve se esforçar para ser útil.

Catherine retomou seu trabalho prontamente, dizendo, com voz tristonha, que sua cabeça não estava em Bath... tanto assim.

– Então você está se remoendo por causa do general Tilney, e isso é muito estúpido de sua parte, pois posso apostar que você nunca mais vai vê-lo. Não devemos jamais remoer ninharias.

E depois de um breve silêncio:

– Espero, minha Catherine, que você não esteja perdendo o prazer de estar em casa apenas porque tudo é tão maravilhoso em Northanger. Isso seria transformar sua visita num mal verdadeiro. Você deveria estar sempre contente em qualquer lugar, mas acima de tudo em casa, porque é onde você vai passar a maior parte do seu tempo. Não gostei muito, no desjejum, de ouvi-la falando tanto sobre o pão francês de Northanger.

– Posso afirmar que não dou a mínima importância para o pão. Não faz diferença se eu como isto ou aquilo.

– Consta num dos livros lá em cima um ensaio muito inteligente que trata precisamente deste assunto, sobre garotas que passam a desprezar seus lares porque conheceram residências mais nobres... *The Mirror*, creio eu. Vou procurá-lo um dia desses, estou certa de que será proveitoso para você.

Catherine não disse mais nada e, empenhada em se corrigir, dedicou-se ao trabalho. Mas depois de alguns minutos, sem que percebesse, afundou de novo em langor e desatenção, movendo-se na cadeira, irritada por seu enfado, muito mais do que movia sua agulha. A sra. Morland acompanhou o progresso de tal recaída; e vendo, na expressão insatisfeita e ausente de sua filha, uma prova cabal daquele espírito desgostoso ao qual vinha atribuindo, agora, a tristeza que não cedia, saiu apressadamente da sala para buscar o livro em questão, ávida por não perder tempo em seu ataque a tão terrível moléstia. Passou-se algum tempo antes que ela conseguisse encontrar o que procurava. Com a lembrança de outros problemas familiares, que acabaram tomando seu tempo, um quarto de hora transcorreu até que ela descesse as escadas com o volume que tanta esperança lhe dava. Suas distrações no andar de cima tendo abafado todos os ruídos que não fossem aqueles que ela mesma criara, não tinha ideia de que um visitante havia chegado minutos antes, e então, ao entrar na sala, a primeira coisa que contemplou foi um jovem cavalheiro que jamais vira antes. Com uma expressão muito respeitosa, ele levantou-se no mesmo instante; sendo apresentado a ela por sua constrangida filha como "sr. Henry Tilney", ele começou, no embaraço de uma sensibilidade genuína, a desculpar-se por seu aparecimento ali, reconhecendo que depois de tudo o que se passara mal tinha direito de esperar por uma recepção amigável em Fullerton e declarando, como motivo de sua intrusão, sua impaciência por assegurar-se de que a srta. Morland havia chegado em casa com segurança. Ele não tinha diante de si uma juíza implacável ou um coração ressentido. Longe de culpar Henry ou sua irmã pelo erro que o pai deles cometera, a sra. Morland sempre vira ambos com simpatia; satisfeita com a visita, imediatamente o recebeu com a modesta manifestação de uma benevolência sincera: agradecendo-lhe pelo atencioso interesse por sua filha, assegurando-lhe que os amigos de seus filhos eram sempre bem-vindos ali e rogando-lhe que não mais dissesse qualquer palavra sobre o passado.

Henry não se mostrou indisposto a obedecer tal pedido, pois, embora seu coração ficasse bastante aliviado por essa inesperada brandura, ainda não estava em seu poder, naquele momento, dizer o que fosse em torno do assunto. Portanto, voltando a se sentar em silêncio, ficou respondendo durante alguns minutos, com muita cortesia, a todos os banais comentários da sra. Morland sobre o tempo e as estradas. Catherine, enquanto isso – a ansiosa, agitada, feliz, febril Catherine –, não disse uma única palavra, mas suas faces incandescentes e seus olhos brilhantes fizeram com que sua mãe confiasse que aquela bem-intencionada visita sossegaria o coração da filha, ao menos por algum tempo, e com prazer, portanto, ela deixou de lado, para uma futura oportunidade, o primeiro volume do *Mirror*.

Desejosa de contar com a ajuda do sr. Morland, tanto para encorajar quanto para fornecer assunto ao hóspede, por cujo embaraço em função do general ela tinha sincera compaixão, a sra. Morland despachara, no primeiro instante, uma de suas crianças para chamá-lo. Mas o sr. Morland não estava em casa – e encontrando-se, assim, desprovida de qualquer auxílio, ao fim de um quarto de hora ela já não tinha nada para dizer. Depois de alguns minutos de silêncio ininterrupto, Henry, dirigindo-se a Catherine pela primeira vez desde a chegada da mãe dela, perguntou-lhe, com repentina vivacidade, se o sr. e a sra. Allen encontravam-se naquele momento em Fullerton. Depreendendo o sentido da resposta em meio à confusão de palavras desconexas que ouviu, quando uma breve sílaba teria bastado, manifestou imediatamente a intenção de lhes apresentar seus cumprimentos e, ruborizando-se, perguntou a Catherine se ela teria a bondade de lhe mostrar o caminho. "O senhor pode ver a casa por esta janela", foi a informação que Sarah forneceu, e que obteve apenas uma mesura de agradecimento por parte do cavalheiro e um aceno de censura por parte da mãe; porque a sra. Morland, julgando provável, como objetivo secundário daquele desejo de visitar os estimáveis vizinhos, que ele tivesse alguma explicação a dar sobre o comportamento de seu pai e que lhe fosse mais confortável dá-la apenas para Catherine, não quis impedir, de maneira alguma, que sua filha o acompanhasse. Eles puseram-se a caminho, e a sra. Morland não estava inteiramente enganada quanto ao propósito do sr. Tilney. Ele precisava fazer, de fato, um esclarecimento a respeito de seu pai; mas sua primeira intenção era explicar-se ele mesmo. Os dois não haviam alcançado ainda a propriedade do sr. Allen, e Henry já se justificara tão bem que, para Catherine, ele poderia repetir a explicação quantas vezes quisesse. O afeto de Henry por Catherine se confirmara; e ele pediu para si um coração que, como talvez ambos soubessem igualmente, já lhe pertencia por inteiro; pois embora Henry estivesse agora sinceramente apegado a ela, embora se deleitasse com todos os méritos de seu caráter e adorasse verdadeiramente sua companhia, devo confessar que tal afeição originou-se de nada mais que um sentimento de gratidão, ou, em outras palavras, que a convicção de que Catherine gostava dele fora o único motivo que o fizera considerá-la seriamente. Trata-se de uma nova circunstância romântica, reconheço, terrivelmente depreciativa para a dignidade de uma heroína; mas se for nova também na vida comum, o crédito de uma ousada imaginação será todo meu.

Uma visita muito breve à sra. Allen, na qual Henry falou à toa, sem propósito nem lógica, enquanto Catherine, arrebatada na contemplação de sua própria felicidade inexprimível, mal abriu os lábios, permitiu-lhes que retornassem aos êxtases de um novo tête-à-tête; e antes que este terminasse ela teve condições de julgar o quanto Henry fora sancionado, em seu atual pedido, pela autoridade paterna. Regressando de Woodston, dois dias antes, ele fora recebido por seu impaciente pai nos arredores da abadia, sendo informado às pressas, em palavras furiosas, de que a srta. Morland partira, e recebendo a ordem de que não voltasse a pensar nela.

Com tal consentimento ele oferecia agora sua mão. Catherine, intimidada pelos terrores da expectativa enquanto ouviu o relato, não pôde deixar de regozijar-se com a gentil precaução com a qual Henry a salvara da necessidade de enfrentar uma rejeição inevitável, fortalecendo de antemão sua confiança; e quando ele prosseguiu em pormenores, explicando os motivos da conduta de seu pai, os sentimentos de Catherine logo se converteram num deleite ainda mais triunfante. O general não tinha contra ela nenhuma acusação, nenhuma culpa que não fosse o fato de ela ter sido causadora involuntária e inconsciente de um engano que seu orgulho não era capaz de perdoar e que um orgulho mais decente teria vergonha de assumir. A única culpa de Catherine era ser menos rica do que ele a supusera. Nutrindo uma ideia equivocada dos bens e direitos da garota, ele a cortejara em Bath, solicitara sua companhia em Northanger e a designara como nora. Quando descobriu seu erro, expulsá-la de casa lhe pareceu ser o melhor expediente, mesmo que lhe parecesse uma forma inadequada de exprimir o rancor que sentia por Catherine e o desprezo por sua família.

John Thorpe o conduzira ao engano. O general, percebendo certa noite no teatro que seu filho dedicava considerável atenção à srta. Morland, perguntara para Thorpe, casualmente, se ele conhecia dela mais do que o nome. Thorpe, felicíssimo por trocar palavras com um homem importante como o general Tilney, se mostrara jubilosa e orgulhosamente comunicativo; e acalentando, naquele momento, não apenas uma expectativa diária de que Morland noivasse com Isabella, como também sua própria certeza de que casaria com Catherine, sua vaidade o induziu a dizer que a família dispunha de uma fortuna ainda maior do que aquela que sua vaidade e sua cobiça o tinham levado a imaginar. Com quem quer que ele estivesse ou parecesse ter relações, seu próprio prestígio exigia que o de seus conhecidos fosse grande; quanto mais ficava íntimo de uma pessoa, tanto mais crescia a fortuna dela. A imagem que tinha de seu amigo Morland, portanto, exagerada desde o princípio, crescera gradualmente a partir do instante em que ele conhecera Isabella; e meramente multiplicando tudo em função da grandeza do momento, duplicando o que ele considerava ser o valor da renda honorífica do sr. Morland, inventando uma tia rica e subtraindo metade das crianças, foi capaz de apresentar toda a família ao general sob a mais respeitável luz. Para Catherine, no entanto, principal objeto da curiosidade do general e de suas próprias especulações, ele reservara uma qualidade ainda mais especial: as dez ou quinze mil libras que ela poderia receber do pai seriam um belo acréscimo ao patrimônio do sr. Allen. A intimidade de Catherine com os Allen o fizera ter absoluta certeza de que ela ganharia um formidável legado no futuro; foi natural, portanto, falar dela como herdeira praticamente legítima de Fullerton. Munido de tais informações, o general se pusera em ação, pois nunca lhe ocorrera duvidar da veracidade delas. O interesse de Thorpe pela família, a união iminente entre sua irmã e um dos filhos e seu próprio desejo por uma das filhas (circunstâncias das quais se gabava com franqueza quase igual) pareciam ser garantias suficientes; e a elas foram somados os incontestáveis fatos de que os Allen eram abastados, de que não tinham filhos, de que protegiam a srta. Morland e – assim que a intimidade o permitira julgar – de que a tratavam com bondade parental. Sua resolução logo se formou. Já discernira, no semblante de seu filho, uma simpatia pela srta. Morland; grato pelas informações do sr. Thorpe, decidiu quase imediatamente que não pouparia esforços no propósito de enfraquecer os declarados interesses do rapaz e de arruinar suas mais diletas esperanças. A própria Catherine, naquele momento, ignorava tudo isso tanto quanto os filhos dele. Henry e Eleanor, considerando que nada na situação de Catherine justificava tamanha reverência por parte dele, testemunharam com assombro a brusquidão, o prosseguimento e a extensão das atenções do general; e embora mais tarde, a partir de algumas alusões que acompanharam a ordem quase direta de que deveria fazer tudo em seu poder para conquistá-la, Henry tivesse se convencido de que seu pai pensava que aquela era uma união vantajosa, foi somente depois da explanação em Northanger que eles tiveram uma mínima ideia dos falsos cálculos que o tinham impelido. O general soubera que eles eram falsos por meio da mesma pessoa que os sugerira, Thorpe em pessoa, a quem reencontrara por acaso na cidade, e o qual, influenciado por sentimentos exatamente opostos, irritado com a rejeição de Catherine, e mais ainda com o fracasso de uma recentíssima tentativa de reconciliar Morland e Isabella, convencido de que estavam separados para sempre e desdenhando de uma amizade que não lhe serviria mais, apressou-se em contradizer tudo o que dissera antes em favor dos Morland; confessou que estivera totalmente enganado em sua opinião sobre a condição e o renome da família, levado pela fanfarronice de seu amigo a crer que o pai dele era um homem de reputação e posses, sendo que as negociações das últimas duas ou três semanas haviam provado que não tinha nem uma coisa nem outra; porque depois de prometer vivamente as mais generosas ofertas na primeira proposta de casamento entre as famílias, o sr. Morland se vira compelido, pela perspicácia do narrador, a reconhecer que era incapaz de fornecer aos jovens sequer um sustento decente. Tratava-se, na verdade, de uma família necessitada, e numerosa como poucas vezes se viu; de maneira alguma respeitada em sua própria vizinhança, como ele mesmo pôde descobrir, em recentes ocasiões; almejando um estilo de vida que sua fortuna não autorizava; procurando subir de posição graças a conhecidos ricos; uma gente petulante, vaidosa, manipuladora.

Com um semblante inquisidor, o aterrorizado general pronunciou o nome Allen; e Thorpe enganara-se aqui também. Os Allen, Thorpe acreditava, haviam morado perto deles por muito tempo, e ele conhecia o jovem a quem o espólio de Fullerton seria transmitido. O general não precisava ouvir mais nada. Enfurecido com o mundo inteiro, menos consigo, retornou no dia seguinte à abadia, onde suas performances puderam ser vistas.

Transfiro à sagacidade dos meus leitores o encargo de determinar o quanto de tudo isso Henry pôde comunicar a Catherine naquele momento, o quanto poderia ter sido informado por seu pai, em que pontos suas próprias conjecturas o auxiliaram e a porção que restara por ser dita numa carta de James. Juntei, em nome do conforto deles, o que eles devem dividir em nome do meu. Catherine, de todo modo, ouviu o suficiente para sentir que, suspeitando que o general Tilney ou assassinara ou aprisionara sua esposa, mal pecara contra o seu caráter ou magnificara sua crueldade.

Tendo tais fatos para relatar sobre seu pai, Henry sentiu-se quase tão abatido quanto no momento em que soube deles. Ruborizou-se por causa do conselho tacanho que tinha obrigação de revelar. A conversa com seu pai em Northanger tivera um tom muito hostil. Henry manifestara com franqueza e ousadia sua indignação com o tratamento que Catherine recebera, com os pontos de vista do pai e com a ordem de que deveria submeter-se a eles. O general, acostumado a ter a última palavra em qualquer discussão na família, sem esperar qualquer relutância que não fosse sentimental, qualquer desejo de contestação que se atrevesse a trajar-se em palavras, não aceitaria uma oposição de seu filho, por mais que ela fosse sancionada pela razão e pelos preceitos da consciência. Naquele caso, porém, sua poderosa ira não pôde intimidar Henry, que era movido pela convicção de um propósito justo. Ele sentia-se ligado à srta. Morland tanto por honra quanto por afeição e, como sabia que já era seu o coração que deveria ter conquistado à força, nenhuma ignóbil retratação de um consentimento tácito, nenhum decreto reversivo de uma ira injustificável abalaria sua fidelidade ou influenciaria as resoluções dessa fidelidade.

Ele recusou-se firmemente a ir com seu pai para Herefordshire, um compromisso arranjado às pressas para favorecer a dispensa de Catherine, e firmemente declarou a intenção de oferecer sua mão. O general ficou furioso, e eles se separaram em terrível desentendimento. Henry, num desassossego que só pôde ser amenizado depois de muitas horas solitárias, retornara quase que imediatamente para Woodston e viajara para Fullerton na tarde do dia seguinte.

# Capítulo 31

A surpresa do sr. e da sra. Morland, quando o sr. Tilney lhes pediu consentimento para se casar com a filha deles, foi, durante alguns minutos, considerável, nunca lhes tendo ocorrido a ideia de que um dos dois pudesse estar apaixonado. Mas como nada, afinal, podia ser mais natural do que o fato de que Catherine fosse amada, logo passaram a considerar o assunto com a feliz agitação de um orgulho gratificado e, no que dizia respeito apenas a eles, não tiveram uma única objeção a fazer. Os modos simpáticos e o bom-senso do sr. Tilney eram recomendações evidentes por si mesmas; como nunca ouviram falar de qualquer procedimento maligno do rapaz, não tinham como supor que algum procedimento maligno poderia vir a ocorrer. Com a boa vontade assumindo o lugar da experiência, o caráter do noivo não precisava ser testado. Catherine se mostraria uma jovem dona de casa desatenta e desastrada, sem dúvida, foi o comentário agourento de sua mãe, mas logo surgiu a consolação de que não havia nada como a prática.

Em resumo, era preciso mencionar um obstáculo apenas, e até que ele fosse removido seria impossível que os pais de Catherine sancionassem o noivado. Eles eram brandos em temperamento, mas eram firmes em seus princípios. Enquanto o pai do sr. Tilney proibisse com tanta veemência o enlace, não poderiam cometer a imprudência de encorajá-lo. Não eram exigentes a ponto de ostentar a condição de que o general se apresentasse para solicitar a aliança, ou até mesmo de que devesse aprová-la com entusiasmo, mas um razoável arremedo de consentimento precisava ser outorgado e, uma vez que fosse obtido – e em seus próprios corações eles confiavam que não poderia ser negado por muito tempo –, concederiam prontamente sua calorosa aprovação. O *consentimento* do general era a única coisa que lhes interessava. Não tinham direito e tampouco inclinação por demandar o *dinheiro* dele. De um dote muito considerável o filho dele estaria seguro no devido tempo, por acordos matrimoniais. A renda atual de Henry era uma renda de conforto e independência, e, sob todos os aspectos pecuniários, tratava-se de um casamento mais do que vantajoso para a filha deles.

Os jovens não puderam ficar surpresos diante de uma decisão como essa. Lastimaram e deploraram – mas não podiam ficar ressentidos; e se separaram, aventurando-se a esperar que uma formidável mudança na opinião do general, algo que ambos julgavam que era quase impossível, pudesse ocorrer rapidamente, para que se unissem novamente na plenitude de uma afeição privilegiada. Henry retornou àquela que era agora sua única casa, para cuidar de suas plantações recentes e estender suas melhorias em nome de Catherine, que em breve, como ele aguardava ansiosamente, compartilharia de tudo; e ela permaneceu em Fullerton para chorar. Se os tormentos da ausência eram suavizados por uma correspondência clandestina, faremos melhor em não perguntar. O sr. e a sra. Morland jamais perguntaram – haviam tido a bondade de não exigir nenhuma promessa; e quando quer que Catherine recebesse uma carta, o que ocorria com bastante frequência naquele período, eles sempre desviavam o olhar.

A ansiedade que, nesse impasse do noivado, inevitavelmente sentiam Henry e Catherine e todos que os amavam, na insegurança quanto ao capítulo final, dificilmente alcançará, eu receio, o peito de meus leitores, que perceberão, na delatora escassez de páginas diante deles, que estamos todos nos precipitando na direção de uma perfeita felicidade. Os meios pelos quais realizou-se o casamento antecipado serão a única dúvida: que provável circunstância poderia agir sobre uma índole como a do general? A circunstância que mais contribuiu foi o casamento de sua filha com um homem rico e importante, ocorrido no verão – um acréscimo de dignidade que o lançou num acesso de bom humor, do qual não se recuperou antes que Eleanor tivesse obtido dele seu perdão a Henry e sua permissão para que o filho fosse "um tolo, se quisesse!"

O casamento de Eleanor Tilney, sua saída de uma casa como Northanger, tomada por sombras malignas desde o banimento de Henry, sua entrada na casa que escolhera, com o homem que escolhera, é um acontecimento que, creio eu, deixa muito satisfeitos todos os seus conhecidos. Minha própria alegria, nesse caso, é bastante sincera. Não conheço ninguém que tenha mais direito de receber e desfrutar felicidade, por mérito despretensioso, ou que tenha melhor preparo para tanto, por sofrimento contínuo. Sua preferência por esse cavalheiro não era recente; e ele somente se absteve por muito tempo de propor casamento a ela devido à sua posição inferior. Sua inesperada ascensão a título e fortuna lhe removera todas as dificuldades; e o general amou Eleanor mais do que nunca, mais do que em todas as horas de companheirismo, auxílio e paciente resignação da filha, no momento em que a saudou pela primeira vez assim: "Vossa Senhoria!". Seu marido era realmente digno dela; independentemente de sua nobreza, sua riqueza e seu afeto, tratava-se sem dúvida do jovem mais encantador do mundo. Qualquer definição adicional de seus méritos será desnecessária: o jovem mais encantador do mundo aparece instantaneamente em nossas imaginações. A propósito do jovem em questão, portanto, acrescento apenas – ciente de que as regras da composição proíbem a introdução de um personagem que não esteja conectado à minha fábula – que esse era precisamente o cavalheiro cujo negligente criado deixara para trás aquela coleção de listagens de lavanderia, resultante de uma longa visita em Northanger, com a qual minha heroína se viu envolvida em uma de suas mais assustadoras aventuras.

A influência do visconde e da viscondessa em favor do irmão foi amparada pelo correto esclarecimento das condições financeiras do sr. Morland, as quais, assim que o general se permitiu saber, os dois puderam informar com autoridade.

Ele pôde constatar que o engano ao qual fora induzido pela primeira bravata de Thorpe, sobre a riqueza da família, não era muito maior do que o logro subsequente, que maliciosamente destruiu essa mesma riqueza. Constatou que em hipótese alguma eles eram necessitados ou pobres, e que Catherine teria três mil libras à disposição. Esse melhoramento era tão substancial que contribuiu em muito para suavizar o declínio de seu orgulho; e de maneira nenhuma deixou de produzir efeito a informação confidencial, que ele esforçou-se por obter, de que o patrimônio mais valioso de Fullerton, pertencendo inteiramente ao atual proprietário, estava, consequentemente, aberto a todos os tipos de especulação gananciosa.

Em vista disso, o general permitiu que seu filho retornasse a Northanger pouco depois do casamento de Eleanor, e fez dele, ali, o portador de seu consentimento, muito cortesmente expresso em palavras numa página repleta de declarações vazias para o sr. Morland. O evento que essa página autorizou foi realizado dentro de pouco tempo: Henry e Catherine se casaram, os sinos soaram e todos sorriram; e como a cerimônia ocorreu menos de doze meses depois do dia em que os dois se conheceram, será razoável supor, depois de todo o terrível retardamento ocasionado pela crueldade do general, que eles não chegaram a sofrer grandes martírios com a demora. Começar uma vida de perfeita felicidade nas respectivas idades de 26 e 18 anos não é nada mau; e professando, além disso, minha certeza de que a injusta interferência do general, bem longe de realmente prejudicar a felicidade deles, talvez os tenha até mesmo conduzido a ela, permitindo que os dois se conhecessem melhor e que se tornasse cada vez mais forte o afeto que os unia, transmito a quem estiver interessado a responsabilidade de decidir se a tendência deste livro é, de modo geral, recomendar a tirania dos pais ou recompensar a desobediência dos filhos.

# Coleção L&PM POCKET (ÚLTIMOS LANÇAMENTOS)

986.**O eterno marido** – Fiódor Dostoiévski
987.**Um safado em Dublin** – J. P. Donleavy
988.**Mirinha** – Dalton Trevisan
989.**Akhenaton e Nefertiti** – Carmen Seganfredo e A. S. Franchini
990.**On the Road – o manuscrito original** – Jack Kerouac
991.**Relatividade** – Russell Stannard
992.**Abaixo de zero** – Bret Easton Ellis
993(24).**Andy Warhol** – Mériam Korichi
995.**Os últimos casos de Miss Marple** – Agatha Christie
996.**Nico Demo** – Mauricio de Sousa
998.**Rousseau** – Robert Wokler
999.**Noite sem fim** – Agatha Christie
1000.**Diários de Andy Warhol (1)** – Editado por Pat Hackett
1001.**Diários de Andy Warhol (2)** – Editado por Pat Hackett
1002.**Cartier-Bresson: o olhar do século** – Pierre Assouline
1003.**As melhores histórias da mitologia: vol. 1** – A.S. Franchini e Carmen Seganfredo
1004.**As melhores histórias da mitologia: vol. 2** – A.S. Franchini e Carmen Seganfredo
1005.**Assassinato no beco** – Agatha Christie
1006.**Convite para um homicídio** – Agatha Christie
1008.**História da vida** – Michael J. Benton
1009.**Jung** – Anthony Stevens
1010.**Arsène Lupin, ladrão de casaca** – Maurice Leblanc
1011.**Dublinenses** – James Joyce
1012.**120 tirinhas da Turma da Mônica** – Mauricio de Sousa
1013.**Antologia poética** – Fernando Pessoa
1014.**A aventura de um cliente ilustre** ***seguido de*** **O último adeus de Sherlock Holmes** – Sir Arthur Conan Doyle
1015.**Cenas de Nova York** – Jack Kerouac
1016.**A corista** – Anton Tchékhov
1017.**O diabo** – Leon Tolstói
1018.**Fábulas chinesas** – Sérgio Capparelli e Márcia Schmaltz
1019.**O gato do Brasil** – Sir Arthur Conan Doyle
1020.**Missa do Galo** – Machado de Assis
1021.**O mistério de Marie Rogêt** – Edgar Allan Poe
1022.**A mulher mais linda da cidade** – Bukowski
1023.**O retrato** – Nicolai Gogol
1024.**O conflito** – Agatha Christie
1025.**Os primeiros casos de Poirot** – Agatha Christie
1027(25).**Beethoven** – Bernard Fauconnier
1028.**Platão** – Julia Annas
1029.**Cleo e Daniel** – Roberto Freire
1030.**Til** – José de Alencar
1031.**Viagens na minha terra** – Almeida Garrett
1032.**Profissões para mulheres e outros artigos feministas** – Virginia Woolf
1033.**Mrs. Dalloway** – Virginia Woolf
1034.**O cão da morte** – Agatha Christie
1035.**Tragédia em três atos** – Agatha Christie
1037.**O fantasma da Ópera** – Gaston Leroux
1038.**Evolução** – Brian e Deborah Charlesworth
1039.**Medida por medida** – Shakespeare
1040.**Razão e sentimento** – Jane Austen
1041.**A obra-prima ignorada** ***seguido de*** **Um episódio durante o Terror** – Balzac
1042.**A fugitiva** – Anaïs Nin
1043.**As grandes histórias da mitologia greco-romana** – A. S. Franchini
1044.**O corno de si mesmo & outras historietas** – Marquês de Sade
1045.**Da felicidade** ***seguido de*** **Da vida retirada** – Sêneca
1046.**O horror em Red Hook e outras histórias** – H. P. Lovecraft
1047.**Noite em claro** – Martha Medeiros
1048.**Poemas clássicos chineses** – Li Bai, Du Fu e Wang Wei
1049.**A terceira moça** – Agatha Christie
1050.**Um destino ignorado** – Agatha Christie
1051(26).**Buda** – Sophie Royer
1052.**Guerra Fria** – Robert J. McMahon
1053.**Simons's Cat: as aventuras de um gato travesso e comilão – vol. 1** – Simon Tofield
1054.**Simons's Cat: as aventuras de um gato travesso e comilão – vol. 2** – Simon Tofield
1055.**Só as mulheres e as baratas sobreviverão** – Claudia Tajes
1057.**Pré-história** – Chris Gosden
1058.**Pintou sujeira!** – Mauricio de Sousa
1059.**Contos de Mamãe Gansa** – Charles Perrault
1060.**A interpretação dos sonhos: vol. 1** – Freud
1061.**A interpretação dos sonhos: vol. 2** – Freud
1062.**Frufru Rataplã Dolores** – Dalton Trevisan
1063.**As melhores histórias da mitologia egípcia** – Carmem Seganfredo e A.S. Franchini
1064.**Infância. Adolescência. Juventude** – Tolstói
1065.**As consolações da filosofia** – Alain de Botton
1066.**Diários de Jack Kerouac – 1947-1954**
1067.**Revolução Francesa – vol. 1** – Max Gallo
1068.**Revolução Francesa – vol. 2** – Max Gallo
1069.**O detetive Parker Pyne** – Agatha Christie
1070.**Memórias do esquecimento** – Flávio Tavares
1071.**Drogas** – Leslie Iversen
1072.**Manual de ecologia (vol.2)** – J. Lutzenberger
1073.**Como andar no labirinto** – Affonso Romano de Sant'Anna
1074.**A orquídea e o serial killer** – Juremir Machado da Silva
1075.**Amor nos tempos de fúria** – Lawrence Ferlinghetti
1076.**A aventura do pudim de Natal** – Agatha Christie
1078.**Amores que matam** – Patricia Faur

1079.**Histórias de pescador** – Mauricio de Sousa
1080.**Pedaços de um caderno manchado de vinho** – Bukowski
1081.**A ferro e fogo: tempo de solidão (vol.1)** – Josué Guimarães
1082.**A ferro e fogo: tempo de guerra (vol.2)** – Josué Guimarães
1084(17).**Desembarcando o Alzheimer** – Dr. Fernando Lucchese e Dra. Ana Hartmann
1085.**A maldição do espelho** – Agatha Christie
1086.**Uma breve história da filosofia** – Nigel Warburton
1088.**Heróis da História** – Will Durant
1089.**Concerto campestre** – L. A. de Assis Brasil
1090.**Morte nas nuvens** – Agatha Christie
1092.**Aventura em Bagdá** – Agatha Christie
1093.**O cavalo amarelo** – Agatha Christie
1094.**O método de interpretação dos sonhos** – Freud
1095.**Sonetos de amor e desamor** – Vários
1096.**120 tirinhas do Dilbert** – Scott Adams
1097.**200 fábulas de Esopo**
1098.**O curioso caso de Benjamin Button** – F. Scott Fitzgerald
1099.**Piadas para sempre: uma antologia para morrer de rir** – Visconde da Casa Verde
1100.**Hamlet (Mangá)** – Shakespeare
1101.**A arte da guerra (Mangá)** – Sun Tzu
1104.**As melhores histórias da Bíblia (vol.1)** – A. S. Franchini e Carmen Seganfredo
1105.**As melhores histórias da Bíblia (vol.2)** – A. S. Franchini e Carmen Seganfredo
1106.**Psicologia das massas e análise do eu** – Freud
1107.**Guerra Civil Espanhola** – Helen Graham
1108.**A autoestrada do sul e outras histórias** – Julio Cortázar
1109.**O mistério dos sete relógios** – Agatha Christie
1110.**Peanuts: Ninguém gosta de mim... (amor)** – Charles Schulz
1111.**Cadê o bolo?** – Mauricio de Sousa
1112.**O filósofo ignorante** – Voltaire
1113.**Totem e tabu** – Freud
1114.**Filosofia pré-socrática** – Catherine Osborne
1115.**Desejo de status** – Alain de Botton
1118.**Passageiro para Frankfurt** – Agatha Christie
1120.**Kill All Enemies** – Melvin Burgess
1121.**A morte da sra. McGinty** – Agatha Christie
1122.**Revolução Russa** – S. A. Smith
1123.**Até você, Capitu?** – Dalton Trevisan
1124.**O grande Gatsby (Mangá)** – F. S. Fitzgerald
1125.**Assim falou Zaratustra (Mangá)** – Nietzsche
1126. **Peanuts: É para isso que servem os amigos (amizade)** – Charles Schulz
1127(27).**Nietzsche** – Dorian Astor
1128.**Bidu: Hora do banho** – Mauricio de Sousa
1129.**O melhor do Macanudo Taurino** – Santiago
1130.**Radicci 30 anos** – Iotti
1131.**Show de sabores** – J.A. Pinheiro Machado
1132.**O prazer das palavras** – vol. 3 – Cláudio Moreno
1133.**Morte na praia** – Agatha Christie
1134.**O fardo** – Agatha Christie
1135.**Manifesto do Partido Comunista (Mangá)** – Marx & Engels
1136.**A metamorfose (Mangá)** – Franz Kafka
1137.**Por que você não se casou... ainda** – Tracy McMillan
1138.**Textos autobiográficos** – Bukowski
1139.**A importância de ser prudente** – Oscar Wilde
1140.**Sobre a vontade na natureza** – Arthur Schopenhauer
1141.**Dilbert (8)** – Scott Adams
1142.**Entre dois amores** – Agatha Christie
1143.**Cipreste triste** – Agatha Christie
1144.**Alguém viu uma assombração?** – Mauricio de Sousa
1145.**Mandela** – Elleke Boehmer
1146.**Retrato do artista quando jovem** – James Joyce
1147.**Zadig ou o destino** – Voltaire
1148.**O contrato social (Mangá)** – J.-J. Rousseau
1149.**Garfield fenomenal** – Jim Davis
1150.**A queda da América** – Allen Ginsberg
1151.**Música na noite & outros ensaios** – Aldous Huxley
1152.**Poesias inéditas & Poemas dramáticos** – Fernando Pessoa
1153.**Peanuts: Felicidade é...** – Charles M. Schulz
1154.**Mate-me por favor** – Legs McNeil e Gillian McCain
1155.**Assassinato no Expresso Oriente** – Agatha Christie
1156.**Um punhado de centeio** – Agatha Christie
1157.**A interpretação dos sonhos (Mangá)** – Freud
1158.**Peanuts: Você não entende o sentido da vida** – Charles M. Schulz
1159.**A dinastia Rothschild** – Herbert R. Lottman
1160.**A Mansão Hollow** – Agatha Christie
1161.**Nas montanhas da loucura** – H.P. Lovecraft
1162(28).**Napoleão Bonaparte** – Pascale Fautrier
1163.**Um corpo na biblioteca** – Agatha Christie
1164.**Inovação** – Mark Dodgson e David Gann
1165.**O que toda mulher deve saber sobre os homens: a afetividade masculina** – Walter Riso
1166.**O amor está no ar** – Mauricio de Sousa
1167.**Testemunha de acusação & outras histórias** – Agatha Christie
1168.**Etiqueta de bolso** – Celia Ribeiro
1169.**Poesia reunida (volume 3)** – Affonso Romano de Sant'Anna
1170.**Emma** – Jane Austen
1171.**Que seja em segredo** – Ana Miranda
1172.**Garfield sem apetite** – Jim Davis
1173.**Garfield: Foi mal...** – Jim Davis
1174.**Os irmãos Karamázov (Mangá)** – Dostoiévski
1175.**O Pequeno Príncipe** – Antoine de Saint-Exupéry
1176.**Peanuts: Ninguém mais tem o espírito aventureiro** – Charles M. Schulz

1177.**Assim falou Zaratustra** – Nietzsche
1178.**Morte no Nilo** – Agatha Christie
1179.**Ê, soneca boa** – Mauricio de Sousa
1180.**Garfield a todo o vapor** – Jim Davis
1181.**Em busca do tempo perdido (Mangá)** – Proust
1182.**Cai o pano: o último caso de Poirot** – Agatha Christie
1183.**Livro para colorir e relaxar** – Livro 1
1184.**Para colorir sem parar**
1185.**Os elefantes não esquecem** – Agatha Christie
1186.**Teoria da relatividade** – Albert Einstein
1187.**Compêndio de psicanálise** – Freud
1188.**Visões de Gerard** – Jack Kerouac
1189.**Fim de verão** – Mohiro Kitoh
1190.**Procurando diversão** – Mauricio de Sousa
1191.**E não sobrou nenhum e outras peças** – Agatha Christie
1192.**Ansiedade** – Daniel Freeman & Jason Freeman
1193.**Garfield: pausa para o almoço** – Jim Davis
1194.**Contos do dia e da noite** – Guy de Maupassant
1195.**O melhor de Hagar 7** – Dik Browne
1196(29).**Lou Andreas-Salomé** – Dorian Astor
1197(30).**Pasolini** – René de Ceccatty
1198.**O caso do Hotel Bertram** – Agatha Christie
1199.**Crônicas de motel** – Sam Shepard
1200.**Pequena filosofia da paz interior** – Catherine Rambert
1201.**Os sertões** – Euclides da Cunha
1202.**Treze à mesa** – Agatha Christie
1203.**Bíblia** – John Riches
1204.**Anjos** – David Albert Jones
1205.**As tirinhas do Guri de Uruguaiana 1** – Jair Kobe
1206.**Entre aspas (vol.1)** – Fernando Eichenberg
1207.**Escrita** – Andrew Robinson
1208.**O spleen de Paris: pequenos poemas em prosa** – Charles Baudelaire
1209.**Satíricon** – Petrônio
1210.**O avarento** – Molière
1211.**Queimando na água, afogando-se na chama** – Bukowski
1212.**Miscelânea septuagenária: contos e poemas** – Bukowski
1213.**Que filosofar é aprender a morrer e outros ensaios** – Montaigne
1214.**Da amizade e outros ensaios** – Montaigne
1215.**O medo à espreita e outras histórias** – H.P. Lovecraft
1216.**A obra de arte na era de sua reprodutibilidade técnica** – Walter Benjamin
1217.**Sobre a liberdade** – John Stuart Mill
1218.**O segredo de Chimneys** – Agatha Christie
1219.**Morte na rua Hickory** – Agatha Christie
1220.**Ulisses (Mangá) –** James Joyce
1221.**Ateísmo** – Julian Baggini
1222.**Os melhores contos de Katherine Mansfield** – Katherine Mansfied
1223(31).**Martin Luther King** – Alain Foix
1224.**Millôr Definitivo: uma antologia de *A Bíblia do Caos*** – Millôr Fernandes
1225.**O Clube das Terças-Feiras e outras histórias** – Agatha Christie
1226.**Por que sou tão sábio** – Nietzsche
1227.**Sobre a mentira** – Platão
1228.**Sobre a leitura** *seguido do* **Depoimento de Céleste Albaret** – Proust
1229.**O homem do terno marrom** – Agatha Christie
1230(32).**Jimi Hendrix** – Franck Médioni
1231.**Amor e amizade e outras histórias** – Jane Austen
1232.**Lady Susan, Os Watson e Sanditon** – Jane Austen
1233.**Uma breve história da ciência** – William Bynum
1234.**Macunaíma: o herói sem nenhum caráter** – Mário de Andrade
1235.**A máquina do tempo** – H.G. Wells
1236.**O homem invisível** – H.G. Wells
1237.**Os 36 estratagemas: manual secreto da arte da guerra** – Anônimo
1238.**A mina de ouro e outras histórias** – Agatha Christie
1239.**Pic** – Jack Kerouac
1240.**O habitante da escuridão e outros contos** – H.P. Lovecraft
1241.**O chamado de Cthulhu e outros contos** – H.P. Lovecraft
1242.**O melhor de Meu reino por um cavalo!** – Edição de Ivan Pinheiro Machado
1243.**A guerra dos mundos** – H.G. Wells
1244.**O caso da criada perfeita e outras histórias** – Agatha Christie
1245.**Morte por afogamento e outras histórias** – Agatha Christie
1246.**Assassinato no Comitê Central** – Manuel Vázquez Montalbán
1247.**O papai é pop** – Marcos Piangers
1248.**O papai é pop 2** – Marcos Piangers
1249.**A mamãe é rock** – Ana Cardoso
1250.**Paris boêmia** – Dan Franck
1251.**Paris libertária** – Dan Franck
1252.**Paris ocupada** – Dan Franck
1253.**Uma anedota infame** – Dostoiévski
1254.**O último dia de um condenado** – Victor Hugo
1255.**Nem só de caviar vive o homem** – J.M. Simmel
1256.**Amanhã é outro dia** – J.M. Simmel
1257.**Mulherzinhas** – Louisa May Alcott
1258.**Reforma Protestante** – Peter Marshall
1259.**História econômica global** – Robert C. Allen
1260(33).**Che Guevara** – Alain Foix
1261.**Câncer** – Nicholas James

IMPRESSÃO:

GRÁFICA EDITORA Pallotti IMAGEM DE QUALIDADE

Santa Maria - RS - Fone/Fax: (55) 3220.4500
**www.pallotti.com.br**